EL VERANO DE LOS
JUGUETES MUERTOS

ANTONIO HILL

玩偶死去的夏天

〔西班牙〕安东尼奥·希尔 著 赵小闯 译

人民文学出版社
PEOPLE'S LITERATURE PUBLISHING HOUSE

著作权合同登记号：图字 01-2016-3673

Antonio Hill
EL VERANO DE LOS JUGUETES MUERTOS

图书在版编目(CIP)数据

玩偶死去的夏天/(西)安东尼奥·希尔著；赵小闯译.—北京：人民文学出版社，2016
(黑色系列)
ISBN 978-7-02-011721-5

Ⅰ.①玩…　Ⅱ.①安…　②赵…　Ⅲ.①长篇小说-西班牙-现代　Ⅳ.①I551.45

中国版本图书馆 CIP 数据核字(2016)第 121312 号

责任编辑　**卜艳冰　彭　伦　仲召明**
封面设计　**汪佳诗**

出版发行　**人民文学出版社**
社　　址　**北京市朝内大街 166 号**
邮政编码　**100705**
网　　址　**http://www.rw-cn.com**

印　　刷　**宁波市大港印务有限公司**
经　　销　**全国新华书店等**

字　　数　**250 千字**
开　　本　**890 毫米×1240 毫米　1/32**
印　　张　**10**
版　　次　**2016 年 6 月北京第 1 版**
印　　次　**2016 年 6 月第 1 次印刷**

书　　号　**978-7-02-011721-5**
定　　价　**39.00 元**

如有印装质量问题，请与本社图书销售中心调换。电话：01065233595

本书献给赐予我一切的母亲

目　录

昨　天

我有好长时间都不再想艾瑞斯，更不愿意回忆她死去的那个夏天。我觉得自己是想把这些忘得一干二净，就像小时候摆脱噩梦和可怕的事情那样。现在，我每次想起她时，脑子里只有最后一天的情景，而此前的所有记忆似乎都被抹掉了。我只要闭上双眼就能回到那所老旧的大房子，回到那间摆着空床、等待着下一批孩子入住的冷清寝室。那是我六岁那年参加的夏令营：那天晚上我很害怕，不敢睡觉……不对，我记错了：那天凌晨我的表现还挺猛的：违反营规，只身投入到黑暗之中去找艾瑞斯。可我找到她时，她已经淹死了，浮在水池里，周身环簇着一圈毫无生气的玩偶。

星期三

1

清晨八点，闹钟刚响了一声，就被埃克托尔摁掉。他已经醒来几个钟头，可还是觉得身上有种说不出来的乏。他使了一把劲，从床上起来，去冲澡。喷头滋出来的凉水冲走了他的疲倦，时差反应也没那么厉害了。他昨天下午从布宜诺斯艾利斯回到巴塞罗那，这段旅行长得让人受不了。更要命的是，他在机场行李处又多耗了几个钟头。那个女行李员简直就是一个虐待狂，前世肯定是英国哪所女校宿舍的女舍监。她盯着埃克托尔的眼神就好像他的行李长了腿，跟一个没有他那么不招人待见的人跑了。他尚存的那么一点儿耐心在机场彻底泯灭。

他使劲擦干身子，可脑门上立马又冒出汗。巴塞罗那的夏天就是这么黏糊糊、腻歪歪，像一摊化掉的冰淇淋。他在腰上裹上浴巾，走到镜子前：胡子也没刮……烦！他回到卧室，从衣柜里翻出一条内裤穿上。幸亏昨天丢的那个行李箱里装的都是冬装，他没费什么事儿又拎出一件短袖衬衫、一条裤子穿上，然后光脚坐到床上，长出一口气。长途旅行的疲乏又回来了。他真想重新躺下，闭上眼，管他什么十点钟的约会。可他知道不能这么干。“我埃克托尔·萨尔加多绝不失约，就算约了宰我的刽子手，也准时到达！”他一边苦笑着自嘲，一边用右手在床头柜上摸索着手机。手机快要没电了，充电器装在那个倒霉箱子里。昨天他太累，懒得打电话，或许他想等别人想起他来，主动联系他。他点开手机里的通讯录，找到露丝的号码，盯着显示屏发了会儿呆才按下拨号键。他一直通过手机联系露丝。露丝已经另有伴侣，有了新家，他不乐意打露丝的座机。话筒里传来她的声音，有点沙哑，没睡醒似的：

"埃克托尔？"

"我把你吵醒了？"

"没有……嗯，算是吧，"露丝忍着笑说，"反正我也想起床了，你什么时候到的？"

"哦……不好意思。我昨天下午就到了，那帮蠢货把我的行李箱弄丢了，我在机场耽误了半天。我的手机快没电了，就是告诉你一声，我到了，挺顺利的。"他突然觉得有点儿别扭：怎么像个没话找话的孩子？

"在路上还好吗？"

"一切顺利，"他顺口答道，"吉耶尔莫还在睡呢？"

露丝笑了。

"你回布宜诺斯艾利斯一次，口音就变一次。吉耶尔莫不在，我没告诉你吗？他去海边一个朋友家了，要在那儿待几天，"她又补充一句，"不过，他现在肯定也睡着呢。"

"哦，"他停顿片刻——他们最近说话总这么磕磕绊绊的，"他还好吗？"

"挺好的，可我得把话说前面，这孩子如果总这么叛逆，我就自费把他给你发回去。"露丝笑道。他能想得出露丝笑时眼里泛光的模样。"喂，埃克托尔，你的家人、朋友都怎么样啊？"她的语气变得温柔些了。

"我十点钟要见萨瓦尔。"

"好啊，稍后跟我说说你们见面的情况。"

埃克托尔沉吟片刻后低声问道："咱们一起吃顿饭？"

她迟疑了一下才回答："我跟别人约好了，不好意思。"

又过了一阵，埃克托尔觉得手机电量快要被耗光时，听到里边传来一句话："要不，咱们在饭点之后一起喝咖啡吧……"

手机没电了。他没来得及回话，手机变成一块死气沉沉的铁疙瘩。他恼怒地看了看手机，然后目光转向光脚丫子，"腾"地一跃而起，冲向挂满空衣架的衣柜，仿佛刚才简短的通话给了他勇气。

埃克托尔住在城市新区里最常见的那种大片住宅楼里最平常、最不起眼的一栋三层小楼的第三层。这里紧邻地铁站，跟兰布拉大道只相隔两个街区，这条兰布拉大道和旅游手册上的那条可不是一码事。这套公寓只有一个可取之处：房东没拿毗邻海滩说事儿，跟风涨房租。另外，二楼空着，一层只有房东：一位七十来岁的老太太，压根儿就懒得爬这几级楼梯，所以楼顶平台归埃克托尔独享。他和露丝一起拾掇过这个旧平台：在平台一侧搭上顶棚，种了花草，夏天还摆上餐桌椅子，在这儿吃晚饭。现在，花草都蔫死得差不多了。自从露丝走后，他几乎就没再上来过。

埃克托尔走到一楼房间的门前，门打开了。房东老太太卡门迎着他走出来。

"埃克托尔。"她像往常那样笑着打招呼。埃克托尔总觉得，他老了以后，应该做个像这老太太这么好的老头儿，或者干脆找个这么好的老伴儿。他停住脚，笨手笨脚地亲了一下老太太的脸。表达亲昵从来就不是他的强项。

"我昨天就听见楼上有声音，但怕你太累，就没上去。想喝咖啡吗？我刚煮好的。"

"您太会心疼人了。"

"少说没用的，"老太太答道，"男人得吃饱早饭再出门，来吧，到厨房去。”

埃克托尔顺从地跟她进了厨房。厨房里四溢着咖啡的香气。

“卡门，我最惦记的就是您煮的咖啡。”

卡门给他倒了一大杯咖啡，加上几滴牛奶、一小勺糖。卡门端详了他一会儿，不太满意地皱了一下眉。

“早上不光要吃饱，还得把脸刮干净。”她语重心长地说。

“您就别跟我这么较真儿了，我这不是刚到吗。”他赶紧求饶。

“少来这套。怎么样？”她慈爱地看着他问道，“你回国之行还好吗？想抽烟就抽吧，我知道你犯瘾了。”

“卡门，您太会疼人啦，”他点上一支烟，“我就不明白了，怎么就没有有钱老头儿追您呢？”

“那是因为我不喜欢老头！我过六十五岁生日时，在四周转了一圈儿，然后对自己说：‘打住吧，卡门，该消停了，今后就在家里看影碟混日子吧。’对了，你借给我的那些影碟在那儿呢，我都看完了。”卡门骄傲地说。

埃克托尔收藏的电影光盘，能让顶级电影发烧友自愧不如，艳羡不已：从卡门最喜欢的好莱坞经典到最新上映的大片，林林总总，随意码放在架子上，占满一整面墙。他每次失眠，都会随意抽出两盒，歪在沙发上看。

“片子太好看了。”卡门号称是格蕾丝·凯利的粉丝。她说自己年轻时长得像格蕾丝·凯利。“你别打岔。你在那里到底过得怎么样啊？”她问道。

埃克托尔慢悠悠地喷出一口烟，搅动咖啡。老太太不依不饶地盯着他，那双蓝色的眼睛！当年不知道有多少男人因为这双眼睛丢了魂儿……卡门不是靠回味过去的风光活着的那种老太太，不过露丝说，她至少嫁过两个丈夫，还有一个情人。卡门自己说，那两个丈夫都是平庸之辈，那风流情人倒让她牵挂了一辈子。那个情种最后还留给她这幢三层小楼，供她安度余生。她要不是给了儿子一层，日子可能比现在还好过。可前些年，她的儿子出走了，一去不回。

埃克托尔又给自己添了点儿咖啡，本想挤出个笑脸，可脸上的倦容和眼睛里的郁闷让他笑不出来。“我不能跟您说瞎话，非常操蛋——对不起。很长一段时间以来，什么事儿都那么操蛋。”

卷宗 1231-R

H·萨尔加多

待结案卷

黄色文件夹上，贴着同样是黄色的便利贴，便利贴上面有记号笔写出的简短的三行字。

警察局长萨瓦尔懒得看这个标签，直接打开文件夹，重新浏览口供、笔录、法医鉴定之类的文件。其实，他对所有资料已经熟得能背下来：无非是暴力执法，那个混蛋挨揍的伤情照片，那可怜的尼日利亚姑娘的照片，拉瓦尔区那套窝藏姑娘们的公寓的照片，还有关于这个案子的不少剪报，少数几条用心不良的报道故意夸大警察执法过当、种族歧视和滥用职权的情节。他“啪”地一下合上文件夹，看了看办公桌上的座钟。“还有五十分钟。”他把椅子向后推了推，把腿伸直。这时候，有人敲了两下门，他还没说话，敲门的人就闯了进来。

“他来了？”他问道。

进门来的女人没问他是问谁来了，直接摇摇头算是回答，然后缓慢地把双手搭在他桌子对面椅子的椅背上，看着他的眼睛，直接问道：“你打算怎么跟他谈？”兴师问罪的语气。

萨瓦尔一耸肩膀，动作轻微得几乎察觉不到。

"该怎么说就怎么说呗，你想让我怎么跟他说？"

"行！你真是够可以的。"

"马尔蒂娜……"他本打算口气硬一点儿，可又抹不开面子真跟她发脾气，只好又压低声音，"我他妈的也身不由己呀……"

她一点儿也没客气，把椅子往后一撤，坐下，再拖着椅子往桌边挪了挪。

"你究竟打算怎么办？那家伙早就出院了，活蹦乱跳，好像得到了重生，正忙着另起炉灶呢！"

"别再烦我啦！马尔蒂娜！"他终于发火了，脑门上开始冒汗。他早晨起床时，决定今天不发火的，可他毕竟只是个普通人啊！

他打开文件夹，发纸牌似的把照片摊在桌上：下颚被打碎，两根肋骨骨折，头和腹部有挫伤。整张脸成了猪头。埃克托尔一时冲动，闯进那王八蛋家里，给这家伙一顿好揍，幸亏没查出有什么内伤。

这些马尔蒂娜都清楚。她也明白，她如果坐到对面那个位置，她的想法会和现在的老板一样。但是，如果只用一个词来概括这位马尔蒂娜·安德鲁副警长的品性，那就是仗义：对家人、同事和朋友两肋插刀。她从来只把人分成两拨儿，她只对自己人的事上心，其他人怎么样不关她的事。埃克托尔·萨尔加多是自己人，毫无疑问。因此她才提高嗓门，故意用嘲讽的口气向她的头儿发难："你把另外那几张照片也亮出来，就是那个女孩儿的照片！咱们也看看那该死的黑鬼巫师是怎么作践这可怜孩子的！"

马尔蒂娜·安德鲁跟萨瓦尔共事多年，是他最器重的部下。萨瓦尔听到这儿，叹了口气道："可别随便乱说'黑鬼'这个词，咱们现在就差种族歧视这一条了。"他见马尔蒂娜做了个满不在乎的表情，接着说道："不能把那个姑娘的事当成出手伤人的借口……你、我、埃克托尔都明白这个道理，那个畜生律师也明白，"他压低声音说，"他前天来过。”

马尔蒂娜听罢立即皱眉。

“就那谁，他叫什么来着……反正那律师来过了。我跟他说得很清楚了，要么撤诉私了，要么他的当事人这辈子别想安生，他上厕所都会有警察盯着他。”

“后来呢？”马尔蒂娜已经换上钦佩的神情，问上司。

“他说得跟当事人商量。反正我把上不了台面的话跟他说尽了，我们说好，他今天十点会打电话给我。”

“他们如果同意撤诉呢？你答应他们什么了？”

萨瓦尔正要回答，桌上的电话响了。电话铃声听起来像警报声，他无声地向下属做了个“安静”的手势，拿起电话。

“喂？”他面无表情地听了一会儿就不耐烦了，“不行，不行，我没空，我过一会儿给她打过去。”他猛地把电话挂断，对女警官说：“乔安娜·比达尔……”

她长叹一声。“她怎么还打电话来啊？”

警察局长耸了耸肩，问：“她那件案子没什么新进展吧？”

“没有，你看过报告了，那个男孩不小心从窗户栽出去，纯属意外。”

萨瓦尔点头。

“报告写得不错，挺严谨的。看得出是花工夫写的，对吧？”

“对，我让她重新写的，最后这遍写得挺好，”马尔蒂娜笑着说，“这姑娘真聪明。”马尔蒂娜从来不会轻易夸人。

“这女孩子的简历无可挑剔，”警察局长称赞道，“同期生里的第一名，上级对她评价极高，还在国外接受过培训……就连对新手从来不客气的洛嘉都给她写了份嘉奖信。我要是没记错的话，他好像说过这姑娘天生就是干侦探的料。”

马尔蒂娜刚想接过话茬，拿警局里男女警官的表现做个比较，再补上几句女权主义点评，电话铃又响了。

与此同时，警局里年轻的女警探蕾蕾·卡斯特罗正在盘算着好好发挥一下侦探天分，来满足一下好奇心。她这个人最大的特点就是好奇。她早就想请那个最近几个礼拜每次见到她都冲着她微笑的男警探喝杯咖啡。“这人看上去挺老实的。”她暗自思忖。给这么个人下套儿让她有点于心不忍。可她自从来到西班牙广场分局以后，一直忍不住想把那位神秘的埃克托尔·萨尔加多的那件事打听清楚。特别是今天，因为他随时都可能出现，她的心会更痒痒。

她说了几句简单的客套话，请了一杯咖啡之后，忍着烟瘾，堆起笑容直奔主题——她可不打算在办公室里兜圈子说话，白白耽误半个钟头。

“那个谁……那个萨尔加多督察，这个人怎么样啊？”

“你不认识他？哦，对了，你来的时候他正好休假了。”

她点点头。

“怎么跟你说呢？”他接着说，“挺正常的一个人，至少看着挺正常的。”他笑了一声。“不过，你永远都猜不透阿根廷人能干出什么事来。”

蕾蕾尽力掩饰对他的失望，她从来都不喜欢言不达意的人。这个一直堆着笑脸、想跟她套近乎的家伙在她心中的形象立刻大不如前。他自己也觉出来了，赶紧弥补：“那事你听说了吧？出事之前那几天，他挺稳当的。一直都挺低调、干练，脾气有点倔，但做事特别有韧性。总的来说，是个不错的警察……反应快、办事细，谁知道怎么突然发疯了，变得跟牲口似的。说实话，大伙都惊呆了，警察本来就是媒体的焦点，怎么还经得住他这么折腾啊。”

蕾蕾暗想，她猜得没错。对方稍一停顿，她赶紧继续套话：

“到底是怎么回事？我看过一些报道，不过……”

“怎么回事？他自己失控了呗，还能赖谁？”小警察说这句话时语气倒挺坚决，“没人敢明着说这种话。他是督察，又是局长面前的红人。可不管怎么说，他差点闹出人命来呀。听说他给局长递交了辞职信，局长把辞职信撕了，还给他一个月的假出去避风头。幸亏媒体没有死抓着这事儿往大里炒，要不麻烦会比现在大得多啊。”

蕾蕾啜了口咖啡，觉着味道不大对劲。她快忍不住烟瘾了。但她给自己立了规定，午饭前一支都不抽，现在差一刻钟才到点儿呢。她深吸一口气，想靠这法子再顶一阵子。说实话，这招不太好使。那个男警官已经把塑料杯扔进垃圾箱。

“要是有人问我，我可不会承认跟你说过这些啊，”他微笑着说，“咱们也得讲火枪手那套‘人人为我，我为人人’的规矩。不过这事真的挺大的……好了，走了，为民效力去啦。”

“嗯，再见。”她心不在焉地随口敷衍一声。

她又在办公室待了一会儿，回想着她看过的萨尔加多这桩案子的所有材料。三月份，也就是四个月前，萨尔加多负责一起贩卖妇女的案子，他的人已经跟踪一个专门从非洲（主要是尼日利亚）贩卖年轻女孩给瓦烈斯和加拉夫妓院的黑帮一年多了。这伙人贩卖的女孩年纪很小。原因很简单，东欧和南美的女孩子狡猾，不服管教，干活挑剔，已经不吃香了，嫖客们现在专找那些被收拾得服服帖帖的小黑妞满足他们最见不得人的变态欲望。对于人贩子们来说，这些小姑娘也更好摆弄。她们大字不识，无依无靠，都是被从穷得没法再穷的地方骗过来的。只要忽悠她们：但凡过来，日子总不会比以前差，她们就来了。她们到了这儿才明白，她们在这儿比原来过得更惨。蕾蕾不止一次地问过自己，这些姑娘怎么这么傻？她们中有谁见过哪个先走上这条路的人发了财，让家里脱贫致富了？一个也没有！她们只不过是豁出命，迈出了绝望的一步而已。好多这样的女孩子自己做不了主，是被父母、丈夫推到这条路上来的。她们一路上肯定战战兢兢，但又抱着幻想，走进那种让人恶心的肮脏地方，才明白那些幻想是多么虚幻，别说改变生活……能活下来就不错了。那些畜生，以及已经混进黑帮圈子里的老妓女布下天罗地网，用各种各样的办法让她们明白来这儿是干什么的，会让她们服服帖帖，任人肆意蹂躏。

这时，她察觉到手机在裤子口袋里震动，便拿出手机。红色信号灯闪烁着，她收到了一条短信。她看到发信人的名字，脸上露出笑意，是哈维尔：身高一米八，深色眼睛，古铜色的脸庞上有一副恰到好处的胡须，小腹上斜文着美洲豹。“他确实很招人喜欢。”蕾蕾一边自言自语一边打开信息。“嘿，我没睡醒你就走了。你怎么总是不打声招呼就走啊？我们今晚再聚一次，你明天能给我做份早餐吗？特相你，吻你。”

蕾蕾盯着信息看了一会儿。这个哈维尔！错字连篇，还好睡懒觉，但确实让人喜欢。她看了一下表。这条信息里还有一层意思让她警觉。她根据自己的经验发现，某些男人的毛病让她无法容忍：两个人在一起过了几个销魂的晚上之后，他们就变得有点儿黏人了，不是刨根问底地干涉你的私生活，就是想法子让你伺候他。比如端杯高乐高送到他的床头。她的运气还不错，并未遇到很多这样的男人。她遇到的大多数男人愿意遵守她制定的简单明了的游戏规则：双方只是单纯的性关系，谁也别过问对方其他事。但是，少数哈维尔这样的男人怎么也弄不明白这条规则。“可惜……他怎么就到了少数派里了呢？”她匆匆忙忙地编了一条回信：“今晚不行，再等我的电话吧，还有，‘想念’的‘想’字是带着‘心’的。再见。”她重新念了一遍回信，冒出一点儿恻隐之心，删掉最后那一句才发出。没必要那么出人家的丑嘛。发件箱空了，信息已经发出去了，但愿哈维尔能明白这条信息是什么意思。为以防万一，她把手机调到拒绝来电模式，然后急忙喝干咖啡。她喝掉这口凉咖啡之后，觉得有点反胃，额头上冒出汗珠。她又深吸一口气，想道：每天上午都这样干呕，肯定是有原因的。“你今天就给我去趟药店。”她断然给自己下了命令。其实她不用去药店，她知道自己是怎么回事儿：都怪一个月前那个销魂的周末。

她站了几分钟，感觉恢复正常后才回到办公桌的电脑前干正事。

就在这个时候，警察局长萨瓦尔办公室的门被关严了。

局长办公室里多了一个人。这个人决定这辈子都要吃律师这碗饭，不过他要是客观评估一下自己的表达能力，就应该知道他的职业生涯肯定会非常黯淡。说句公道话，他现在的处境就非常糟糕，不管是萨瓦尔局长还是埃克托尔·萨尔加多，都不是他这种泛泛之辈能对付的。

达米安·费尔南德斯来了不到十分钟，已经擦了三次汗，手里那张皱巴巴的纸巾都能结出盐来了。他在回话之前，擦了第四次汗。

“我都告诉您了，前天大概九点钟，我见了奥马尔大夫。”

“你把我的话转达给他了？”

埃克托尔并不知道萨瓦尔局长让律师转达了什么话，但他猜得出。他又感激又埋怨地看了头儿一眼。这笔交易是为了保全他，但哪怕是为了保他的命，他一想到要轻饶那个王八羔子，还是觉得恶心。

费尔南德斯点点头，扯开像上吊绳一样勒着他脖子的领带。“我把话都转达给他了，一字儿不差，”他清了清嗓子，“我还跟他说……还跟他说，他用不着接受您的条件，因为你们没抓住他什么把柄。”他察觉到警察局长脸上的恼怒，赶紧又说：“确实是这么回事儿啊，那个姑娘的死跟贩卖妇女的案子没关系。你们甚至不能办他非法行医，因为他那不叫行医。你们要以非法行医的罪名抓他，就得把巴塞罗那所有用纸牌算命的、江湖郎中、装神弄鬼的都抓起来，你们的监狱装得下吗？不过，您先听我说完，”他加快语速，“我也劝他了：这儿的警察不好惹，反正他现在已经挨了揍，但伤也养好了，”他说到这儿，还紧张地偷瞄了面沉似水的萨尔加多督察一眼，“这事儿最好还是就这么过去算了。”

局长听到这儿后来了精神：“他答应了吗？”

“我觉着他好像答应了，不过……”律师有点儿含糊，“他只跟我说再容他想想，明天才能给我准信儿。”

“就是说他还没给你准信儿，对吗？”

“没有。我昨天给他的诊所打过好几个电话，没人接。这倒不奇怪，奥马尔大夫不喜欢在工作时接电话。”

“所以你今天一大早就去找他了？”

“没错，反正我这几天除了跟你们见面……”他吞吞吐吐地说道，“也没什么别的活儿。”

“再过多少天……”

“再过多少天你也找不到别的活儿。”萨瓦尔跟萨尔加多想到一块儿去了，可谁也没说出来。

“你九点钟去的？”

费尔南德斯咽了口唾沫，点点头。此时，用“苍白”来形容他的脸色都太平淡了。“能来杯水吗？”

警察局长吸了口气，答道：“办公室里没有，都喝完了。您接着说，费尔南德斯先生。”

“我九点不到就到了。公交车来得挺快的，然后……”

“长话短说，行吗！”

“好的，好的。我说到哪儿了，哦，我虽然提前了一会儿到，还是直接上楼了。我敲门时发现，门是虚掩着的，”他说到这儿顿一下，

“我想，我还是应该进去，万一他出了什么事呢……”他又咽了口唾沫，擦汗时才发现，那张纸巾已经被他给揉搓碎了，“我闻到一股怪味儿，好像什么东西发臭了。我一边叫他一边往他办公室走，走到通道末尾，看见办公室的门也虚掩着……我推门一看，我的天哪！”

“后来的事儿，我一开始，也就是在埃克托尔来之前，跟您说过了，”他说到这儿的时候，五官已经扭曲，“一个猪头摆在办公桌上，到处是血。我连大夫的影子都没看到。”

“这才叫背运背到家了呢，”律师战战兢兢地离开办公室后，警察局长嘟囔了一句，“这回媒体非得杀回来，像秃鹰似的把咱们嚼烂了才算完。”

埃克托尔本想说一句：秃鹰好像不会嚼吧？但他把话咽了回去。其实，他压根儿也没机会把这句话说出来，因为萨瓦尔说完话后立即拿起电话拨了个分机号。一分多钟之后，副督察安德鲁进了局长室。

马尔蒂娜还不知道刚才的事儿，可是她看到头儿的脸色就知道情况不太妙。所以她只朝埃克托尔眨了眨眼，算是打了招呼，然后就听局长跟她交待情况，布置任务。她听到情况之后，也吃了一惊，但巧妙地掩饰了过去，只是认真地听着，时不时提个问题，然后出去办局长交待她的事。埃克托尔目送她离开办公室，直到局长叫他，才回过神来。

“埃克托尔，你给我好好听着，因为这话我不想再说第二遍。我这次为了保你，跟上边还有媒体杠上了，也算顶上雷了。我为了把这件事摆平，把能使的招儿都使上了，只差一点儿就能让那小子撤诉了。所以现在起，你要是再敢到那套公寓去掺和这件案子的调查，哪怕是一分钟，我都没办法帮你了，明白吗？”

埃克托尔跷着二郎腿听着，神情非常专注。

“我现在是那个等着让人砍头的人，我难道没有权利知道凭什么砍我脑袋吗？”

“你自己早就把这个权利弄丢了！埃克托尔，你从把那个该死的家伙打成猪头、惹上麻烦那天起，就什么权利都没了。你清楚这事儿能有多大！你自己摊上的事儿，就得自己扛！”

埃克托尔其实清楚这件事能闹到什么地步。不过他根本就无所谓，连一丝后悔都没有，甚至觉得那个王八蛋挨他的每一拳，每一脚都活该。一向作风严谨的萨尔加多督察现在好像重新回到生活在港口街区的少年时代。那时候，只要出了学校大门，他对谁不服，就拿拳脚说话，每次带着嘴角的伤回家，都说是踢球时伤到的。这位已经四十三岁的督察现在有点儿犯上拧，心里冒出一股狂躁的、不可理喻的逆反情绪，确切地说就是要上小孩子脾气了。

“那姑娘就白死啦，没人管了？”埃克托尔问道，语气里带着些苦涩。他的反驳显得不是那么有力，但现在他只能拿这个说事。

“你怎么就这么拧啊，萨尔加多！”萨瓦尔提高嗓门，加重语气说道，“咱们对这件事一点办法也没有。根据我们现在掌握的情况，那个窝藏女孩的窝点被端掉之后，奥马尔大夫跟那个女孩就再也没接触过。如果没有那个女孩的证词，我们连他们此前有这段关系都没法证实。她作证时还在未成年人救助中心，她们已经被集中到一起了……明白吗？”

“头儿，我了解案情。”埃克托尔答道。

然而，区区“案情”二字根本没法描绘出实际发生的事有多么恐怖。那个死去的女孩叫吉拉，你可以从她临终时脸上的表情看出她死去时有多么恐惧。她还没满十五周岁，一句西班牙语或者欧洲其他稍微通行一点儿的语言都不会说。她以这样的方式让人们听到了她的控诉。小姑娘小巧玲珑，像洋娃娃那样鲜润光洁的脸上有着一双他从未见过的深褐色眼睛，眼睛发出琥珀般的光芒。吉拉跟其他那些女孩一样，在被生活所迫离开家乡之前，也参加了一个当地人称为“乎乎”的仪式。在仪式上，女孩们要先喝清洗过尸体的水，然后把自己的阴毛或者经血供奉在一个神龛上，以此发誓她们绝不告发那些把她们贩运过来的人，还得偿还无中生有的旅费，而且必须绝对服从人贩子的安排。谁敢违背誓言，她本人或者留在家乡的亲人就会受到惩罚，被人用非常残忍的方法杀死。吉拉亲身领受了这种惩罚。难以想象，她那么瘦小的身躯里居然能流淌出那么多鲜血。

那女孩死时的惨状在埃克托尔的脑海里挥之不去。正是那些惨景让他当时失去理智，唯一的想法就是找到奥马尔大夫，敲断他身上的每一根骨头。在他们侦查的过程中，奥马尔这个名字一直是重点。他表面上只不过是专门负责给女孩体检的角色，可从女孩们一听到他的名字就心惊肉跳这一点判断，这家伙不单是个医生。没有一个女孩敢在接受讯问时供述他的事，他自己也特别谨慎，每次都只把一个，顶多两个女孩带到诊所。这样一来，他顶多只能被控非法行医。这对一个在肮脏诊所里给非法移民看病的无照医生来说，算不上什么大事。

埃克托尔当然不肯就这么善罢甘休。他决定从那些姑娘里挑出最年幼、最胆小的，通过翻译给她施压。就算这样，吉拉也只是用非常微弱的声音告诉他，大夫查验过她是不是处女，另外还叮嘱她必须服从先生们的要求。别的事，她一个字也没敢说。第二天，这小姑娘就浑身血如泉涌，孩子一般的小手里攥着一把剪刀。埃克托尔在十八年的从警生涯里，见过浑身烂得连一块能扎针的好肉都找不到的吸毒鬼，也见过暴力犯罪受害人各种各样的惨相，可他真的从来没见过这么可怕的情景，没有一个受害人有她这么惨。吉拉支离破碎的尸体令他感到一种不寒而栗的、没法用语言描述的邪恶与歹毒。这种感觉应该只出现在噩梦里。

“还有一件事，”萨瓦尔接着说，好像埃克托尔已经答应了他刚才说的事，“你重回岗位之前，必须到局里指定的心理医生那儿接受几项测试。这事不能通融，明天十一点钟就先做第一项。你给我老老实实地先做好第一件事，胡子刮干净了。”

埃克托尔已经不打算再争辩。他在回来的长途飞行中有许多想法，但是现在突然觉得一切都无所谓，只觉得那个带血的猪头不对劲。

“我能走了吗？”

“等会儿。我可不希望你跟媒体说一个字。你的事现在还没结论呢，把嘴封死喽。听明白了没有？”

见埃克托尔点了头，萨瓦尔局长才露出点笑脸，长出一口气。萨尔加多已经站起身来，准备出去了，可局长还是没有让他走的意思。

“布宜诺斯艾利斯现在怎么样？”

“怎么说呢……跟莫雷诺冰川差不多，感觉它随时都能化成一块一块的，可仍然撑着，没倒。”

“那确实是个让人着迷的城市，你发福了！”

“吃了太多烤肉，每个周末都得跟朋友一起过，推都推不掉。”

萨瓦尔桌上的电话又响了，埃克托尔想趁机赶紧出去。

“等会儿，先别走……喂？怎么这么烦啊！告诉她我马上给她打回去……你再跟她说一遍不行吗？”萨瓦尔恼怒地挂了电话。

“出什么事了？”埃克托尔问道。

“要是没这些破事儿，生活会美好很多……”萨瓦尔突然沉默了几秒钟，这是他冒出新点子的先兆。他需要这么一会儿工夫把想法捋顺，转换成语言说出来。

“听着，”他非常缓慢地说道，“有件事，我觉得你能帮我办，不是公事。”

“说吧，你想让我揍谁？我正想找个人出火呢。”

“什么呀？”刚才困扰着萨瓦尔的烦心事，这会儿就像肥皂泡一样，瞬间化为乌有。“坐下。”他深吸一口气，点着头微笑。他很满意自己能想出这么个好点子。

“刚才那个电话是乔安娜·比达尔打过来的。”

“不好意思，我不认识你说的这个人。”

“嗯。那是圣胡安节[①]晚上的事，你不在局里。”萨瓦尔扒拉着桌上的几个文件夹，从中挑出他想找的那个。“马克·卡斯特尔·比达尔，十九岁。圣胡安节那天晚上请了几个朋友，在家弄了个聚会。结果这孩子从自己卧室的窗台掉下去摔死了。”

“嗑药后拿自己当超人了吧？”

“没有，没验出毒来，倒是喝了酒，但酒精含量并不高。据说他平常总坐在窗台上抽烟，大概是没坐稳掉下去了，要么就是自己跳楼……这孩子挺叛逆的。”

“十九岁的孩子，有几个不叛逆的？”

“可别人没从窗台上栽下去啊，”萨瓦尔继续解释道，“麻烦在于，这个马克·卡斯特尔是恩里克·卡斯特尔的儿子。这名字你听说过吧？”

埃克托尔想了一会儿，没听过。“是富豪还是高官？”

“富豪加高官。他从前有一家一百多员工的公司，后来做房地产，是少数几个在泡沫破灭之前就套现出来的。后来媒体上一直有他的消息，好像是哪个大党的第二号人物，正在准备参加下届的地方选举呢。现在选民都想看新面孔，好几个右翼政党都想拉他加盟。”

“是啊，成功企业家永远都有人气。”

“经济越不景气他们越火。不说这个了，反正那个孩子要么是摔下去的，要么是自己跳下去的。咱们没有其他结论。”

---

① 当地庆祝仲夏日来临的节日，有大量燃放烟花爆竹的习俗。

“那还有什么可办的？”

“孩子的妈妈不认可啊。刚才还打电话来哪。”萨瓦尔用看待朋友的眼神看了埃克托尔一眼，这是他惯用的一招儿。“她是卡斯特尔的前妻，他们俩的那段儿故事有点儿乱。孩子才一两岁时，乔安娜就撇下他们父子出走，直到孩子进了太平间，她都没再见过这孩子。”

“真够混蛋的！”

“是啊，我认识乔安娜。我说的是她出走之前，我们那会儿是朋友。”

“哦，那得是你当巴塞罗那市政警察的时候。波罗舞伴儿？我差点忘了你们跳舞时身体贴得有多紧。”

萨瓦尔做了个不屑的手势。

“哪儿都有这种事。听我跟你说，这不能当公事办。我现在没法派人专门调查这事。我这儿本来人手就不富余，更不能抽人出来瞎忙活这么一出没影儿的案子。不过……”

“不过我反正闲着呢，是吧？”

“没错。你照应一下就行，跟死者父母谈谈，再找那天去过派对的孩子们问问。然后给乔安娜一个最终说法，”萨瓦尔垂下眼皮说，“你也是有儿子的人啊。她只不过需要有个人多过问一下她儿子身亡这件事。你就受个累吧。”

埃克托尔已经搞不清头儿到底是在求他帮忙，还是早就猜出他不想干这事，赶紧拿话把他的退路堵死。

萨瓦尔堆起一副可怜兮兮的谄笑，把案情报告递给他。

“咱们明天一起跟安德鲁谈谈，这个案子是她跟那个新来的小丫头接的。”

“咱这儿又新来一个小姑娘？”

“是啊。我把她派给安德鲁了。嫩了点儿，不过挺有天分。所有的测验全拿第一，成绩太出色了，后生可畏啊。”

埃克托尔拿起卷宗，站起身来。

“你重新回来，我太高兴了。”他说完这句话，就到了郑重道别的时候了。萨瓦尔红脸白脸随时都能唱。在这种时候，他总会装得像罗伯特·杜瓦尔①似的，摆出一副慈祥、坚毅、宽厚，还有点儿深不可测的神态。“你跟那个非洲猴子之间不管再出什么事儿，都必须立刻告诉我。”就差再嘱咐一句“好好干吧”或者“别让我后悔我做出的决定”。

两人握手，萨瓦尔又叮嘱：“记住，卡斯特尔的案子可不是官方调查。”他攥着部下的手，加了把劲儿。

埃克托尔把手挣开，但是最后这句干巴巴的话，还在他脑子里来回打转，就像一只冲着玻璃撞来撞去的大马蜂。

---

① 好莱坞资深影星，曾在《教父》扮演军师汤姆·哈根一角，此后经常扮演权势人物。

2

最近很长一段时间里，乔安娜·比达尔头一次心情平静了一些，甚至感到一丝满足，或者说轻松。她终于打通电话，对方还答复她，案子要继续查下去，肯定会给她一个结果。“我们肯定一查到底，乔安娜，我保证。”萨瓦尔就是这么跟她说的。其实，她想要的就是这句话。她正是为了这句话，才在重回巴塞罗那，参加完她实际上几乎不认识的儿子的葬礼之后，还能在这座她曾经逃离的城市逗留这么长时间。

“就耐心等着吧。”她在心里拿定主意，在这套祖母留给她的公寓里四处溜达。她已经把厨房和卧室里家具上蒙着的布单都揭下来，但是走廊另一端的其他房间里还摆着不少蒙着布单、死气沉沉的家具、摆设。高高的屋顶，狭长的走廊，到处都是蒙着早就泛黄的白布单的物件……她觉得这座常年不沾人气的公寓像是一座鬼宅。她信步走上阳台，阳台上有一排只剩下干土的花盆，一幅已经朽坏的绿帷幔遮挡住阳光。她从帷幔里探出头去，正午的阳光照得她眯起双眼。她站在这儿，觉得自己好像站在两个世界之间，一边是阳台正对着的格拉西亚区核心，阿斯图里亚斯大街。这条街现在已经被改造成步行街，人声喧腾，红绿蓝紫各色服装艳丽多彩；另一边是这套死气沉沉的公寓，由于年代久远，原本象牙白色的墙皮已经变成暗灰色。其实，她只需拉起帘子，就能把阳光引进室内，让外面的人气驱散室内的死寂。但是，她还不想这么做。还不到时候，因为，她还没想好到底应该把自己放到哪一边。

屋外涌来一股热浪，她回到屋里。她转身走向厨房，去找些喝的。乔安娜从来就不是什么教徒，但她把祖母留给她的这套公寓看成自己的专用小教堂。她只要来到这儿，就会觉得心里非常宁静。实际上，她活到五十岁这把年纪，也只有这套公寓算得上真正属于她的东西。所有家人都不同意，但是她奶奶临终前还是把这套房子传给了她。或许老太太当时已经糊涂了，不记得她此前犯下了那桩不可饶恕的罪孽，遭到全家一致声讨。

她从冰箱里拿出一个塑料水罐，给自己倒了一杯水，然后两手捧着杯子，坐在一把纤维板制成的椅子上，思忖道：家里人当时可能做得对，她身上说不定确实有些残忍的违背人伦天理的天性。她妈妈曾经难以自控地对她说："你离开丈夫还情有可原，可是连孩子都不要了？畜生都做不出这种事！"

那个孩子就是马克。他们上次分别时，他还睡在摇篮里。他们这次重逢，他已经直挺挺地躺在橡木棺材里了。当时，她唯一的感觉就是害怕。她看着这个由她自己孕育出来的孩子，为什么竟然和看着躺在吊唁厅的玻璃隔断另一边、头发剪得很短、身穿可笑黑礼服的陌生小伙儿的感觉一样？她对自己面对那样的场景仍然无动于衷感到一种无法抵抗的恐惧。

"哎呦！你怎么也来了。"

乔安娜不用回头看，已经听出说话的是谁。但她迟疑了几秒钟，才敢回过身来。

“菲利克斯通知我了。”她好像给自己找台阶儿似的说。

她刚进来时，并没人在意她这个身穿深灰色外衣的不起眼的中年女人，好像她只不过是前来吊唁的某个女人。可是，人们一认出来是她，吊唁厅里突然变得紧张而又安静，过了一会儿才爆发出一阵嘈杂的窃窃私语声。她这时候觉得所有人都在背后死盯着她，目光里有惊愕、莫名其妙，还有指责。好像她一下子成了这个葬礼的主角。

“恩里克……”菲利克斯说话了。他充满男性特征的声音好像立刻给了她足够的勇气，去面对眼前这个已经凑到离她不足一步远、已经让她感到不自在的另一个男人。

“我就想再看他一眼，马上就走。”她直截了当地说道。

恩里克用一种奇怪的眼光打量着她，但她好像抗拒他让她离开的要求，把身体转到一边，不予理会。这个反应跟许多年前，她离家出走六个月后，恩里克跑到巴黎求她回家时所看到的反应一模一样。只不过现在她的眼角上多了几道鱼尾纹，但目光还和以前一样，充满怀疑和鄙视。乔安娜觉得，这个男人居然也跟他们上次见面时没有两样，还是那么一副让她讨厌的油光水滑的样子：胡子刮得溜光，西服笔挺，不带一道褶，领带打得规规矩矩，皮鞋亮得能当镜子照。这副扮相本来没什么可挑剔的，但是她不知从什么时候开始，突然就打心眼厌恶这副扮相。

“走吧，乔安娜，”菲利克斯打圆场道，“我带你出去。”

她看到前夫嘴角微微一撇，露出一丝嘲弄似的微笑，悄悄后退一些。他们面对彼此时的言行举止跟多年前一样。乔安娜跟菲利克斯逐渐走远后，恩里克提高声音喊道：

“明天上午十一点下葬，你有空还想来的话，就来吧，不来也没关系。”

她不用看也知道，菲利克斯瞪了他兄弟一眼。她听着周围越来越汹涌的议论、指责的声音，继续向大门口走去。这段距离最多也就十来步远，但她觉得好像漫长得走不到头。她好不容易挨到门口，突然一回身，大厅里的人声戛然而止。她看着噤声的人群，一丝得意油然从心里冒出来。

她狠狠拍了一下那台老冰箱，想止住那讨厌的噪声。这一回，她的这个老办法没起什么作用，冰箱只安静了一会儿，就成心找别扭似的，又开始"嗡嗡"地响。她只好慢慢地溜达回笔记本电脑跟前。最近一段时间，无线网络是她与这个世界联系的唯一途径。她坐到桌前，打开邮箱，看到四封新邮件：两封是她教授加泰罗尼亚文学的大学同事发来的，第三封是费利佩发来的，第四封从 siempreiris@gmail.com，一个陌生邮箱发过来的。她打开这封邮件时，公寓大门的门铃响起老得不知道是什么时代的曲子。

"菲利克斯！"乔安娜一开门就看见刚从楼梯爬上来、正扶着门框大喘气的菲利克斯。她猛然想起自己身上还穿着睡袍，不由得有点儿害臊。"你跑这儿来干什么？"

他待在原地不动，还没缓过气来。

"对不起，我不是那个意思。你请进吧，我只是不习惯在家里会客，"她挤出微笑说道，"你随便坐，我去换件衣服。这房子好长时间没人住了，你知道的。"

她换好衣服回来，看见他正站在阳台前，面向大街。菲利克斯以前很魁梧，现在，随着年龄增长，身材略显发福，腰带附近已经有些赘肉。他正用从口袋里掏出的手帕擦着汗。乔安娜想，现在还用布手帕擦汗的，可能只剩下他了吧。

"你想喝点儿什么？"

他微笑着答道："能给我来一杯水吗？谢了。"

“当然了。”

菲利克斯跟着她进了厨房。

“你在这儿过得还好吗？”他问道。

她点了点头，从橱柜里拿出杯子，冲洗一下，接满水。

“这房子好长时间没人打理了。不过，住着还挺舒服的。”她边说边把水杯递过去。菲利克斯接过杯子一口喝干。看得出来，他现在体质不算太好，乔安娜想，修士们平常可能不怎么锻炼身体。

“菲利克斯，你来这儿干吗？”仍然很唐突，但她现在不太想拐弯抹角。

“我就想看看你过得怎么样，”他现在的微笑不太那么真诚，“我一直都乐于关心别人。”

她把后背靠在墙上。厨房的墙面上贴满蓝白色的小瓷砖，这里看上去更像是个诊所。墙面冰凉。

“我挺好的，”她忍不住接茬道，“你告诉恩里克，我只要觉得有必要留在这儿，就留在这儿。我想待多长时间，就待多长时间。”

“我都告诉你了，我不是替兄弟来这儿的。我乐于关心别人，我关心你。”

她知道这是实话，菲利克斯一直都在帮她。在她最困难时，也是菲利克斯在帮她。

真有意思，菲利克斯虽然是僧侣，但并未戴圆领，不过又穿着长袍。菲利克斯好像是唯一能够理解她的人。

“另外，我还想问你，马克是不是联系过你？就最近这一年里？”

她闭上眼睛，点了点头。她深吸一口气，抬头看着屋顶的一角，想着如何回答菲利克斯。冰箱再度发出噪声。

“他给我发过几封邮件。行啦，别烦了！”她照着白色的冰箱门猛力一捶。这回冰箱立马没了声音。

“不好意思，我有点儿失控了。”

他找了把椅子坐下来，乔安娜有点儿担心这把半破的旧椅子撑不住他的身体重量。

“是我把你的邮箱给他的，”他解释道，“他在爱尔兰时向我要你的联系方式，我一开始还犹豫，但最后还是没法拒绝。马克已经不是小孩子了，他有权利知道一些事。”

她静静听着，因为她知道菲利克斯还有话说。

“我给了他你的邮箱一个礼拜后，他给我写了一封邮件，说你没回复他的邮件，对吗？”

乔安娜忍着泪，声音沙哑地答道：“你说我能怎么回？他冷不丁来了封邮件……我根本不知道怎么回复他。”她说到这儿，眼泪还是抑制不住地夺眶而出。她抹了一下眼角，接着说：“我想回他，写了好几封邮件，但都没发出去。”菲利克斯盯着，希望她继续说下去。“我最后还是给他回邮件了。我们互相通了一阵子邮件，直到他在邮件里说想去巴黎找我。”

“但是，你没答应跟他见面？”

她摇了摇头。

“你知道，我在这件事上一直挺懦弱的，”她满脸苦笑地回答，“我猜就是这事儿让他失望了。”

菲利克斯低下头来，对她说道：“就是因为这事，你才留在这儿的吧？但你这样只会受到更深的伤害。你应该回巴黎去，重新好好过你自己的日子。”

“不用你告诉我该怎么做。”她站在原地一动不动，答道。她说这话的时候，两眼直盯着对面教士的眼睛，这是两人见面后她第一次敢直视对方。“我就在这儿等着，非要把那天夜里的事情弄清楚不可。什么疑似失足，疑似跳楼，可能是被推下去之类的推测，我都不相信。

我非得弄个明白！”

“就是事故。乔安娜，你用不着因为那件事这样折磨自己。”

乔安娜根本不搭他的茬，一口气儿说道：

“我不明白恩里克为什么接受他们的那些说法。他难道不想弄清楚到底是怎么回事吗？”

“你应该明白，这确实太让人难过，可毕竟日子还得往前过吧。总放不下伤心事，早晚得生病。”

“菲利克斯！把事情弄明白才能祛除心病。非得弄明白不可，至少，我得弄明白这件事。”

菲利克斯看到他兄弟的前妻双膝软下来，差点栽倒地上。他赶忙站起身，跨步把她搀住。“这是何苦呢？”他觉得这事越来越难办了。

“我就是想知道这事到底是不是我的错，”乔安娜轻声说道，“我应该受什么样的惩罚。”

“你不应该这样赎罪，乔安娜。”

“赎罪？”她把手放在已经冒汗的额头上，“菲利克斯，你们的这一套说教怎么也不换换啊。谁犯下罪孽都没法赎清，只能一直背着！”

然后两人都没说话，这句话在这间令人压抑的厨房里回荡了好一阵子。菲利克斯已经明白他说服不了对方。他输了这次争论，但还不太甘心。

“你这样会伤害恩里克、他妻子、女儿、我，还有好多想解脱出来的人。我也特别喜欢马克。对我来说，他不仅仅是侄子，我是看着他长大的。”

乔安娜突然挺直身子，把菲利克斯扶着她的手拿开，脸上露出一丝苦笑。“有时候，伤害是没法避免的，菲利克斯。”然后她背过身走到公寓大门口，把门打开，站在那儿等着送客。菲利克斯走到她近处时，她又说道：“有时候，人得学会在痛苦中活着。”然后，她换上刻板、冰冷的口气，不动声色地告诉他："我今天早上跟萨瓦尔谈过了，托他派个警探专门调查这个案子。你跟恩里克说一声，这件事还没完，菲利克斯。"

菲利克斯点了点头，在她的脸颊上轻吻一下，算是道别。他临下楼梯，又冲乔安娜说了一句："有些事情，还是别弄得太清楚比较好。"

乔安娜假装没听见他的话，关上门。她这才想起自己还有新邮件没看。

3

中午十二点半，埃克托尔打车来到邮局大楼的门口。这幢老旧斑驳却敦实坚固的庞大建筑把藏在它身后的迷宫一样纵横交错的小街和胡同完全挡住了。附近波恩区[1]争奇斗妍、奇思妙想的建筑到了这儿被截住，没法再往前延伸一步。大楼后边小巷子里的居民仍然照着老样子在自家阳台上晾衣服，而且一伸胳膊还能把对面邻居家晾的衣服顺走。那里的房屋、门面早已经破烂不堪，却没法修缮，因为街道窄得没法支脚手架。有些低矮的老房子早就没人住了，现在一群巴基斯坦人挤进来，满街满巷，一家挨一家地开了卖他们自己那种衣服的服装店，其间夹杂着几家墙上贴满瓷砖的茶室、酒吧。奥马尔的诊所就在这一片破街烂巷中，在米兰巷一栋破旧楼房狭窄肮脏的二楼的一个房间里。埃克托尔走到这条街的拐角，下意识地往口袋里摸手机。“妈的！”他这才想起，手机早晨就没电了，被他扔在家里了。他本来还想打个电话给安德鲁，问问她“摩尔人上岸了没有”[2]。他想到这句古老谚语现在居然也“政治不正确”了，不禁哑然失笑。

---

① 巴塞罗那老城港口附近的一个街区，改造后成为该市重要的旅游景点和文化、休闲中心区。

② 西班牙古谚，等于“安全吗”。起源于中世纪西班牙天主教徒与摩尔人的战争期间。

他悄悄地走近案发现场所在的那栋楼时，见到的情景完全出乎他的预料。原来挤成人粥的胡同空了。也难怪，自从刑警频繁光顾之后，这一片的好多非法居民不敢再上街了。埃克托尔到了楼房跟前，才见到一个人。一个他在局里打过照面的年轻小警察盯着楼房入口，不让闲杂人员进去。

“萨尔加多督察，”小警察对他打招呼时明显很紧张，“安德鲁副警长跟我打过招呼，说您肯定会到这儿来。”

埃克托尔用眼神询问小警察。

小警察点点头。

“您上去吧，我就当什么都没看见。安德鲁副警长是这么交待我的。”

楼梯散发出一股只有大都市贫民窟里才有的潮湿的怪味儿。他在走廊里跟一个黑人女性擦肩而过，那个女人从头至尾都死盯着楼梯，没敢把眼睛抬起来。二楼的楼梯口对着两扇门，两扇门的木料一样，颜色深一点儿的那个门就是埃克托尔要进去的。他使劲按了两次按钮，门铃才不大情愿地响了一下。这时候，那个凶险的午后发生的一切，陡然间重现在他眼前：那个黑人小女孩儿惨不忍睹的尸体，他当时闷在心里、压不下去又发不出来的那股又苦又涩的狂怒，然后他毫不留情地暴捶了在讯问室里见到的那个混蛋。他一直想忘掉这些阴沉而模糊的记忆片段，但总也忘不掉。

埃克托尔在拐角处等着他手指间的香烟自行烧完。这已经是他在半个小时里点燃的第四支烟。他现在觉得胸口发疼，犯恶心。

他走上二楼，推开那扇门。房间里一片漆黑，他本能地摆出防卫姿势，站在门口一动不动，直到暗处发出声音，有人打开一盏台灯，他才看清这间屋子里桌子的另一边还坐着一个人。

“您请进吧，督察。”

埃克托尔听出这个慢条斯理、带着口音的说话者是谁。

“您请坐。”

埃克托尔坐下来，一张旧桌子把他俩隔开。那张桌子居然还是实木的，大概算得上这栋快塌了的楼房里这间关得严严实实的房间里最像样的家具了。

“我正等着您来呢。”

台灯照出来的人影向埃克托尔这边移动过来，埃克托尔看全对方的模样。让他惊奇的是，从警局传唤他到现在没过去多久，但他明显老了很多，那张黝黑的脸消瘦、憔悴，看着埃克托尔的眼神，就像一条刚挨过揍的老狗，随时准备再好好挨下一顿饱揍。

“你是怎么干的？”

对方脸上堆着笑，但埃克托尔早就察觉到他心里有多害怕。这样更好，就该让他心里害怕。

“什么怎么干的？”

埃克托尔强忍着，把拳头攥得紧紧的，没有立刻起身揪住他的脖子，把他的脸按到桌面上。他直截了当地问：

“吉拉死了。”

埃克托尔提到她的名字时心头抑制不住地发冷。房间里弥散着一股甜丝丝、腻歪歪的香气，熏得他又犯恶心。

“太令人遗憾了，是不是？多漂亮的小姑娘啊……”对方接过话茬，好像在聊一个物件或者一件小礼品，“您知道吗，她爹妈给她取了这么个怪里怪气的名字，就是打算让她到欧洲或者美国生活的。他们卖她的时候，一点都不难过，认准了她不论到哪儿，都比待在村子里强。她自从一降生，他们就给她灌输这个想法。可惜，他们没教她怎么把嘴封严实了。”

埃克托尔咽了口唾沫。突然间，他觉得四周的墙壁向他俩压过来，本来就不太宽敞的房间，一下子变得像个兽笼。屋里的光线都集中在对面那个江湖郎中的两只手上。手指头又细又长，就像一群小蛇。

“你是怎么干的？”他又问一次，声音已经变得暴躁，就好像他问了几个钟头，一直没人搭理他。

“您真的觉得我能干得了什么？”对方笑着答道，又把身子往前探了探，灯光再次集中到他的脸上，“您这问题问得又奇怪又可乐，督察。你们西方人就喜欢拿我们古老的法术开玩笑。你们自认为凡是看不见摸不着的东西就不存在，可实际上，你们是把自己关在了整个宇宙之外，还自得其乐，自觉高人一等。可怜、无知啊。”

埃克托尔死盯着那双手，他的目光好像离不开那双干涩枯萎的手了。它们就那么挑衅似的摊在桌面上，一动不动。他心头的愤怒在不断滋长。

“您算是一个有趣的人，督察，比绝大多数警察有意思多了。您从来没打算一辈子就当个警察吧？肯定不止如此，我看得出来。”

“少给我拍马屁。我问你正事呢，没工夫听你这套愚蠢的言论。”

“正事？您说的正事……其实您知道是怎么回事，可是您不愿意相信。我还能有什么法子呢？”

“你是怎么逼她的？你他妈的到底使了什么操蛋招术，逼着那小姑娘把自己弄成那样的？”他已经有点语无伦次，乱了章法。

对方把身子往后一撤，藏到灯影里，声音好像是凭空飘出来的：“您相信梦吗？督察，我猜您不信。真弄不明白，你们相信原子那么虚无缥缈的东西，可偏偏对每天晚上都实实在在发生的事那么嗤之以鼻。人人就做梦啊，对吗？”

埃克托尔咬住嘴唇，尽量不打断他。很显然，对面这混蛋正设法用他自己的想法叙述那件案子。江湖郎中把声音压得非常低，埃克托尔必须集中精神才能听清楚。

“小孩子都特别聪明。他们会做噩梦，害怕梦中的那些恶魔。他们慢慢长大后，大人就给他们灌输不能害怕这种观念。您也做过噩梦吧，督察？哼，我已经看出来了。是不是夜里怕黑？我还看得出来，您已经好长时间不再回想那些噩梦了，可您现在照样睡不好觉，对吗？好了，那您告诉我一件事：我凭什么就不能把我的想法塞进那倒霉丫头的脑袋里，让她按照我说的干呢？我让她拿起剪刀划开自己的肚子，一直划到小胸脯那儿，然后用力戳……”

埃克托尔的记忆到这儿就中断了。接下来他照着那婊子养的脸上一顿乱拳，直打到拳头冒出了血。

“妈的！你他妈的到这儿来干吗？”

马尔蒂娜冷冰冰的声音把他拉回到现实中来。他的脑子还是懵的，根本无法回答马尔蒂娜。

“算了，别说了，反正来也来了。我就知道你得来。这儿现在可恶心了。”

埃克托尔继续往走廊里面走。

“别进屋，你只能在门口看看。”

那间诊所没什么变化，不过在自然光线下显得更加破烂，简直像一间鬼屋。

马尔蒂娜在她身后评论道：“我这辈子从没见过这么可爱的猪头。”

那张桌子上摆着一个雕塑一样的猪头。这不是小猪崽的头，而是大种猪的头。从这个头来看，那头种猪的个头肯定不小。现在，这只猪头被装在一个黑色的塑料袋里，半个又肥又肿的猪脸露在外边，好像被用开水烫过，猪耳朵已经起皱，猪嘴上全是恶心的粉红色肥肉。

“哎，这个房间里的血不是猪血。你仔细看看，这猪头不流血。”

确实如此，桌面上没有一滴血，血都在墙上、地上。

“得了，看够了。我这个月都不打算吃火腿了。警官……”安德鲁对房间里已经戴好手套的男警官命令道，“把这儿收拾好，都带回……”她突然停下来，她也不知道把猪头带到哪儿好。

“放心吧，警长。”

“咱们谁也没见萨尔加多督察到这儿来过吧？”

男警官一笑。“我压根儿就不认识这人。”

他们到附近一家餐厅吃了中饭。十一欧元一份的快餐，免费赠送甜品或者咖啡，还送一套单人纸桌布跟餐巾。拌沙拉里的菜打蔫了，乌贼泡在整盆的油里，鲜果杂拌里的果粒也都蔫头耷脑。

“我不在的这几个礼拜，出了什么事情没有？”埃克托尔问道。

“别提多恶心了，”回答直截了当，“萨瓦尔简直让人没法忍，他找所有人的茬。”

“就因为我？”

“算是吧，因为你，也因为那个愚蠢的律师。不过，主要还是因为上边和媒体揪住这件事，不好对付。你说你给我们惹了多大乱子，萨尔加多。”

“是啊，”他也同意，“我为自己惹了这么大的麻烦非常过意不去。真的。”

“我知道，”她耸了一下肩，“可你现在怎么办也于事无补。就这样也挺好。不管怎么说，萨瓦尔这次的表现真不错。如果是其他头儿，早就把一切推到你身上了。你肯定也知道。”

她知道埃克托尔心里边知道他欠着人情，可她觉得有话还是当面说清楚才好。

“幸亏上上下下都愿意把这事早点摆平，”安德鲁接着说道，“媒体更乐意发那姑娘的悲惨图片。厅长也不愿意把原来一直进展顺利的案子搅黄了，那律师也想利用这事把他当事人其他事给遮过去。你这事一开始挺大，可各方面都有自己的打算，所以也就……废话我不多说，反正你自己也清楚里面的道道。”

埃克托尔觉得他这女同事还有话要说，于是就把自己想问的事咽回去，半眯起双眼，屏住声，好像小孩子等着引线已经被点着的鞭炮炸响。两人沉默了一小会儿，安德鲁果然和往常一样，又开始唠叨。

“萨尔加多！你当时中了哪门子邪？那会儿进展多他妈顺利啊，咱把主要证据都攥在手里了，卖淫窝点儿也已经被端了，咱要破了案——那可是涉及全欧洲的大案子……快要成功了，媒体开始吹风了，厅长都等着庆功了，你非要跑去折腾那个咱们唯一还没办法对付的小子那儿去，结果闯了锅。”

埃克托尔一言不发，耸了耸肩膀，喝了口水。他已经不打算再问什么了，于是转换话题：

“听着，你在那间屋子里发现什么没有？”

安德鲁摇摇头。

“安德鲁，求你了。”他低声追问道。

“真没什么，只有个针孔摄像头还算个疑点。这奥马尔好像挺喜欢偷录他的顾客。另外就是，那些血迹挺可疑的，我觉得像是人血，已经拿去化验了，明天出结果。可我不清楚这个人要通过血迹表达什么意思，”她把咖啡一滴不洒地倒进装着冰块的水杯，接着说道，“有新情况了我会告诉你的。不过你也得保证别再掺和这件事。”

埃克托尔机械地点着头。

“我跟你说真的哪，埃克托尔。我向你保证，肯定会告诉你新情况。你也得保证不掺和。我不管告诉你什么情况，你都不能掺和进来。听明白了吗？”

他把手放在胸口，一本正经地回答：“我保证。”

“心长在那一边，真是笨，”她忍不住笑道，“那江湖郎中有个优盘，优盘差不多是空的，但里面有个以你的名字命名的文件夹。”

他看着她，吃了一惊。

“里边有什么？”

“没什么。”

“什么也没有？”他不相信，“现在咱俩谁不履行承诺？”

马尔蒂娜叹了口气。“只有两张照片，一张是你最近的，另外一张是露丝跟吉耶尔莫两年前的合照。那时候，吉耶尔莫还是个小孩子呢。没别的了。”

“这个他妈的王八蛋！”

“埃克托尔，我有件事想问你，”安德鲁的目光变得有些严肃而又凝重，“你昨天在哪儿？”

埃克托尔的身子猛然向后一倾，好像躲闪盘子里溅出来的什么东西。

“我这是例行公事，你配合一下，别难为我。”她好像在乞求他回答。

“我想想……飞机是三点多一点儿降落的。我等了好长时间的行李，结果还是没能找到那件行李。然后我去了机场的行李处挂失，在那儿至少待了一个钟头。然后我就打车回家了。那车半路还坏了。”

马尔蒂娜点点头，又问道：

“回家之后再也没出去？”

“我困得要死，就一个人在家待着。你得相信我说的话。”

她严肃地看着他说：

“我当然相信你的话，这你知道。”

4

下午，低矮的云层遮住阳光，肆虐的热浪似乎也想稍作喘息。埃克托尔趁着这样的天气，换上运动装出来跑步。他一直在翻来覆去地琢磨着安德鲁告诉他的那件事儿，但想不出名堂。现在他需要换换脑子，锻炼身体一直就是他驱赶烦恼最有效的方法。

他在海边的林荫道上边跑边欣赏海景。这会儿，沙滩上只有几个人手抱着膝盖，坐着发呆。还有三五成群的游客，充分享受难得的消夏假期。海里只有几个独享海滩上这片清静的游泳者。

埃克托尔刚跑起来时，觉得左腿的肌肉有些不适。他为了分散注意力，暗自琢磨：这儿的海滩跟市中心区的不一样。那里的海滩早就完全无法让人有身临仙境的感觉，已经不是让人放松的场所：迪斯科音乐震耳欲聋，满眼都是皮肤晒成古铜色、随着节奏上下乱颤的胸肌很大的男士。在健身房精心打造出来的成块排列的腹肌，简直把沙滩变成了模特走台的演艺厅。你有时候会觉得，好像有什么人给那儿立了个标准，身材不够好的人都不能去那儿的沙滩。要么就是那些自惭形秽的胖子们根本不敢到那儿去丢人现眼，所以才都跑到这个偏僻之处晒晒他们身上的肥肉。

然而，这片海滩几乎是空的，但林荫道上有些人：时不时能见到带着孩子散步的夫妻，骑着自行车的少男少女，还有一些跟他一样趁好天气出来跑步的人。流动商贩每个夏天准时回来兜售他们多少年不变的老一套玩意儿，仿佛从来就没听说过“创新求生存”这个格言。每到夏季来临，这片海滩、这座城市都会显出一股加州题材电视剧的调调，有人身上只裹着条浴巾就敢四处溜达，还有人在波澜不惊的海面上玩冲浪。

埃克托尔感觉两腿逐渐适应，便慢慢提高速度。这两个月来，乱七八糟的事接连不断，他一直没锻炼过。他在阿根廷时正赶上寒冷的冬季，没法去户外锻炼。而且，他已经习惯在这一带跑步，换了地方不适应。这不仅是因为这条林荫道边上的海景，还因为另一边两座高高的塔楼是他跑步的参照物，他靠这两栋楼测算跑了多远。海水早就不再纯净蔚蓝，但是宽广的视野能让他心绪宁静，一波一波的海浪能冲走他心头的烦扰。

他正跑着，突然觉得腿部肌肉要抽筋，于是赶紧放慢步伐。一个穿着单排轮滑鞋的小子超了过去，这小子穿着至少大两号的黑衣黑裤，头戴棒球帽。他看到这个孩子，猛然想起萨瓦尔托他办的那桩少年坠楼案。他顿时觉得心里的烦恼刚被洗刷干净，另一桩烦心事就随着海浪冲到他的眼前。他这回没法摆脱了。马克·卡斯特尔，他只在照片上见过这个孩子。在一张一年前的照片里，他留着长长的直发，穿着轮滑鞋，站在这条林荫道上。还有一张是今年春天拍的，他已经剃成光头，脸上的表情沉重了许多，脚下没了轮滑鞋。然后就是尸体的照片。卷宗描述，这孩子喝了酒，不小心从至少十一米高的地方横着掉下去，落地时颈部磕在石头马路牙子上，瞬间死亡。定性为事故，一件蠢事了结了他这辈子。但是能从照片中看出，这孩子死前心情不好。

卷宗还说，马克家住在巴塞罗那高地上流人士云集的豪华社区里。他父亲恩里克·卡斯特尔跟第二任妻子带着他们领养的女儿去了科尔巴托的别墅休假，跟朋友们一起过圣胡安节。马克趁这个机会叫来一男一女两个同学，也是小时候的玩伴，在家里搞了个小派对。第二天凌晨两点半左右，他请来的男孩，阿雷克斯·罗维拉回到同一小区的家里。女孩吉娜·马尔蒂决定留下来过夜。卷宗里还有这个案发之初几乎精神崩溃的女孩的证词。阿雷克斯离开后没多久，她就喝倒了，趴在马克的床上，想不起什么要紧的线索。这是实话，她自己说，那天夜里她喝得最多。大概情况是，阿雷克斯走了之后，马克跟她拌了嘴，她赌气进了马克的卧室躺下，等着他赶快跟进来找她。可是没过一会儿，她就睡着了，直到第二天早晨八点多，佣人的惊叫声把她吵醒，然后她看见马克的尸首躺在楼下的院子里。马克这孩子平时也经常晚上坐在顶层阁楼的窗台上抽烟——这是什么习惯啊！——这回，大概三四点钟时，他不想搭理在楼下床上躺着的漂亮小妞儿，上了阁楼，然后——拿萨瓦尔的话说——好端端地掉下去。真是让人唏嘘。但是，这貌似严丝合缝的推断其实并非无懈可击：比如，房子后门上的玻璃碎了。在平常日子里，这本身可算一种值得关注的情况。但是，这个单一现象在那晚说明不了什么。一到圣胡安节，放鞭炮的孩子们会把整座城市弄得跟战场一样。

埃克托尔越跑越远，林荫道上的人越来越少。他感到体力下降，于是折返，咬着牙沿原路来了个长距离冲刺。

他全身被汗水湿透，呼吸困难，忍着腿部肌肉刀扎似的疼痛，一瘸一拐。距离他位于普哈德大街的家还有几步远。那座房子的正面亟待修缮。他到了大门口，扶着门，喘着粗气，掏兜里的钥匙。

他听见有人叫他的名字，一抬头，看见露丝手里拿着汽车遥控钥匙，神情严肃地向他走来。他下意识地想投给她一个笑脸，可是两腿的酸疼让笑脸变成了鬼脸。

“我就猜你出去跑步了。”

他莫名其妙地看着露丝，没弄明白她为什么会来这儿。

“你把我的电话留给机场了，他们打不通你的电话，就通知我你的行李找到了。”

“哦，不好意思，麻烦你了，”他还没喘过气来，“他们跟我要两个联系电话……我自己的手机没电了。”

“我知道。抓紧洗澡换衣服吧，我开车送你去。”

他点点头。露丝脸上第一次露出微笑，没等他请，直接说道：“我在这儿等你下来。”

不一会儿，他就拎着个塑料袋下来了，袋子里是一些小点心和他去阿根廷前露丝托他带的一本装帧设计方面的书。她笑着道谢：“你真行，大夏天给我这么多高热量的吃的。你知道我经不住诱惑。”

路上车辆异常少，他们半个小时就到了机场。他们在路上聊得不多，吉耶尔莫是两人最主要的话题。这也是最安全、自然的话题，他们只有聊这个话题才能聊到一起。他们分居已经差不多一年了。他们一开始最关心的是，怎么让特别棘手的十三岁吉耶尔莫正确对待他们已经分手这件事。他们欣慰地看到，他们做到了。至少他们自己是这样觉得的。

他们把那件行李箱放进后备箱。这件行李箱饱经蹂躏，锁已经被摧毁，看着不像是飞机运来的，更像是战场残留物。露丝平缓地把车开向闪烁着都市灯光的高速公路尽头。

“你今天跟萨瓦尔谈得怎么样？”

“我觉得还行吧，至少差事保住了……我是说职位。他们好像不打算开除我，这就不错了。那小子已经撤诉了，”他在说谎，“他好像已经明白，不能跟政府机构较劲。但我得去看看精神医生。可笑吧？一个阿根廷人找读心术士看病，嗯？”

露丝点了点头，没说话。他们开到进城路口时遇到一个超长的红灯。

“你当时干吗要那么干？”她问道，栗色的眼睛眨也不眨地盯着他，目光似乎能穿透皮肤，看到他心里，看穿一丁点的欺骗，或者精心编织的谎话。

“别管这事，露丝，那小子活该，”他嚷了一句，但马上又改口，“不知怎么就干了，我没控制住。我从来也没拿自己当完人啊。”

“你别拿这话对付我，埃克托尔。出事儿前一天正好是……”

“没错。车里能抽烟吗？”他摇着车窗玻璃问，感觉一股怒火从胸口涌上来。

“你知道不能，”她厌烦地挥了一下手，接着说道，“你实在想抽就抽吧，小心点儿就行。”

他掏出烟来，点上，猛吸一大口。

“也给我来一根啊。”她轻声说。

点烟的火光照亮她的脸，埃克托尔笑道：“妈的！你和我在一起没好处。”语气轻松了许多。

“我早就知道。我爸妈当初就是这么说的。但他们对我们变成现在这样也不满意。”

两人不约而同地笑起来，笑声里带着对对方的埋怨。

两人抽上烟之后，就不用再找话说了。埃克托尔透过烟雾，看着车窗外城市的夜景，直到把烟头扔了才回过脸朝向露丝。已经到家了，可是两人好像还有许多话需要说。这段路要是再长点儿就好了。露丝换挡倒车，停在临时停车位。

“再来一根？”他问道。

“行啊，不过不能在车里。”

街上连个人影都看不见，没有一丝风，只有从邻居家传来的电视机的声音。现在是新闻时段，天气预报说今后几天还会有一股热浪，周末才有可能下雨。

“我看你挺累的，现在能睡好觉吗？”

“我能睡多少算多少，今天确实太忙了。”他答道。

“埃克托尔，我真抱歉……”

“没事，你没什么可抱歉的。”他精疲力竭地看着露丝。尽管此时无声胜有声，什么话都多余，但他还是说道：“咱们就是一块儿喝了点儿酒，怀怀旧，重温一下过去的情分，睡了一觉。这没什么大不了的，百分之八十的夫妻分手后都这样。你瞧，咱们不能免俗。”她听了这话并没有笑出来。

他想：自己可能已经丧失逗她乐的本事，要么就是她已经不再觉得这些话好笑了。

“我明白，不过……”

他打断她：“你知道就行了。我第二天就把人家的脸打成猪头，但是这件事跟你确实没一点关系。”他带着难以掩饰的苦涩接着说：“现在你安心了吧？能睡得安稳了吧……”他还想再说几句，但及时打住了：“别想这件事了。”

露丝正要说话，手机响了。此前他没注意露丝是什么时候把手机从车里拿出来的。

“找你的。”他提醒露丝。他突然觉得浑身没了力气。

她向旁边走了几步，接起电话。她没说几句就挂了，他已经打开后备箱，取出行李箱，拖到了家门口。

“我得走了。”她说。埃克托尔点了一下头。“吉耶尔莫周日晚上回来。我……我真高兴所有的事都结束了，我是说你在警局里的事。”

“你是不是觉得我摆不平啊？”他挤了挤眼睛说，“谢谢你开车送我。听我说……”他不知道怎么问才能不让她担惊受怕，“你最近有没有注意到有什么陌生人在跟踪你啊？”

“陌生人？什么陌生人？”

“没什么…… 别在意，你们家附近最近出了几件打劫的案子。你小心一点儿，好吗？”

这两人道别时总是这么别扭，好像都学不会怎么顺其自然地分别，比如在脸颊上轻吻一下，或者只是简单地点点头……埃克托尔暗想道：谁教过一对共同生活了十六年，现在各自有了家庭、伴侣的前夫前妻怎么告别呢？他们可能就是因为不知道怎么告别，结果上次见面后最终上了床。

其实，上次的事早有预兆，两人对此心照不宣。晚餐后，露丝来到楼上，说要谈一下他们的儿子接下来的考试。埃克托尔开了一瓶九个月之前、她还没离开时就存在厨房柜子里的红酒。两人的话题转移到原来的性生活，他喜欢哪些次，哪些次原本可以如此这般……最后，两人都没忍住。之前，两人都假装喝杯酒，祝贺他们突然分居但还能文明体面地继续相处，但心里都惦记着再做一次爱。他们俩坐在曾经相拥共度无数个良宵的沙发上。露丝曾经有很多个夜晚坐在这儿等待丈夫归来。埃克托尔在失眠时，也是从床上挪到这儿熬过长夜。两人一杯酒喝下肚，就一发不可收拾，一杯接一杯，既像是拿酒壮胆，又像是给下边两人明知不好却还想做的事找个借口，打定主意要把脑子里仅存的一点理智赶跑。他们不记得是谁先开始的，这也无关紧要。反正有一个人先开始，另一个立马如饥似渴、迫不及待地响应。两人一边宽衣解带，一边顺顺溜溜地从沙发溜到地毯上，两副嘴唇在恰到好处的时刻同时张开，寻找对方的舌头，就像窒息的人热切地寻找氧气。他们的身体仿佛在燃烧，手掌重回它们早就熟悉的角落：一小片一小片温热的肌肤在手掌间变成精妙绝伦的机件，把两人的欲望撩得更热，更旺。她两手被埃克托尔攥住，身体卧在地毯上，忽然间想到这跟她同女人肌肤相亲的感觉是那么不同。在另一种亲昵关系中，肉体接触的愉悦，体肤的香气，身体扭动的韵律，都那么默契和谐……她想到这儿，酒突然醒了，恰好就在埃克托尔用完全部耐心，将要满心欢喜地俯到她身上之前几秒钟。露丝的嗓子里发出痛苦多于快感的呻吟。她转头，看到地板上打翻的杯子，还有被红酒浸湿的衬衫。她想轻柔地推开埃克托尔，然后给他安抚的一个亲吻，这个吻跟刚才那些吻的含义大不一样，然后她就把身体挪开。埃克托尔停顿了几秒钟，露丝反而不好意思按照自己的想法做。最终，埃克托尔如愿以偿地进入时，她奋身想起来。她的动作太猛了，就像逃离塌方。她就像刚才从沙发滑向地毯那样急切地跑向门口，不敢看埃克托尔的脸，也不想跟他说一个字，往上提着内裤，觉得异常羞耻。她收拾起衣服，背着埃克托尔穿上。她好像听见埃克托尔说了什么，但她不想知道他说了什么，只想赶紧离开。

埃克托尔看着她出门，心里明白他们之间彻底没戏了。在此之前，他们的婚姻似乎只不过出现了一个逗号，露丝跑到一个同性身边只不过是一时兴起，他们之间早晚还会有下文。现在，他知道，已经到了该彻底埋葬这段婚姻的时候了。他坐在地上，背靠沙发，摸索着掏出一根烟点着。他抽着烟，呆呆地望着打翻的酒杯和一滴不剩的空酒瓶。

这次道别简单了许多。她回到车上时，他正掏出钥匙往锁眼儿里插。露丝从倒车镜里见到他一手提着箱子，侧着身子向里走时，一种非常类似于温柔的情感，没来由地从她心里涌出来。

5

早就过了上床睡觉的时间。可是随着年龄增长，他的睡眠时间越来越短，只好靠看书打发漫漫长夜。今晚，菲利克斯·卡斯特尔神父尽管手里捧着最喜欢的书，却没法集中精力读下去。在圣胡安大道这套清静的公寓里，他舒服地靠在他从小就最喜欢坐的大扶手椅子上，手里拿着艾瑞斯·梅铎①的小说。他最近一段时间才注意到这个女作家，打算把她的作品全部阅读一遍。然而现在，他几年前就开始视力退化的眼睛虽然盯着书，却怎么也看不进去。他徒劳地尝试过几次之后，终于起身走到存白兰地的酒柜前，倒了一大杯酒，狠狠地呷了一口，然后端杯回到椅子上。屋里唯一的光源来自一盏落地灯，他借着光亮看了白色的封面一眼，禁不住一阵战栗。艾瑞斯，怎么到处都是艾瑞斯呢……

乔安娜换衣服时，他眯着眼睛瞟了她的电脑一眼。他简直不敢相信，拼命克制住自己没把那封邮件删除。不可能，艾瑞斯早就死了，

---

① 艾瑞斯·梅铎（1919—1999），英国女作家，出生于爱尔兰，她于一九五四年出版的第一本小说《网之下》入选美国现代图书馆“二十世纪百大英文小说”；一九七八年所著的《大海，大海》获得英国小说界最重要的布克奖。曾被誉为英国最聪明女人，晚年罹患阿尔茨海默症。

发不了邮件。

是他跳进了水池，把她的身子翻过来的。他看到她青紫色的小脸，掰开那两片已经冰冷、再也不会自行张开的嘴唇，徒劳地向里边吹着气。他面无血色、双臂抱着那个小姑娘回过身来时，看到了侄子惊恐的眼睛。他真想这时候能来个人带侄子离开，希望侄子没看到这可怕的场景。但马克好像被钉在了那里，一动不动。他这才察觉到有什么东西在蹭他的身子。他定睛一看，简直不敢相信：几个玩具娃娃也漂在这池蓝色的水中。

他再次把手伸向白兰地，又喝了一口，可还是没法驱散身上那种跟这个季节明显不相称的寒意。艾瑞斯湿透的身体，青紫色的嘴唇，还有她身边簇拥着的玩具娃娃，好像组成了一个阴间的殿堂。有一段时间，他似乎已经把这幅阴森景象全忘掉了，可自从不久前在圣胡安节之夜又发生一出悲剧之后，它回来了，而且比以往任何时候都更强烈地纠缠着他。他尝试通过回忆过去的快乐时光来摆脱纠缠，却总是徒劳……他总回想马克还活着的时候。这孩子的神情总那么忧郁，但毕竟健康平安地活着。他竭尽全力呵护这孩子，可马克仍然仿佛陷在忧伤的井底无法抽身。恩里克的讥讽随时都能让这孩子的心灵备受摧残，菲利克斯费尽心思但还是束手无策。他跟兄弟不知说过多少回，讥讽嘲笑不是教育孩子的办法。白搭！恩里克好像从来就不明白几句冷言冷语比抽大嘴巴子对孩子的伤害更深。父子俩之间缺个女人，缺个贤妻良母。乔安娜如果跟他们一起生活，也许一切都不一样。格洛丽亚嫁到他们家之后，恩里克的日子好过一点儿，可马克的创伤已经不能平复。他们夫妇二人领养了娜塔莉亚以后，一个新家庭组合成功，马克这个怯懦、阴郁，还有些孤僻冷漠的孩子被彻底排除在外。他现在的嫂子尝试过亲近马克，但她这么做主要是为了尽本分，并不是出于对马克真心疼爱。

一味责怪格洛丽亚也不公平，他想，她这些年已经尽力，也怪不容易的。她因为不能生育非常痛苦。医生开出不孕症的诊断书后，她完成烦琐的领养手续，领养了娜塔莉亚。

这类手续办起来特别麻烦，他利用神职人员的身份帮了忙，但整个过程对格洛丽亚还是漫长的煎熬。她把小女孩领进家后，高兴坏了。在菲利克斯眼里，格洛丽亚是个完美的母亲。菲利克斯看到她们母女俩在一起，总能体会到人世间的温馨祥和。

这种感觉让人心旷神怡，可惜稍纵即逝。所以他不断追逐这种感觉。他每次体验到这种感觉后，都能在几个小时里保持心灵的清澈纯净。正是因为能体会到这种感觉，他才能用一颗宽恕的心看待世间的各种罪孽，甚至原谅他自己的过错……然而，马克死了以后，这样的感觉烟消云散，他现在找不到任何安慰。他每次睡着前，侄子僵硬地躺在庭院地砖上的景象就会闯进脑海。有些夜晚，他能看到侄子坠落时候张开双臂，仿佛要在空中抓住什么东西求救。他甚至能感觉到侄子加速坠落的那一瞬间心里的恐惧。他有时又会看到在窗口的侄子身后有个金色长发的女孩的影子。他在楼下呼喊侄子的名字，叫他小心。但是太晚了，那影子把男孩猛推出去。侄子被一股超乎人类的力量推出窗户，一声闷响，落到他的脚前。一阵狂笑声传来，随后响起一阵奇特的带着死亡气息的窸窸窣窣声。他抬头望去，正是她在那里：浑身湿透，就是他刚把她从水里捞出来时的样子。终于，她笑了，她复仇了。

星期四

6

埃克托尔从来就不怎么相信那些自吹能治愈人类怪癖的家伙。但他也没把这些人看成是装神弄鬼、欺世盗名的大骗子。他只不过是觉得，人人都会受情感、偏见和个人好恶的局限，人的思维那么复杂纷乱，变化莫测，谁也别想看透别人的心思。这个想法在他心中根深蒂固。现在，他平生第一次接受精神鉴定。

他看着坐在桌子对面的那个小伙子，尽量掩饰住打心眼儿里的不以为然，不想让人觉得他没教养。但他觉得很奇怪：他四十六岁，年轻时是个坏孩子，如今是老资格的督察，他的饭碗怎么被攥在了这么个毛头小子手上？他穿着白绿两色方格休闲衬衫、牛仔夹克，刚出校门……没错，这就是个毛孩子，论岁数他能当他爹。他不禁联想到吉耶尔莫，想起三年前学校的学监建议他们带孩子去看心理医生时，吉耶尔莫的反应。他还一字不差地记得学监的原话："能帮他打开与人交往的心门。"露丝也不太信任读心术士那一套，而且他们知道吉耶尔莫跟人交往有他自己的选择，他愿意与人交往时完全没有社交障碍，但他完全不搭理自己不喜欢的人。尽管如此，两人还是决定如果需要去看心理医生，就别耽误时间。结果他跟露丝两人拿到诊断结果之后足足乐了好几个礼拜。那位女大夫叫吉耶尔莫画一座房子、一棵树，和一幅全家福。这小家伙从七岁起就是漫画迷，那时已经显出跟妈妈不相上下的美术天赋。于是他充满热情地投入到这个工作里。不过他按照自己的喜好选择题材：他不喜欢树，所以跳过去不画，直接画了一座中世纪城堡；全家福是蝙蝠侠、猫女郎和企鹅人。他们不知道那可怜的大夫看见全家福里的妈妈身穿皮衣皮裙、手里还拎着根鞭子时，是怎么下诊断书的。不过，那幅画肯定被她收了起来，当成案例，说不定会成为她关于当代非正常家庭之类的论文的素材。

他不自觉地窃笑。他从对面那个心理医生透过金属边框眼镜看他的眼神里，才察觉到自己在偷着乐。埃克托尔清了清嗓子，尽量让自己显得认真些。可是他竟然发现对面这小子在偷空看漫画。

“督察，看来您现在心情不错啊。我真替您高兴。”

“不好意思，我刚才突然想起我儿子的笑话。”他突然有点后悔，现在提起这件事很不合适。

“哈哈，看来您不大相信心理测试，对吗？”这句话没有恶意，带着些好奇。

“我对心理测试没有任何看法。”

“可是您从一进门就不信任我。没关系，好多人也不信任警察，您觉得呢？”

埃克托尔没法反驳，但是想缓和一下气氛：“现在跟以前不一样了，大家都不把警察当成对头了。”

“确实如此，现在的警察已经不再是吓唬老百姓的工具了，至少不再吓唬良民了。但是在这个国家里，警察想要彻底改变形象，还有很长的路要走。”他语气平和，说的也都是事实。可是埃克托尔仍然觉得有点不舒服。

“您对这件事怎么看？”医生收起笑容，问道。

“您觉得我会怎么看？”

“行了，咱们有话直说吧……”医生已经没有耐性，从口音中流露出，“咱俩都知道今天要干吗，我知道您要测试我什么。咱们别绕圈子了，行吗？”

萨尔加多沉默。这是他惯用的套路。现在别人给他用上了。“好吧，听着，我当时不该那么干。您如果想要这句话，现在听到了。”

“您为什么不应该那么干？”

埃克托尔强忍住怒火。玩法改了，现在是问答游戏了……他对这一套也很熟悉，伍迪·艾伦的电影他没少看。

“您知道的啊，那么做不对。警察不能那么干。还有，我应该保持冷静。”

心理医生在记录着什么。

“您还记得当时是什么感觉吗？”

“我觉得，就是特别愤怒吧。”

“您平常也这样吗？好发怒？”

“没有，在这件事之前从来没有过这种情况。”

“您记不记得您以前有没有像这样情绪失控过？”

“可能有过，”埃克托尔稍作停顿，“年轻的时候。”

“年轻的时候，”医生又记下来，“几年以前？五年，十年，二十年，还是二十多年前？”

“我那时候还小呢，”埃克托尔分辩道，“青春期的时候。”

“那时候经常打架吗？”

“什么？”

“我问您在青春期是不是爱打架。”

“不爱。算不上经常打。”

“某些时候会失控吗？”

“您也说了，‘某些时候’而已。”

“哪些时候？”

“我怎么记得清楚，”这句是假话，“不是什么特别的时刻，我觉得我跟别人差不多吧，人人都有过一段容易失控的年纪。”

医生又记录了一会儿。

“你是什么时候到西班牙的？”

“什么？”他刚一听到这个问题，差点儿脱口说出“没几天”，但最后说的是，“哦，您问我最早是什么时候来的？十九岁。”

“那时候，您还在容易失控的青春期吧？”

埃克托尔听罢一笑。“呵呵，我爸爸当时也是这么想的。”

“这么说，是您父亲让您来的？”

“差不多吧，他是加利西亚人①……是西班牙人，他一直想回国，可惜回不来，所以把我弄回来了。”

“他怎么给您安排的呀？”大夫提完这个问题后，马上做了个对自己不满意的表情，好像这句话没问到点上。

“不好意思，您岁数太小了……我爸爸当初觉得我应该到这儿来完成学业，就把我打发过来了，”他说到这儿，清了清嗓子，“我们那会儿都这样。”

“您自己当时没有其他想法？不管怎么说，您这样得离开亲朋好友，背井离乡啊。您无所谓？”

“我当然有所谓，不过我那时候想我早晚得回去。再说，也没人跟我商量过。”

“督察，您有兄弟姐妹吗？”

“有，一个哥哥。”

---

① 西班牙西北部一个自治大区，这里的居民曾大量移民到美洲殖民地，阿根廷俚语习惯把西班牙人直接称作“加利西亚人”。

"他也来西班牙上学了吗?"

"没有。"

问题的方向偏离正常轨道，越问越浅。所以在这个问题之后，又有一阵子两人都不出声。这次的沉默气氛比前几回凝重一些。埃克托尔跷起腿来，眼睛望着别处。小伙子似乎迟疑了一会儿，最后决定改变话题。

"报告说您和妻子分居不到一年。您当初是不是因为太太，才决定留在西班牙?"

"还有别的原因，不过，主要是因为这个，"他解释道，"我是因为露丝才留下来的，不过……"埃克托尔突然看了小伙子一眼。奇怪，他原先根本不知道连这事都被写进了报告里。这么说，他的生活，或者说他最引人瞩目的事都可能被写进了报告里。管着这件事的随便什么人都能看，而且这可以成为审查他的参考信息。他想到这个后有点愤怒。"对不起，"他放下二郎腿，把身子往前探了探，说道，"我不想犯浑，可是您干吗把这件事也考虑进来啊?我当时绝对清醒，知道这事能砸我的饭碗。我现在如果说'我知道做错了，没有以此为荣'管用，我现在就这么说，行吗?我现在不想再讲述细枝末节和我个人的私生活，您也没权利要求我讲。"

医生不动声色地听他把这一大套说完，顿了一会儿后又开始记录。然后，医生仍然用沉稳的语气，一点都不拖泥带水地问道："我认为应该搞清楚某些事情。或许，我一开始就该问这些。督察，我现在不是在审问您，也不是在评判您是不是还能干这个工作。这些都是上边该干的事。我唯一的目的就是帮您挖出失控的病根，好让你下回别再犯。所以我需要您配合，要不这活干不好。明白了吗?"

他明白，可不愿意配合。但是，他只能照办。

"您既然这么说，"他往后一仰，把两条腿往前伸了伸，"我可以回答您刚才的问题。我是和妻子分居不到一年，但我真没因为这件事心里窝火。我也不生我妻子的气。”他一连回答了好几个问题。

心理医生笑道：“不是妻子，是前妻。”

“不好意思，我说惯了，您能理解。”

“当然理解，也就是说，双方协议分居了。”

这回是埃克托尔笑了。“我没其他意思，但实际情况和您的说法根本不一样。只要是分手，就一定是谁甩了谁。所谓协议分居，无非是被甩的那位同意了而已。”

“那么，你们分手是谁甩了谁啊？”

“我们分手……是露丝把我甩了，报告里没有这事？”

“没有，”医生看了一眼时钟说道，“咱们时间不多了，督察。我们下次再见，我希望您能做件事。”

“您给我留作业？”

“差不多吧。我希望您回忆一下您打人那天到底为什么发火，再想想以前是不是还有类似的原因让您失控过，小时候，青春期，成年之后。都想想。”

“没问题，我现在能走了吗？”

“还有几分钟呢。您有什么问题想问我吗？比如有什么没明白的。”

“有，”他直视着医生说，“您不觉得，愤怒有时候是正确的反应吗？您要是亲眼看见那么邪恶的事……看见一个恶魔，会有什么反应？”他没想到自己会说出这样的话。医生对他的这个问题很感兴趣。

“我现在就能回答您，不过，我还是先问您一个问题吧，您相信上帝存在吗？”

“说实话，我不信。但是我相信邪恶存在。我估计，我见过的坏人，比所有电影里的坏人加在一起还多。您能回答我的问题了吗？”

小伙子沉吟片刻。

“这个话题聊起来会没完没了。简单点说吧，有些时候，愤怒确实是正常反应，就跟有些时候人会害怕或者厌烦一样。但是，所谓控制情绪，就是要把握住情绪，别弄出更坏的结果。现在的社会允许人们愤怒，但愤怒导致的结果往往非常可怕。要考虑各种因素，才能解决问题。您觉得呢？”

埃克托尔不知道怎么反驳他，于是起身道别，出了房间。他在电梯里就把烟盒攥在手里了。“这个读心术小子看着嫩，还看少儿漫画儿，但是绝对不傻。”他暗自思忖，这个对手不好对付，他没什么优势。

7

“看来咱们让卡斯特罗警探觉得无聊了。”萨瓦尔用低沉而干涩的声音开了腔，盯着蕾蕾·卡斯特罗。蕾蕾这才猛地意识到萨瓦尔在跟她说话。更准确地说，是提醒她集中精神。“非常抱歉拿这么无关紧要的小事来麻烦您，把您从激情澎湃的内心世界中给拉出来，可是，我们很想听听您的看法。当然喽，前提是您自己想说。”

蕾蕾满脸通红，立马想做检讨，因为她实在拿不出跟他们正在讨论的问题有一点关系的意见。她走神了，正为她自己的一件糟心事发愁。

“对不起，局长。我刚才，刚才正在想着……”

萨瓦尔跟萨尔加多和安德鲁一样，知道蕾蕾根本没听见他们刚才在说什么，但他决定给蕾蕾来个突然袭击。他们四个正在局长办公室里，办公室关着门，马克那件案子的报告摆在桌上。蕾蕾绞尽脑汁，想找出几句跟案子有关的话。局长刚才把尸检报告描述了一遍，她其实几乎能把尸检报告背下来：酒精浓度略微超标，血醇测试不及格。但这点酒精远远不能让他站不稳。法医也不认为他吸过毒。法医鉴定让蕾蕾产生了很多疑问，她提出最难以解答的一个是：这孩子莫非是因为某种巨大的心理波动，才猛地跳下楼去？

“我们刚才正说门上的那个破洞。”萨尔加多督察打断她的话头。她满心感激地附和：“对，对。”她终于知道要说什么了。她的语气变得和往常一样庄重、简洁：“问题是谁也不能确定门是什么时候破的。女佣说她头天下午下班时就看见门已经破了，但是她不敢确定。另外，在房子的后院发现了好几块爆竹皮。爆竹很有可能是从邻居家的花园飞进他家的，邻居家有四个孩子，他们说，他们从下午到晚上一直在玩爆竹。”

“行了。那天是圣胡安之夜，”萨瓦尔局长插话道，“天啊！我真是烦这圣胡安之夜啊！以前还挺有意思，可现在，这群小混蛋简直是在到处扔小炸弹。”

蕾蕾接着说：“家里没丢一件东西，也没发现有生人进入家里的痕迹。另外…… ”

“另外，如果有贼进入他家，这个贼犯得着爬上阁楼，把这孩子推下去吗？没必要啊。”局长做了个不耐烦的手势。

“我没别的意思……”一直没说话的安德鲁插话道，“那孩子失足掉下去，或者自己跳楼。酒精对每个人的作用不同。”

“有什么能显示是自杀的线索吗？”埃克托尔发问。

“没有明显迹象，”蕾蕾接下话茬才发现人家不是在问她，“抱歉。”

“你既然这么肯定，那就说说怎么就没有迹象。”局长又趁机将她一军。

“好吧，”她定了定神，整理一下思路，说道，“马克的父亲讲，马克从柏林学英语回到家里已经好一段时间了，他在留学期间表现得不错。他留学之前在学校里惹了不少乱子，旷课、厌学，还被学校停过三天课。他高中顺利毕业了，但没考上想学的专业。其实，他并没有拿定主意要学什么，所以补习了一年。”

“哦，所以家里送他到爱尔兰学英语，在我们那时候，你只能直接去打工，”局长实在忍受不了这颠来倒去的几句话，合上卷宗接着说道，“行了，我们怎么跟学习小组讨论功课似的…… 你们找他父母以及那天夜里在他家住的姑娘谈谈，然后就结案吧。如果有必要，还可以找那个男孩再问问。不过找罗维拉家的孩子时得谨慎。罗维拉博士自从证明他儿子在出事前就离开现场之后，坚决不沾这件事，不想让人再打扰他们家的生活。记住，好几个市政大员的孩子都是他接生的，咱们老板家的孩子也是。最好别惹他。其实，上边没什么人赞成咱们继续干这个活。我还先给大家打个招呼：恩里克·卡斯特尔已经说得很清楚了，这个案子很清楚，调查该结束了，他现在就想让一家人过安生日子。这种心情也很好理解。”他说到这儿，将注意力集中在自己儿女的照片上。“在媒体跟警察眼皮子底下给儿子办丧事已经够受的了。我下个礼拜去见乔安娜，尽量安慰她吧。还有什么要说的，卡斯特罗？”

蕾蕾被吓了一跳，她正在思考大家都没有谈过的一个细节。

“我现在还没想好，”但她的语气表明她已经想好了，“那个女孩，吉娜·马尔蒂的反应有点……出人意料。”

“出人意料？她才十八岁，喝高了睡过去，一觉醒来发现男朋友死了，这不就是您自己在报告里写的‘濒于崩溃’吗？这个反应很正常。”

“当然，不过……”蕾蕾的语气很坚定，她找到了恰当的词汇，“她应该‘精神崩溃’，局长，但是她一点都不难过，只是害怕。”

警察局长沉默了好一会儿，最后说道：“好吧，埃克托尔，你今天下午找她一下，私人名义啊，别给她太大压力。我可不想招惹卡斯特尔家和他们家的朋友。”他又强调：“你跟卡斯特罗警探一起去，她们俩已经见过面，小姑娘一般更相信同性。卡斯特罗，先跟马尔蒂打个招呼，约一下。”局长说罢又转头嘱咐安德鲁：“你等会儿，咱们还得商量给受家庭暴力伤害的妇女办自我保护培训班的事。我知道她们都特别乐意受训，可是你还能坚持教下去吗？”

萨尔加多和卡斯特罗出门前对视一眼，他们都知道安德鲁不仅能坚持，而且乐此不疲呢。

你在吗？

阿雷克斯，伙计，你在不在啊？

界面显示阿雷克斯不在线，要么就是不想搭话。姑娘紧张地咬着嘴唇，抄起手机。就在这时，她要找的人的状态从不在线变成忙碌。她立马丢开手机，直奔键盘。

我有事跟你说！回答！

对方终于答话：“你好。”外加一个挤眼的笑脸。门把手转动的声音吓了她一跳，她刚把聊天界面最小化，就闻到母亲身上散发出来的香水味。香水味已经弥漫整个房间。

“吉娜，亲爱的，我出去了，”妈妈没进门，不停地翻腾挎在肩膀上的白包，嘴里嘟囔着，“我的遥控钥匙哪儿去了？他们干吗把这东西做得这么小？找不着啊。”她摸到之后，脸上露出一丝笑容。“宝贝，你真的不想跟我一起去？”她看到女儿的黑眼圈，笑容收敛起来，“你不能一夏天都猫在屋里吧？宝贝，这样对你不好。你瞧这天气多好，你得呼吸点新鲜空气。”

吉娜轻声道：“妈妈，你要去利拉①吗？步行十分钟就到，你也开

---

① 巴塞罗那繁华的对角线大道边上一个高档商业中心。

车？从那片空地穿过去就行啦。”

她看到妈妈这身行头，就知道她压根没打算走着去：高档面料的白色套装，腰间束着配套的同样质地的腰带，脚底下的凉鞋，令她从一米六五变成了一米七二，一头“天生”的金发柔顺地垂在肩头。在她背后加个棕榈树背景，她就能去拍广告。

她没理会女儿的揶揄，早已对这孩子的尖酸刻薄见怪不怪。现在是下午一点半，她还穿着睡袍，看上去更像个不懂事的小丫头了。她走到女儿跟前，在她的头上轻吻一下，说：“宝贝，你不能老是这样吧？你这样，我出去了心里也不踏实啊，真的。”

“妈妈！”这几天，她妈妈一直没让她清静。可她现在有急事要跟阿雷克斯说，不想再跟妈妈拌嘴。所以她强忍住妈妈身上让她心烦的浓烈的香水味，任她妈妈搂紧她，挤出个笑脸。她以前在这双臂膀里感觉那么舒服，现在却觉得喘不上气来：妈妈也在乳房上喷香水了！她硬挤出温顺但促狭的微笑，问妈妈：“你要去泳装商店吗？”这一招屡试不爽，妈妈只要想到要去逛商店，绝对会消停下来。“你帮我把我上次在橱窗里看见过的那件买回来吧。”她其实心里明白，她在这个夏天不会下海，她也压根不喜欢那件破泳衣，她只是为了摆脱妈妈。然后，她又装出自己都觉得恶心地撒娇口气，对妈妈说：“快去吧，妈妈！”

“咱俩上次一起在商店里时，你没有这么想买啊。”她妈妈说道。

“我上回不是正‘遭雷劈’嘛。妈妈——”

“遭雷劈”是雷吉纳·巴列斯特尔骂女儿的惯用词。只要女儿心烦气躁或者无事生非，她就会咬牙切齿地用这个词。她没想出更恶毒的诅咒已经算开恩了。

吉娜紧张地摆弄着鼠标，心里想道：你怎么还不走啊。她轻柔地从搂着她的胳膊里挣开，使出最后一招：“好吧，那你就别给我买了，反正我今年夏天也不打算下海。”

“你当然得下海。你爸爸明天就完成巡回推广回家了，咱们下个礼拜就到利亚弗兰卡去。要不我何苦把假期定在这个月呢？”雷吉纳一贯喜欢处处提醒别人，她不管干什么事都是真心诚意地先照顾别人，后考虑自己。“其实，我今年夏天早就在巴塞罗那待不下去了，快热死我了。”她装模作样地看了银镯子款式的手表一眼。“时间不早了，我走了，要不干什么都来不及了。”她面带微笑。“我五点钟回来，警察要是比我先到，别让他们进门。”

“我不给他们开门，让他们在大街上等着？”吉娜实在受不了妈妈这几天来一直装模作样，故意装傻充愣地问。

“不用你管了，我肯定先回来。你等着瞧吧。”

吉娜正要打开聊天界面，楼梯上高跟鞋急匆匆的脚步声又回来了。

“我是不是把……”

“你把钥匙落这儿了，妈妈。”她在椅子上并未转身，拿起妈妈刚才搂抱她时撂在桌上的钥匙，轻轻甩给妈妈。妈妈从空中把钥匙接住，吉娜轻声嘟哝：“你最好把它挂脖子上。”她确认妈妈走远后，又加一句：“香水这么臭，你不被熏晕了才怪呢。”

她再度点开已经在一闪一闪的聊天界面，看见四条留言：

吉。什么事？
在？
不回？
好吧，姐们儿，回聊。

别，别，别，别呀！
我妈妈刚才在这儿，没法聊。
拜托，阿雷克斯，你他妈的赶紧回我啊！

哦！我猜到了，她还在烦你啊？

吉娜长出一口气，轻松了不少，飞快地敲着键盘，根本顾不上抱怨妈妈。

警察没找你吧？

警察？找我干吗？

倒霉……他们要在今天下午五点钟来见我，真的。我不知道他们要干吗。

阿雷克斯沉默了几秒钟。

肯定没事，别害怕，没什么大不了。

我害怕，我怕他们问起……

他们什么都不会问，他们什么都不知道。

你怎么知道？

我当然知道。不管怎么说，没咱什么事。你不记得啦？

吉娜紧皱双眉，苦苦思索着。

你说什么？

吉娜想象出阿雷克斯一脸不耐烦的样子。阿雷克斯跟她解释他觉得不言自明的事情时，总是摆出这副臭脸，有些时候，脸上还会带着不屑。但吉娜觉得踏实了一些。这小子确实是他们三人里最聪明的一个。要想跟这么个智力超群的发小一直玩下去，就得忍受他的不屑。

咱们想干点事来着，可毕竟没干。这就是两码事了，明白吗？姐们儿，咱们当初不管是怎么策划的，最后不是退缩了吗？

可是马克没退缩啊。

吉娜正要打字，回复又来了：

吉，**没咱们什么事儿**。

这几个黑体字提醒了吉娜。

对，你还劝他来着。

现在明白我的意思了吧？咱俩还商量把他拦住，记得吗？

她点头，仿佛阿雷克斯能看见，可她还是拿不准到底该怎么办。今天下午，阿雷克斯已经说服她，可就这么接受他的说法，她会打心眼里看不起自己。毕竟，她在内心深处觉得，在一件特别重要的事情上，是她对不住马克。

哎，那个优盘还在你那儿吗？

在。

好，我晚些时候到你家去？看看能不能帮你对付警察。

吉娜打心眼儿里希望他来，可又觉得答应他实在没面子。

不用，你别来了，他们走了以后我给你打电话。

他们好像也要到我家来。

她换了个话题。

我妈妈喷了她出门会喷的那种香水。
哈哈，我爸爸不会回来吃饭了！！！

吉娜微微一笑。她妈妈跟阿雷克斯的爸爸可能在偷情这件事，是他俩在马克到都柏林上学期间闲极无聊瞎琢磨出来解闷的。他们俩从来不在乎把这当成已经发生的事。久而久之，吉娜觉得这的的确确是真事。他们俩把她妈妈跟米盖尔·罗维拉胡乱联系到一块起，通过想象一本正经、绝对虔诚的天主教徒罗维拉博士在宾馆房间里干她妈妈的样子寻开心。

吉，我要吃饭了，回聊，亲爱的。

吉娜没来得及答话，他的头像就变成黑白的了，留她独自面对显示屏。吉娜四下看了看：床还没收拾，衣服扔在椅子上，毛绒玩具摆了一书架。"这里怎么跟小屁孩的房间一样！"她轻蔑地自责道，使劲咬了咬下嘴唇。下嘴唇被咬出了血，她用手背擦了擦伤口。然后她起身从柜橱里掏出以前保存学校课本的大号纸板箱，放在房间中央。她本来用这箱子装模作样地珍藏她上学以来用过的所有课本，箱子刚被她清空没几天。现在她把毛绒玩具头朝下一件件塞进纸箱，都没正眼看它们一眼。不一会儿工夫，她就收拾完了，纸箱塞得满满的。她封上箱盖后，将纸箱扔到犄角旮旯。房间的墙壁现在空空荡荡，光光溜溜，用她爸的话说，墙壁"乏味，沉闷"。

8

十五分钟前，他们从萨尔里阿宽阔的大街上出来，横穿市区，朝着达尔特大道方向前行。他们经过交通拥挤不堪、噪声震耳的西班牙广场。路上塞满私家车、出租车，汽车行驶速度简直跟从棺材里爬出来抓替身的僵尸走路的速度一样。数不清的摩托车在车缝里钻来钻去，向前挤。过了这段路，越往城市高地区开，街上就变得越清静。太阳毒得好像能把所有植物晒干，又闷又热，天空好像蒙上一层白雾，视野所及，远处的山峦变得影影绰绰。下午三点钟，马路上的沥青被烤化了。这样的天气一般预示着一阵清凉的大雨即将来临，让人们喘口气。

埃克托尔坐在副驾驶座上，漫不经心地浏览着市容，不看她一眼。但是，阴郁的眼神和略微皱起的眉头都表示，他的心思现在压根就没在大街上。他的思绪说不定在什么阴暗而且绝对不会让人愉快的地方转悠呢。蕾蕾开着车。两人上车后，谁也没说过一句话。她如果不是正惦记着自己心里的事儿，这种沉默肯定会让她非常不舒服。现在，她反倒挺满意这一情景。今天上午，她在警局里着实水深火热了一把，在局长面前出了丑。可是，“预言家”① 深红色的警示，表明她最害怕

① 意指妊娠试纸。

的事情已经发生了。

埃克托尔眯起眼睛，专注地整理思路：他没来得及私下里问问安德鲁，奥马尔大夫的案子有什么新情况。他今天上午从心理医生那儿出来之后，给儿子打电话但没打通，他儿子现在还没给他回电。他看了手机一眼，好像他只要一直看着手机，手机就能响似的。

急刹车把他拽回到现实世界。他莫名其妙地扭头看了看开车的同事，见到一骑自行车的人之后，马上明白是怎么回事了。最近这几年，这帮作死的家伙已经让人没法踏实开车了。他从惊吓中回过神来，恼怒地回过脸瞪着那家伙。

"对不起，"蕾蕾抱歉道，"这自行车冷不丁地窜出来。"

他点点头，没答话，还没完全清醒。蕾蕾轻轻呼出一口气，那辆自行车根本不是突然窜出来的，是她自己走神了没看见。"妈的！别再闷着了……"她想道。她意识到她魂不守舍是因为谁也不说话，她得赶紧找个话题，让自己和督察都不再想各自的心事。

"今早上的事儿，我还没谢您呢。我在萨瓦尔局长办公室时，脑子根本没在那儿。"

"啊，"他答道，"你不说我也知道。其实……"他懒得再想心事，也想尽力聊天，"你也别在意，萨瓦尔就是嘴损，但不整人。"

"其实，我今天挨骂是活该。"她嘴角带着微笑答道。

埃克托尔没有看她，两眼直视前方，继续跟她聊天。

"你对卡斯特尔家是什么印象？"他冷不丁问道。

她迟疑了一会儿才回答："有点怪…… 我本来以为这家人特别难过呢，毕竟十九岁的儿子去世了。"

"不难过吗？"他声音刻板，语速很快，但是已经转过脸来看蕾蕾了。蕾蕾觉得现在已经不是闲聊，她必须缜密思考，找出最准确的词回答对方的每个问题。

“他们心里肯定不好受。可是，也不至于……弄得像出悲剧吧，”她找了这么个词来表达自己的意思，“我觉得他们的表现有点夸张，好像为了符合剧情需要刻意营造气氛。私底下悲痛过度、难以自制说得过去，可再怎么说，那女的又不是亲妈……不至于那样。”

蕾蕾见埃克托尔没搭茬，顺着思路继续往下说：“另外，我猜信仰兴许也帮了这家子的忙。我不完全信仰宗教，可一直都挺羡慕有信仰的人。”

这是埃克托尔今天第二次听到有人对他提起上帝。他们快到目的地时，他跟蕾蕾说了一段儿蕾蕾当时没有完全明白的话：

“有信仰的人有很多没信仰的人没有的好处。他们有值得信赖的对象，能找到庇护和安慰。会有一种超自然的力量替他们排忧解难，引导他们。看看咱们，除了他妈的恐惧还有什么？”

蕾蕾知道他说的是自己，而不是她。这时，她看见右前方那栋现代建筑风格的楼房。楼房四周很空旷，她轻松地把车停在楼房对面拐角的一片阴凉处。

埃克托尔被烟瘾憋得够呛，马上下车，也没让让同事，自己点着一根，大口抽起来，眼睛张望着马克死之前一年还在上学的那所学校。他抽烟时，蕾蕾已经走到景观区域的铁栅栏旁边。她现在虽然特想抽烟，可完全闻不了别人抽的烟。

她眼前的校舍四周铺满绿毯一样的草坪，有体育馆和礼堂。看上去不像所谓的中学，更像大学校园。和其他孩子不同，在这里上学的孩子，从小就享受着美国电视剧呈现的条件。她读的那所号称“白宫”的村办学校尽管把墙刷成了白色，但跟眼前这所相比，差得太远。“有钱人现在还是活在天堂啊。”她暗自思忖。

她回过神来，发现督察已经掐灭烟头，径直穿过栅栏门。她忽然感觉被人当成了司机，站在门口恭候雇主先走。她忍着一丝不快，跟在后面走进去。他们临时决定来学校调查。她觉得这时来学校谁也见不到，但是他们根本没问过她是怎么想的。“这就是典型的官僚作风，”她走在督察身后，在心里抱怨道，“不过，这哥们的屁股还挺有型的。”

两人穿过校园中石子铺成的小路，来到学校的主楼前。正如蕾蕾所料：大门紧闭。但是，埃克托尔按响门铃，一会儿之后，大门里传出金属摩擦的声音。门打开之后，一条宽敞的走廊和一间玻璃围出的办公室出现在他们俩眼前。毫无疑问，这里是学校的接待中心。

一位中年妇女面带疲惫，从玻璃房间里向他们打招呼：

“对不起，下班了。”她还瞟了一眼接待处的开放时间表，上面清清楚楚地写着，夏季办公时间是上午九点到中午一点半。“你们如果想咨询入学手续什么的，最好明天再来。”

“我们不是来咨询的，”埃克托尔亮出证件，说道，“我是萨尔加多督察，她是卡斯特罗警官，我们想调查一下马克·卡斯特尔这个学生的情况。”

那个女人来了兴趣，眼里泛光。她应该有很长时间没经历过令她兴奋的事情了。

“我猜您已经知道这件事了。”埃克托尔一本正经地继续说道。

“当然了！我们学校送的花圈是我亲自买的，”她一副怕别人不相信的腔调，“太不幸了，可我什么也不知道，您最好找老师们，不过我也不知道现在谁还在学校。暑假期间不按正常时间办公，在十五号之前，这里每天只上午上班，主要做做课程计划、处理文件什么的。到了饭点，一个人也没有。”

她刚说到这儿，宽敞的走廊里传来一阵脚步声。一个三十五岁左右的男子手里拿着几个黄色文件夹，朝接待处走来。女秘书脸上立马摆出灿烂的微笑。

“你们来得真是时候。阿尔方索，”她冲刚来的男子喊道，“这位督察是……”

“萨尔加多。”埃克托尔接口道。

“阿尔方索·埃斯特维是马克去年在这儿上学时的导师。”女秘书热情地介绍道。

阿尔方索身高顶多一米六，身穿牛仔裤和短袖白衬衫，脚蹬一双休闲鞋，鼻子上的玳瑁框眼镜让他的这身行头看上去有点庄重。

他没有女秘书那么热情。他用充满狐疑的目光打量两位到访者，迟疑了一会儿才说道：“我能帮你们什么忙吗？”

他没等萨尔加多搭腔，便把文件夹放到接待处的柜台上，一边说：“梅尔斯，劳驾把这些存档，这是九月份考试的试题。”

女秘书收起文件夹，可身子并未离开窗口。

“咱们能找个地方谈谈吗？”埃克托尔问道，“就耽误您几分钟。”

老师斜眼瞪一眼那位也表示赞同的女秘书，然后说道：“不知道校长同不同意。您应该知道，按照规定，我们不能公开学生的信息。”

埃克托尔纹丝不动，直直地注视着老师的眼睛。

“那好吧，”老师终于让步，“咱们去教员会议室，那儿现在空着。”

女秘书有点失望，但没说什么。萨尔加多和卡斯特罗跟着迈着小碎步的阿尔方索，走向走廊另一头的房间。

他们进门之后，老师一边关门一边让坐：“请坐，来杯咖啡？”

蕾蕾看到房间里的小冰箱上摆着一部非常考究的咖啡机，刚要答话，埃克托尔说：“好啊，谢谢，”他的语气亲切了一点儿，“马上就要放暑假了吧？”

“是啊，就这几天了。您也要咖啡？”教师一边把咖啡粉装进机器一边笑着问卡斯特罗警官。

“我不用，谢谢。”她回答。

“请帮我加点牛奶，别放糖。”埃克托尔插话。

阿尔方索把两杯咖啡端到桌子上，坐下，神情里又浮出一丝疑虑。但是，埃克托尔没等他说话，先开腔：

“您听好，我们这次不是以官方身份来调查的，我们就是想给这件案子做个了结。我们还要把死者部分亲友不太乐意跟我们说的一些事弄清楚。比如死者的个人情况、脾气性格怎么样之类。我敢肯定，您对学生非常了解，对他们有自己的看法。我不是想问他的学习成绩，您跟我说说这个孩子为人处事怎么样，都有什么朋友。您知道我的意思。”

老师现在好像舒服多了，语气不再含含糊糊：

“那好吧。严格来说，马克后来不是我的学生了，但是他在初中的最后一年以及高中的前两年，是我带的。”

“你教什么课程？”

“地理跟历史。得看课程安排。”

“您是他在高中二年级时的指导老师？”

“对。马克在那一年过得不算太好。坦白说，马克从来都不算是出色的学生，差远了。他差一点没能中学毕业，还重读了大学预科。不过他那时候也没出过什么大错。”

蕾蕾带着坦诚而又专心的表情看着老师，问道：

“他后来变了？”

“变得太多了，”阿尔方索答道，“我们一开始还挺高兴的。马克以前一直特别内向、羞怯，话不多。教室里好像没他这个人似的……我有时候都不知道他是不是在教室。他读初中那几年，除了回答直接问他的提问，我没听过他说话。所以，他一到高中变得开朗后，我们都松了一口气。他比以前活泼了，性格不那么闷了。我想是阿雷克斯·罗维拉让他变化这么大的。”

埃克托尔听罢点点头，他知道这个名字。

“他们成朋友了？”

“他们两家好像一直就认识。马克被留级到阿雷克斯所在班级之后，他们就形影不离。青春期的孩子，这很正常。对马克来说，有这么个朋友是好事，至少对他的功课有好处。阿雷克斯的成绩一直名列前茅。”老师语气肯定，但也透出一丝嘲弄，好像对什么不满。

“您不太喜欢那孩子？”

老师摆弄着咖啡勺，明显有些含糊不定。蕾蕾想再跟他说一遍这次谈话是非官方的，让他打消顾虑。但还没等她开口，他就又接着说：

“阿雷克斯是我教过的最难管的学生，”他说到这儿意识到，他得解释一下这句话，“这孩子特别聪明。而且，特别受女生欢迎。他不是个书呆子，体育跟数学一样棒。天生就是孩子王。这也不奇怪，他在他们家的五个孩子里最小。五个都是男孩，都是严格按照所谓的基督教教义培养出来的，”他说到这儿停顿了片刻，“我还得补充一句，他小时候出过严重问题，得过白血病之类的病。他病好了以后一直是全班第一名。真是很特别的一个孩子。”

“但是……”埃克托尔笑着提示。

“但是——”阿尔方索又停顿片刻，“阿雷克斯有些冷漠。就好像他什么都经过、见过了。他的病，再加上他的聪明，让他太早熟了。有点玩世不恭。他能随心所欲地操纵一伙人，包括老师。他是全班第一，但好像也是全校的吸血鬼。他跟癌症对抗的经历和记忆让他好像对什么事都很残忍，不人道。”

“您的意思是说他特别跋扈？”蕾蕾问道。

“是有点儿，但是没那么严重。他说话尖酸刻薄，专戳别人的痛处，还专挑你不防备的时候。我不是抱怨他，但是，他在某种程度上能左右学校的教学安排。他如果对哪个老师好，所有学生都会对那个老师好。他说学生应该服谁的管教，学生就服从谁的管教。不过，这些只是我自己的看法。大多数人都觉得这孩子非常讨人喜欢。”

“不过，埃斯特维老师，您好像还是比较相信自己的看法的吧？”直觉告诉蕾蕾，这个学生还有别的事，她得让这个老师把话全吐出来。

“听着，我相信什么跟实际发生过什么不一样，”他压低嗓门，好像打算披露一件秘密，“学校就是一座八卦制造厂。你完全搞不懂有些闲言碎语是从哪儿冒出来的，但它就是冒出来了，然后迅速传播开来。一开始没多大动静，都是私下里议论，慢慢地，声音越来越大，最后炸开了锅。”

萨尔加多跟蕾蕾不约而同地用眼神鼓励他说下去。

“有个女老师，已经四十出头了。她是阿雷克斯和马克同一年上高中一年级时来的，不知道怎么回事，她跟阿雷克斯就是合不来。这事挺怪，因为他一直都喜欢讨好女老师，后来各种闲言碎语就冲着这位女老师去了。最后，她学期没结束就走了。”

“您是说那些闲言碎语是阿雷克斯编的？”

“有一天她没来上课，我替她代课。那天阿雷克斯的表情是又冷酷又得意。我向您保证。”

“那马克呢？”

“啊！马克这倒霉孩子是他的头号粉丝。他父亲后来再婚，他继母不能生育，所以他们从中国领养了一个女儿。这事挺麻烦，他们离开家好一段时间，马克那时候需要有个伴，阿雷克斯·罗维拉就成了他的伴儿。”

“学校最后为什么把马克开除了？”埃克托尔问。

这才是他们来这儿的真正原因。这是上等人家子弟的学校，一般不开除学生。他们明白，这位老师不会跟他们说什么的。埃克托尔觉得自己问得太冒失了，但他现在必须死盯着这个话题，不让他再扯别的。

“对，这是第二年的事儿了。但是我觉得这应该是学生的隐私吧？我得保守秘密，您如果非要知道这件事，那得找校长谈了。”

蕾蕾轻咳一声，见萨尔加多警长没再言语，就说道：

“那当然。请问，马克从都柏林回来之后找过您吗？”

这个问题让埃斯特维老师轻松了一些，他说话的口气再度变得从容。他快速回答这个问题，好像想弥补刚才不太配合的态度。

“我们见过。他好像比以前规矩了好多。我们聊过他将来要做什么。他跟我说，他要重新参加考试，选择信息科学专业。他当时特别向往这个专业。”

埃克托尔点点头。

“非常感谢，您跟我们配合得挺好。”埃克托尔从椅子上起身，想结束这次谈话。可他站起身来之后，又提了一个刚才好像忘记了的问题：“对了，那个女孩呢？她叫什么来着？”

“吉娜·马尔蒂。”蕾蕾插嘴道。

老师的脸色立刻柔和下来：“吉娜真是个招人喜欢的女孩子，就是太娇生惯养，但是她比自己想象得聪明很多。有些天赋。我觉得她遗传了父亲的优秀基因。”

“她父亲？”督察回忆着报告里是否提到了她的父亲。

“萨尔瓦多·马尔蒂。那个作家。”

埃克托尔根本不知道萨尔瓦多·马尔蒂是谁，但还是点了点头。

“她也是马克和阿雷克斯的朋友吧？”

“她好像从小就跟马克是朋友了，比马克小一岁。马克留级时，吉娜正好来这所学校读高一。后来，阿雷克斯为了让马克高兴，把吉娜拉进他们两个的小圈子中。这小姑娘这两年就像马克的跟屁虫。上个学期，阿雷克斯和马克都不在了，她老实多了。留级对她是大有好处。她现在已经是优等生了。她拿到成绩后非常高兴。她现在大概要崩溃了吧，这姑娘特别敏感。”

9

门铃一响，吉娜睁开双眼。她似醒非醒地趴在床上怔了一会儿才回过神来。这才四点二十，她妈妈对她说的不是五点吗？门铃又响，短暂又急促。她这才想起女佣三点钟下班走了，现在只有她自己在家。她赶紧爬起来，光着脚，几乎是跑下楼梯，来到大门口。她开门之前从门厅的镜子里看了看自己。天啊，她这副样子简直太可怕了。她眼睛没离开镜子里的影像，脸上带着巨大的不悦，把门打开。

“美女……你还在睡觉哪？”

“阿雷克斯！你跑来这儿干吗？”她被这位不速之客弄迷糊了，愣在门口没动。

“你以为我能把你一个人扔给‘雷子’吗？”他摘下太阳镜，挤眼笑着说道，脑门上因为出汗泛着亮光，“你让不让我进门啊？”

她往旁边一闪，阿雷克斯一步跨进大门。他穿着蓝色水洗布衬衫和宽大的短裤，皮肤被晒成健康的古铜色。相比之下，站在他身边、脸色惨白的吉娜简直是个痨病鬼。

“你应该换身衣服吧？”他不等吉娜回答，径直往厨房里走，“我说，给我来点儿喝的。我是骑车来的，渴坏了。”

吉娜没搭腔。她慢步爬上楼梯，在阿雷克斯跟进来之前关上卧室门。其实，她知道这道门挡不住他。果然，她还没决定好穿什么衣服，阿雷克斯已经站在门口，脸上带着笑，手里拿着一罐可口可乐。

“你不怎么高兴啊？”阿雷克斯靠近她，挠她痒痒。阿雷克斯身上散发出点汗臭，她扭着身子躲闪着：

“别碰我……”

“别碰我，”他以开玩笑的语气重复一遍，在她的嘴唇上吻了一下，“你真的不想理我？那我走啦？”

“别走，”她没想到自己会这么快回应，她真的不想让阿雷克斯走，“可是你得在外边等我换好衣服。”

他举着双手，闭上眼睛，脸上依旧带着笑容，就像被逮个正着的小偷。

“我保证不偷看……可是我管不住脑子不想先前看过的东西。”

“你爱怎么着就怎么着吧。”她转身面向叠在椅子上的衣服。她挑了一条牛仔短裤，一件黑色的袖子很短的低开胸衬衫。她麻利地脱下睡袍，但还没换上衣服，他就从背后抄过来。

“我没看啊，我发誓。”他又亲了一口，这次是在脖子上。他刚从冰箱里拿出来的可乐罐不经意蹭到她的皮肤，让她一激灵。“好了，好了，我不逗你了，我好好表现。哎呦，你把毛绒玩具都收起来了。哈，早该这么干了。”

吉娜穿好衣服。阿雷克斯坐在电脑前开始敲键盘。阿雷克斯让她有些恼火。她最恨别人问都不问就用她的东西，好像是他自己的。

“走吧，下楼，”她说道，“我爸爸说不定什么时候就回来了。”

“等我一秒钟，我看一下脸书。”

她走过去，俯在他的背上，看到他一个小时前刚刚收到过的一条信息。“永远的艾瑞斯邀请你加她为好友。”头像是一张模糊不清的金发小女孩的照片，在阳光照射下，小女孩半眯着双眼。

“她也邀请你加她啦？”她问。

“让她待一边去……”他随口答道，毫不犹豫地点了“拒绝”。

“我刚才也拒绝了。”吉娜忽然发现自己的脸上莫名其妙地挂满泪珠，她想忍也忍不住。

“吉娜……”他站起身，搂紧她，“没事了，都过去了，宝贝。”

她俯在他的胸口，他的胸膛坚硬平滑，好似一块坚固得永远不会折断的木板。吉娜像个孩子一样抽噎着，觉得难为情。

“行了，行了，好了，这事过去了。”他向后闪了闪身，用手指替她抹去眼泪。吉娜勉强笑了笑。

“我真傻。”

“不傻，不傻，”他温柔地看着她，就像大哥哥看着妹妹，“但是，咱们现在得把这件事忘得干干净净。这是马克的事，跟咱们没关系。”

“你知道我有多想他吗？”

“我也想他。”不过，吉娜听得出这是假话。吉娜感到不安，把身体挪开了。

“对了，把优盘给我，还是由我保管比较好。”

她没有问为什么，直接拉开柜橱抽屉，把优盘交给他。阿雷克斯迟疑了一会儿，把优盘装进口袋，露出笑容。“走吧，下楼。看看他们来了没有，咱们该把这事了断了。记住，什么也别说，一个字都别说。”

吉娜在他的眼睛里看到一丝恫吓，感到有些害怕。他来这儿根本不是为了陪她，也不是因为担心她，他到这儿来是因为他信不过她。他吃不准吉娜这样的小姑娘在警察的逼问下能说出什么来。她的脑海里又出现那晚满天闪耀的烟火，炸响鞭炮声的窗边马克那张笼罩在阴影里的脸。她仿佛听到马克在用低沉得几乎无法听清的声音说：“你这个婊子养的，你真是个臭婊子养的！”

她正沉浸在思绪中，忽然觉得一只手用力地拉住她的胳膊。阿雷克斯还在用那种严厉的眼神盯着她。

“最重要的是，别说傻话，吉娜。”

他松手后，吉娜揉了揉手腕。

“我弄疼你了？”他赶紧给她揉了揉，“对不起，真的。”

“没关系。”她明明觉得疼，干吗说“没关系”呢？阿雷克斯身上的汗味让她恶心，可她干吗让他亲她的额头呢？

这时候，对讲机里传出的声音打断她的思索，她不太愿意想清楚这些问题的答案。

这个紧靠奥古斯塔大道边上莫雷诺广场的田园式豪华住宅楼的保安正瞅着他们，压根就没拿这两个跑到这栋豪宅求见某位住户的执法人员当回事。保安磨蹭了半天，才把屁股从椅子上拔起来，似乎在这么热的大夏天里，有人在下午五点差十分时跑来麻烦他于情于理都说不过去。他正戴着耳机，翻着体育报纸，尽职地履行值守工作呢。这时候，对讲机另一端貌似已经同意他俩进去，保安这才漫不经心地指了指电梯，嘴里嘟囔道：“顶层第二个门，”然后他又一屁股坐回椅子上。

埃克托尔和蕾蕾走进电梯。这电梯比那保安的动作还慢，还别扭。蕾蕾从茶色镜子里看了自己一眼，从自己的脸上能看出自己不怎么痛快。她认识萨尔加多警长之前，对这个人非常感兴趣，可现在她知道了，在他身边干活可不是什么美差。他们从学校出来之后，蕾蕾一直想跟他说说那位老师提供的情况，可找不到机会。在这段不算太长的路上，萨尔加多只是哼哼哈哈地应付她，两眼望着车窗外，明显不乐意搭理她。此刻，他还是那样。他通过大门和进电梯时很有教养地让蕾蕾走在前面，可蕾蕾通过眼角余光看到，他脸上还是那种难以琢磨的忧虑表情。他就像个被迫加班的公务员。

吉娜在家门口等着他们。不需要所谓观察力就能看出，这姑娘刚刚哭过，现在鼻头还是红的，两只眼睛也还泛着泪光。一个小伙子站在吉娜身后，表情严肃而谦恭。蕾蕾立即认出他就是阿雷克斯·罗维拉。

“我妈妈马上就回来。”埃克托尔表明来意后，女孩说道。她似乎拿不定主意是该把他俩带进客厅，还是就让他们在门口干站着。最后阿雷克斯替她做主，把客人引到客厅，好像他是这家的主人。

“我是来看吉娜的，”阿雷克斯说道，好像在为自己出现在这里做出解释，然后又补充道，“你们如果想跟她单独谈，我走了。”捍卫者的语气里透出亲密。但女孩听了这话之后，还是那么紧张，一点儿也没放松下来。

他们在客厅落座之后，蕾蕾才从埃克托尔看着吉娜的眼神里发现，整个下午，他此刻才慢慢把心思转到这件正事上。埃克托尔语气平和地跟吉娜解释，他们这次来只是想再问几个问题。阿雷克斯站在吉娜身边，一只手搭在她的肩膀上，不住点头。蕾蕾趁这工夫环顾马尔蒂家客厅的陈设，最后得出的结论是她一点儿也不喜欢。客厅的墙壁下排着塞满书籍的书架；桌子和家具都是深色实木的，沙发和大扶手椅的座垫、靠背都包着深绿色的呢绒；浅褐色的墙壁上挂着色调厚重、用金漆宽边画框装裱起来的油画。整个客厅给人的感觉是老旧、压抑，尽管你的手指划过桌面肯定不会粘上一丁点儿灰，可你会觉得这里各处都落满尘埃。厚重的窗帘跟沙发、椅子的蒙布颜色一样，遮住光线。屋里阴暗，密不透风。

她环视客厅时，听到督察又说道：

“你如果愿意，咱们可以等你妈妈回来以后再开始。”

吉娜缩了一下肩膀，不敢跟与她说话的人对视。蕾蕾暗想，这是性格怯懦的表现，不过，她也可能是想隐瞒什么事情。

“你们俩认识马克好多年了吧？”

阿雷克斯抢在吉娜之前答道：

“没错，吉娜认识他的年头更长，我们刚才正说到这事呢。今年夏天，我们没有他在身边，感觉有点不对劲。另外，我还在因为他走的那天我们怄气了这事过意不去，那天我也没想到后来能出这事，就回家了。我现在再也见不到他了。”

“你们因为什么怄气？”

阿雷克斯耸了一下肩膀。“琐碎小事。我现在想不起来到底是为什么了。”他看了身边的朋友一眼，好像需要她的附和，但是女孩并没开口。“马克从都柏林回来之后变了，变得较真、暴躁。一点小事就能让他生气，那天夜里我没有让着他。那天毕竟是圣胡安节呀，我不想再让着他了。我现在想起来，真不应该啊。您说是吗？”

“你原来的证言说，你那天夜里直接回家了。”

“是啊，我哥哥当时还没睡呢，他已经证明了这一点。我当时因为吵架正别扭着呢，还喝高了，所以直接上床睡了。”

萨尔加多点点头，等着女孩子说些什么，可她还是没开口，眼睛一直盯着一块地板。她听见大门把手转动，门厅里一个声音喊着“吉娜，宝贝，他们来了吗”才抬起头。在这句话和一阵脚步声之后，雷吉纳·巴列斯特尔走进客厅。“天哪，怎么这么黑呀，这姑娘想让我们待在坟墓里头吗！”金发女人赶忙拉开窗帘，一缕阳光直射进来，客厅焕然一新。

没错，客厅确实焕然一新。有些人能让自己的气场填满一个空间，彻底改变气氛。雷吉纳·巴列斯特尔进来不到一分钟，就把这个旧书店似的客厅变成光彩四射的走秀台，而她是走秀台上的主角，唯一的模特。

萨尔加多起身跟巴列斯特尔太太握手，蕾蕾已经在旁边看出他的眼睛里闪出一种被他小心遮掩着的惊艳。

“您应该已经见过卡斯特罗警官了。”

雷吉纳不动声色地微微点一下头，权当问候。显然，她对卡斯特罗警官出现在家里不太高兴，她对不请自来、现在正对吉娜耳语的阿雷克斯更加冷淡。

“好了，我该走了，我就是来看吉娜的。”

“谢谢，阿雷克斯。”非常明显，雷吉纳·巴列斯特尔没觉得阿雷克斯现在离开有什么不好。

“咱们以后再谈，好吗？”小伙子朝大门走去，临出门时回过身来说道，“督察，我不知道能不能帮上您，但您如果需要帮忙，我肯定会尽力。”一般孩子说这样的话语气肯定特别生硬，可是他的语气既热心，又那么不卑不亢。

“我看不必，但是你的心意我领了。”萨尔加多答道。

正如那位老师所言，阿雷克斯确实应该挺招人喜欢的。

10

阿雷克斯骑着自行车刚拐上他家所在的那条街时，早就停在那里的一辆汽车用大灯晃了他两下。这是一辆旧车，车身一侧有个大坑。这辆车停在这条两边都是带花园和车库的豪宅的街上，显得特别扎眼。阿雷克斯见到这辆车之后，第一个念头是马上掉头往回走，要么干脆玩命冲过去。可他心里明白，他躲不过去，早晚都会被找到。而且，家里人看见他跟鲁本这个小混混有来往，对他更不利。于是他强作镇定，下了自行车，凑到车窗前。

“好嘛！你到底还是出现了，哥们儿，”坐在驾驶座上的那个小子冲他说道，“我差点上你们家找你。”

阿雷克斯勉强挤出一个笑脸。

“我本来想给你打电话来着，听着，我现在得……”

对方摇摇头，打断他。

“上车吧，咱们有话要说。”

“我先回家把自行车放下，马上回来。”

他不等对方答应，飞快穿过街道，打开花园的白色院门，往里推自行车，不到一分钟就坐到车里了，然后回头看看家里是不是有人看见他进出家门。

“赶紧开车。”他请求道。

对方什么也没说，沿着街道慢慢往前开。阿雷克斯系上安全带，长吁一口气，但他并没有放松下来，说话的声音还是那么紧张。

“听着，你们得再给我点儿时间……妈的！鲁本，我已经把能用的招儿都用上了。”

鲁本还是不开口。这有点不寻常，好像他只是个司机。他比阿雷克斯大不了几岁，因为长得瘦，看上去比他实际年龄更小。你光看他身上穿的白色T恤和运动服，没看到那副太阳镜和胳膊上的文身，肯定会说他还是个孩子，其实他已经混了好几年了。先是当跑堂，后来又在工地当小工。酒吧歇业、工程完工后，他一直干现在这个活儿。他开着车，一句话不说，然后在一个红灯前停下。

“这事让你玩砸了，哥们儿。”

“妈的！我知道。但你说我现在应该怎么办？你觉得我这样就能拿到钱？我在几天时间里就能拿到钱？”

对方又摇摇头，好像挺怜悯他。

“咱们现在去哪儿？”阿雷克斯问。

鲁本又不言语。

在马尔蒂家的客厅里，埃克托尔仔细打量着他对面的小姑娘。吉娜已经十八岁，可是看上去就像一个天真的小女孩。当然，不怎么省心的那种小女孩。埃克托尔决定问她一些简单明了的问题，最好先从不会引起太大反应的事问起，让她慢慢放松下来。

“听我说，”他为了不让吉娜太紧张，重复一遍，“我们今天来就是跟你谈谈。我知道你现在不愿意再想那天夜里的事，我们尽量只问些简单的问题。你简单回答就行，好吗？”

她点点头。

“你是几点到马克家的？”

“差不多八点。我是八点到的，阿雷克斯晚一会儿才到，我不清楚具体时间，九点钟左右吧。”

“非常好，”他面容和善地看着吉娜，接着问道，“你们原来是怎么安排的？”

她耸了耸肩膀，说道：“没什么特别的安排。”

“你本来打算在那儿过夜，对吗？”

这个问题让她有些紧张。吉娜看了妈妈一眼，妈妈一直仔细听着他们一问一答，并未说话。然后吉娜说道：

“对。”

“你到了之后呢？你们喝酒、放音乐了？吃晚饭了没有？”

吉娜眯缝起眼睛，双膝有点发抖。

“督察，拜托，”雷吉纳插话，“你们第二天就问过这些事了呀。”她看着卡斯特罗警官，像是在请求她确认。“这事对我们孩子的打击实在太大了，吉娜跟马克从小就认识，就像亲兄妹。”

“别说了！”吉娜突然睁开双眼，充满痛楚的声音让大家吃了一惊，“我早就不想听这种话了，妈妈，我们不是兄妹，我……我喜欢他。”她挣脱妈妈的手，转身坚定地对督察说：“没错，我们喝酒了，放音乐了，还在厨房做了个比萨。这算不上什么了不起的大事。但是，我们俩在一起，这才是最重要的。”

埃克托尔并不搭腔，等着她把话说完，同时向同事做了个手势，让她也别插嘴。

“后来，阿雷克斯来了。我们一起吃了晚饭，又喝了点儿酒，再听音乐。我们聊到高考、都柏林，还聊到阿雷克斯的那些艳遇。我们已经好长时间没像那样在一块了。”

雷吉纳虽然只是瞬间扬了一下眉毛，但是她确实吃了一惊，这些表情被埃克托尔看到了。吉娜越说越快：

“后来我们发现了一首大家都喜欢的歌，我们好像疯了，又唱又跳又喊。反正至少我跟阿雷克斯是那样，马克突然默默地坐下，我们两人还接着跳。那是聚会，对吗？我们跟他说过节要高兴，但他不开心了……阿雷克斯和我把音乐声音调大，大到我们都听不出来什么调儿来。我们就这么一直跳着，直到马克突然把音乐关了。”

“他有什么烦心事吗？”

“不知道……他变成了怪人，比以前更死板了。在他回来以后的头两个月里，我们几乎没见过面。我那时候确实在刻苦学习，还有其他事，可他连电话也不给我打一个。”

“可是——”雷吉纳刚要插嘴，又被女儿抢先。

“然后，阿雷克斯就说聚会结束了，他要回家。他们俩吵了一架，弄得我特别难过，我一直挺高兴的，跟以前在聚会上一样，结果聚会被搅和了。阿雷克斯走了之后，我问马克他到底怎么了。”她停顿一下，好像在竭力忍着不哭出来。“他冲着我说‘你喝高了，明天肯定难受’之类的话。我确实喝高了，可当时听了这话特别生气，就到他的床上去，在那儿等了他一会儿，然后又在厕所吐了，不过我自己把厕所清理干净了。然后，我忽然觉得冷而且头晕，我哆哆嗦嗦地回到床上睡觉了。”泪水顺着她的脸颊不停地流下，她也不去擦。她妈妈用双臂搂住她，这次她没有拒绝。“我醒过来时已经出事了。”

姑娘像只受惊的小鸟，依偎在妈妈的怀里。雷吉纳用双臂搂着她，郑重地对督察说：

“差不多了吧？您也看见这事对我女儿的伤害有多大。我可不希望她一回又一回地精神崩溃。”

埃克托尔觉得有道理，瞟了蕾蕾一眼。蕾蕾好像并没有领会他眼神里的意思，但她心里清楚，这姑娘现在有她妈妈护着，不会再说什么了。姑娘的眼泪是发自真心，但蕾蕾观察到，姑娘听完妈妈最后那几句话后马上如释重负。蕾蕾还想再问些什么，雷吉纳抢先说道：

“我仍然记得第二天早晨有多可怕。”现在，雷吉纳又成了客厅里的主角。她刚才一直试图将大家的注意力转移到她身上。

埃克托尔配合她。

“您是怎么知道他自杀的消息的？”

“吉娜一大早就给我打电话了。天啊，我当时不敢相信……吉娜当时跟我说她自己还好，是马克他……可我不亲眼看到吉娜，心里没办法踏实。”她把女儿抱得更紧了。

“我能体会，”埃克托尔说道，“你们去卡斯特尔的别墅聚会了？”

女人冷笑道：“说不上是什么聚会，督察。就是朋友们一起吃顿晚餐。格洛丽亚很讨人喜欢，而且挺能张罗事儿，但是，那真的算不上是什么聚会。”

“参加晚餐的是哪些人？”

“就是我们七个人：罗维拉夫妻俩，卡斯特尔两口子，还有我和我老公，另外一个是恩里克的兄弟，是个修士。对了，还有娜塔莉亚，卡斯特尔家的养女。”她一个一个地算着。

“你们很早就回来了吗？”

雷吉纳觉得这个问题有点奇怪，但没有表现出来。

“很早回来？没有。怎么跟您说呢，那天晚上的经历对我是种煎熬。萨尔瓦多上次带我看的那部土耳其电影都比那天晚上有意思。您想想看：罗维拉夫妇在餐桌上不停地祷告，好像吃顿晚饭是很大的罪孽；格洛丽亚一趟一趟地离席，生怕外边的鞭炮声吓着她女儿。我跟她说，怕什么呀，你不知道是中国人最早玩花炮的吗？”

吉娜不屑地嗤了妈妈一声。

“妈妈！别那么不厚道行吗？格洛丽亚没你说的那么神经兮兮，娜塔莉亚也特别乖，我帮他们带娜塔莉亚时，她从来不闹觉。”吉娜又对督察说：“我妈妈受不了格洛丽亚，因为她现在的腰围还是三十六呢，而且还有学位。”

“别胡说八道，吉娜。我挺喜欢格洛丽亚的。她跟恩里克以前遇到的女人相比，算是完美。”话是夸奖，但语气正相反。“我佩服她那么会来事，可那次聚会确实特没意思。恩里克跟修士没完没了地聊加泰罗尼亚现在的倒霉局势，聊经济危机和价值观缺失……最要命的是，圣胡安节的夜里居然查酒驾。”她抱怨道，好像这些都是萨尔加多督察一个人的过错。

“你们是几点回来的？”

“我们到家时差不多是夜里两点。萨尔瓦多明天就回来了，我再问问他，他记时间比我准。”

妈妈说话时，吉娜起身去找纸巾。蕾蕾的目光一直跟着她。她已经不再流泪，而且有那么一瞬间，她看上去挺欣慰。蕾蕾突发奇想，站起身对她说：

“不好意思，我得吃药了，能给我一杯水吗？不劳你大驾，我跟你一块去拿。”

对面这家伙对着他的嘴狠狠地来了一拳。疼啊，可是羞辱感比疼痛更强烈。嘴角流出一丝带着咸味的血。

“现在知道怎么跟我说话了吧？”秃子说道，把脸往后撤一点，“好好想想，再跟我说。”

秃子的脸离他那么近，他能感觉到秃子的呼吸，带着唾沫星子的热气喷到他的脸上。另外一个家伙从背后死死扣住他的双臂。鲁本坐在一个角落，四处张望，不看他一眼。

保税区里的这个旧车库不止一次被查出藏匿可卡因，阿雷克斯也不是头一次到这儿来。正因为如此，他才由着鲁本带他到这儿来。他没想到还有两个人在等着他。他根本不知道这两人是谁，但他看得出来，这两个家伙特别愤怒。阿雷克斯现在冒汗不光是因为热，第一拳打在肚子上时，他就差点儿背过气去。他拼命睁大眼睛，着实被吓着了，正想分辩，第二拳，第三拳，接着又是一拳。他没躲，脑子里空空荡荡，什么也没想。这两人不知道，这几下根本吓唬不了他，和他小时候遭受的痛苦没法比。他不停地默念："他们只不过想教训我一下。他们要的是钱，不会杀我，根本不会对我怎么样。"但是，他看到秃子打够之后，脸上竟然是享受的表情，立马感到一种恐怖。秃子的眼神里充满满足感，一只手揣在裤兜里，就像是在手淫。他这时候才完全明白秃子想要什么。秃子脑门光亮，他的思想似乎明明白白地写在脑门上，他能读个一清二楚。他盯着秃子裤裆中间凸起的那一大块，把心里的恐惧转化成嬉笑的鬼脸。秃子又想打他，他知道自己的计谋成功了。在这种时候，挨揍已经是最好的结果。

"行了。"鲁本从椅子上站起身，走过来制止了这两个小子。

秃子的拳头停在空中，箍着他双肩的钳子一样的手稍微松开，阿雷克斯的身子就像污渍从墙上流淌下来似的滑下去，直到跪在地上。他被揍得晕晕乎乎，只听见鲁本的脚步由远及近，走到他跟前。鲁本跪在他身边，用极低的声音跟他说着什么，他根本听不清。

"今天有他在这儿，算你小子运气，"秃子看了手表一眼，说道，"再给你四天时间。我们下个礼拜二找你收钱。"

阿雷克斯除了答应他们，没别的法子。这时候，一只胳膊架住他，帮他站起来。他靠在鲁本身上，这小子现在好像倒挺同情他："对不住了，哥们。"鲁本在他耳边嘟哝一句。阿雷克斯听得出来这是真心话，就算是鲁本把他带到这个圈套里来，但鲁本心里还是向着他。

秃子对鲁本说道："你把他送回家去吧，他现在知道该怎么办了。"

鲁本扶着他的肩膀往外走。他们还没出大门，阿雷克斯就走不动了，肚子里翻腾，眼泪往外冒。但最让他难受的是，他现在特别害怕，而且不知道该怎么摆脱现在的处境。

厨房里，蕾蕾慢慢地喝着水，思索着怎么才能进入正题。吉娜面无表情地看着她。蕾蕾总觉得，她刚才的眼泪和现在的麻木好像藏着什么东西。

“你有马克的照片吗？”蕾蕾用友善的口气问道，“我想看看他生前的样子。”她只不过是随意问问，但吉娜马上放松下来，说道：“我有，在我的房间里。”

她俩上楼去了她的房间。吉娜把房门关死，坐到电脑前，急速点开照片。

“我的脸书里还有好多呢，现在给你看的照片就是那天夜里照的。我差点忘了我那天还拍照了。”

照片都是抓拍的，有吃比萨的，喝酒的，喝菠萝鸡尾酒的。有几张拍的是阿雷克斯，但马克是绝大多数照片的主角。他剃着板寸，身穿印着白色号码的海蓝色运动T恤，泛白牛仔裤。他在聚会上表情阴沉，但看得出是个相当正常的小伙子，而且挺帅。蕾蕾边浏览照片，边注意着吉娜的表情。她原先怀疑这个女孩并非真的喜欢马克，现在怀疑已经烟消云散。

“你在照片里真漂亮。”这绝对不是恭维，这姑娘显然为了那天的聚会刻意打扮过，蕾蕾猜她是为了讨马克的喜欢，可到头来她独守空房，最后还在厕所里吐得一塌糊涂。蕾蕾不假思索地把脑袋里突然冒出来的疑问说了出来：“他是不是爱上别的女孩了？比如在都柏林认识的女孩。”

吉娜听到这话立刻面容绷紧，把图片最小化。蕾蕾从吉娜的表情知道，她的猜测是对的。

“等等！”蕾蕾突然想起一件事。在那张他躺在小区庭院中的照片里，马克后脑的血迹干了，穿着牛仔裤、运动鞋……对了，上身穿的是件浅绿色翻领T恤，不是电脑里这张照片上的蓝色T恤。“他换过衣服？”

阿雷克斯已经对吉娜说过：“你如果不知道怎么回答，就说不记得了。”吉娜开始装糊涂：

“您问这个干吗？”

“因为我发现他死时穿的衣服，和你给我看的照片里的衣服不一样。”

“不一样吗？我真的不记得了。”吉娜的膝盖又不由自主地颤抖。她站起身来，朝房门走去，表明谈话到此结束。

那辆老款雪铁龙回到两小时前阿雷克斯上车的那个路口，停下。一路上，谁也没出声。阿雷克斯实在是不知道怎么说，鲁本则没什么可说的。

“我等会儿再下去。”阿雷克斯含含糊糊地说道。

车熄了火，两人依旧沉默。

鲁本掏出一支香烟，点燃。

“这帮人可从来不开玩笑，”他没看阿雷克斯，“哥们儿，这回的窟窿可不小，你无论如何得想法子把这笔钱补上。”

“妈的，鲁本，你以为我不明白吗？”

“想办法弄钱去吧。找你们老头要，找同学借，找你那个情人，她家不是有钱吗？说实话，要是我自己的哥们儿缺四千欧元，我就是从石头缝儿里头抠，也替他抠出钱来。真不是跟你吹牛。”

阿雷克斯长叹一口气。他跟鲁本说不明白：其实，越有钱的人越舍不得往外掏钱。

烟雾顺着敞开的车窗往外飘，可烟味还留在车里，阿雷克斯一阵干呕。

“你没事吧？”

“不知道。”阿雷克斯探出头去，呼吸新鲜空气，车外湿热，也好不到哪儿去，他只能大口大口地吸气。

“听着，”鲁本把烟头往街上一扔，说道，“有件事儿你得小心，我的小命这回也让你给押进去了，这帮人如果知道你跟那件事有牵连……你明白我的意思，哥们。我事先告诉你，这帮人跟我们不一样。”

确实如此，阿雷克斯是一年前和鲁本认识的。最初只是玩点小把戏，帮鲁本在他进不去的地方藏货，鲁本会白给他一份半份让他用。阿雷克斯这么做，不过是觉得干点离经叛道的事挺好玩，但他并不想真的往大里玩。几个礼拜之前，鲁本可能觉得这小买卖做得太顺了，就提议找那两个新伙伴，把生意做大些。阿雷克斯没多想就答应了。圣胡安节的夜里，他身上带的货，足够半座城的人嗨一整夜。

“妈的！我得跟你解释多少次，你才相信啊？那天晚上，马克跟我急了，把货扔进马桶里冲走了。我没办法呀。我如果有办法，你觉得我乐意挨这顿揍吗？”

“你因为这个把他推下去了？”

突然之间，两人都不再说话，气氛紧张得像被拉到极限的橡皮筋。

“你说什么？”

鲁本把视线挪开，不看他。

“我去找你了，哥们。我知道你在圣胡安节那天晚上要去哪儿。你不接我的电话，我就骑着摩托去你的同学家找你。”

阿雷克斯惊诧地呆望着他。

“我到那儿时已经挺晚了，可阁楼的灯还亮着，我从栅栏外头能看见。你那同学坐在窗台上抽烟，我又打电话给你，我刚想离开……”

“怎么了？”

“怎么了？我敢保证，我看见有人把他推了下来。他本来一动不动地坐着，突然就往前飞出去……我还看见他身后有个人影。我没敢再多看一眼，骑上车拼命跑。第二天，你告诉我出事了，我当时就猜是你干的。”

阿雷克斯摇着头否认。

“我的同学是自己从窗口摔下来的。你那天肯定喝得太多，产生了幻觉。没错吧？”

“我那天的确喝了很多，那天是节日啊。”

“你千万别跟任何人说那天你也在，无论如何都别说。”

“放心吧。”

“我说，你身上带着没有？”

鲁本叹了口气。

“那帮家伙如果知道我还给你这玩意儿，非宰了我不可。”鲁本说罢，麻利地在一个空 CD 盒里准备了两份药，递给阿雷克斯。阿雷克斯熟练地吸光第一份，瞟了鲁本一眼，把 CD 盒递回去。

“这份也归你，”鲁本说着掏出第二根香烟点着，“我还得开车呢，而且你今天得吸够这个量才行。”

11

“这是最后一家了。”汽车开到卡斯特尔家门口时，埃克托尔在心里盘算着，他跟这家人谈完，就能回家，彻底摆脱这件案子。他卖了这个人情给萨瓦尔之后，就能干自己的正事了。萨瓦尔多少也遂了心愿：他可以约男孩的妈妈，跟她讲明白这件事完全是不幸的意外事故。说不定，两人之间还能发生点别的事。

在他们来这儿的路上，蕾蕾不停地跟他分析马克身上的那件 T 恤，还特意强调吉娜并没有跟他们把实话全说出来。他表面上同意蕾蕾的想法，但心里想的是，吉娜就算撒了谎，也不能说明就是她把从小一起长大的朋友从阁楼的窗户推下去了。现在，他们能从藤蔓缠绕的栅栏上看到那扇窗户了。埃克托尔眯起眼睛，测算出从地面到窗口的高度有十到十一米，那孩子是中了什么邪，非要玩这么愚蠢的高难度游戏？是觉得无聊，想找刺激，还是根本没意识到危险？可能兼而有之。他不禁联想到自己那已经进入青春期的儿子，摇了摇头。这是注定要充满麻烦的年纪，当爹的除了保持耐心，祈望平时对孩子的教导能多少抵消一些荷尔蒙激增的后果，让他少干点防不胜防的蠢事，平平安安度过这几年，没别的法子。马克快二十岁了，可还是从窗户掉下去摔死了。他眼睛望着窗户，突然觉得不寒而栗，一种他以前在某些死亡现场时体验过的恐惧感向他袭来。那些死亡事故同样貌似荒诞、不合情理，却不可避免。

一位南美容貌特征明显的中年女子陪他们来到客厅。这个客厅的布置跟他们刚刚出来的那个反差实在太大了，连埃克托尔这样根本分不清装修美学跟量子理论到底有什么区别的人也能体会到这两种家居风格的差别。墙壁雪白，家具低矮，暖色调的绘画作品在巴赫的音乐中显得柔和。雷吉纳·巴列斯特尔太太明明白白地说，卡斯特尔夫人毫无品位，但由她一手布置出来的家居氛围却那么和谐而安逸，这应该正是恩里克这样的男人想要的：舒适和美观兼顾，既不超前也不古板，每个细节都体现出档次与品位。埃克托尔走向茶几的时候，无意间发现地上一个黑白相间的几何拼图仿佛出自露丝的设计。一丝酸楚，伴随着他觉得不应该有的若有似无的怨恨和烦恼，从心里冒出来。几个星期之前，这家死过一个人，但现在，这里看起来一切正常，似乎悲剧已经落幕，空气中流淌着巴赫的韵律。

“您是萨尔加多督察吧？我丈夫跟我说过，您大概这时候要来。”埃克托尔立马明白格洛丽亚·维尔加斯为什么跟雷吉纳·巴列斯特尔连一般朋友都没法做。“我们俩本来都应该等着您的。”她接着说道，语气透出一些不自信。

“妈妈，你看！”

一个四五岁的小女孩喊着，想引起妈妈的关注，她妈妈立马做出回应。

“这是一座城堡！”小姑娘举着一幅图画喊道。

“哎呀……这就是公主住的城堡吗？”她妈妈问道。

小姑娘坐在一张黄色的茶几上，看着图画，琢磨着应该怎么回答。

“是！”她最后给出了答案。

“那你怎么没把公主画进去呀？让她在花园里散散步吧。”格洛丽亚蹲在她面前，然后回头对萨尔加多和蕾蕾说：“想喝点儿什么？”

“你要是不觉得不方便，我们想上阁楼看看。”萨尔加多答道。

格洛丽亚犹豫了。她老公显然跟她明白交代过，而她不愿意违背老公的嘱托。就在此时，门外有人进来，萨尔加多跟卡斯特罗同时向客厅门口望去。

“菲利克斯，”格洛丽亚吃惊地喊了一声，但声音踏实多了，“这是我丈夫的兄弟，菲利克斯·卡斯特尔神父。”

“督察，”刚刚进来的这个高大魁梧的男人伸出手，“恩里克刚刚给我打过电话，他有点儿急事，稍迟一会儿才能到。我是过来看看能否帮你们什么忙。”

埃克托尔还没答话，格洛丽亚就走到他们身边。

“对不起，您介意咱们换个地方说话吗？”她把声音压得很低，眼睛瞟着孩子，“娜塔莉亚这些天一直特别难过，一直做噩梦，”她哀叹一口气，说道，“我尽力让一切恢复正常，但不知道这么做是否合适，”她的语气中似乎有自责，她接着说道，“我不想再让她想起这事。”

“当然没问题，”菲利克斯温和地看着她说，“咱们到楼上去吧，你说呢？”

“我跟你上去，”埃克托尔答道，“你们不介意卡斯特罗警官检查一下马克的房间吧？”他说那孩子的名字时，特意压低声音，可是小女孩还是回头看着他们。很明显，她正为那幅图画着迷，但也听着他们说话呢。孩子们对身边的事情到底有多少感知力，谁也说不清。向这么小的女孩解释一桩悲剧应该挺难的。或许，她妈妈的做法有道理，让一切尽量恢复正常，就像什么事都没发生过一样。不过，她不可能做到。

突然把恩里克约出来见面的人现在正坐在桌子对面，他端详着恩里克，目光里既有好奇也有不屑。他俩坐在一个非常清静的酒吧里。夏天，这个酒吧的生意非常清淡，因为这里座椅上的厚垫子跟深色木头桌子让人看了觉得热得慌，仿佛空调吹不散这儿的热气。跑堂的个个穿着呆板而过时的制服套装，走来走去，两个非常老的老头坐在吧台前。看上去，他俩自打拿自己的身子骨当话题的年月起，就每天下午泡在这个酒吧了。然后就只有他们两个佝偻着身子，猫在酒吧里边的安静角落里，生怕有什么熟人进来撞见似的。桌面上摆放着两杯咖啡，两个咖啡碟，一个白色小罐。

透过两人旁边的玻璃，根据两人脸上的表情来看，他们就像闹了大别扭、马上就要离婚的夫妻。听不见他们在说什么，但能看出那个女的特别生气，挥舞两手，不住地摇头，好像对面的男人又一次被她揭穿了。男人嘲弄地看着女人，好像对她说的话毫不在意，但是，他僵硬的姿势表明他其实并非绝对无动于衷。他们就这样一起待了好几分钟。女人固执地追问什么，逼迫着男人，还从包里拿出一张打印着一些文字的纸扔在桌上。男人把脸转向别处，坚持不看那张纸。最后，他被女人的话逼急了，脸色突然变得阴沉，双手按着桌沿站起身，攥起拳头，似乎再也不想忍下去了。女人把视线转向窗外，想了一下，然后回头想再说些什么，可男人已经走了。那张纸还留在桌面上，就在两个杯子中间。女人捡起纸来重新看了一遍，小心地叠好放回包里，脸上不禁露出苦涩的笑容。乔安娜艰难地站起身来，缓慢地向酒吧门口走去。

“阁楼”这个词很容易让人联想到倾斜的天花板，木头梁柱，老旧的摇椅，被丢弃的旧玩具，落满尘土的旧箱子之类的东西，是个私密空间，供人躲进来逃避现实。但是，卡斯特尔家的阁楼把人们对阁楼的概念彻底颠覆：这里所有东西一尘不染，摆放得井井有条。埃克托尔不清楚马克活着时这间阁楼是什么样子，但是现在，他过世两个星期之后，这个房间里好像也有楼下的和谐与安详。没有存放一件旧物，没有一样东西乱放，也没有私人物品被塞进这间屋子。正对着窗户、光线充足的浅色木桌上空无一物，一把舒适的新款办公椅摆在桌前；书架上摆满书籍和光盘，一缕下午的阳光照射进来，投射在书架的中间那一层。看不出这到底是谁的房间，也看不出任何不寻常的地方。只有靠墙摆着的一个大箱子能让人觉得这是个阁楼。

埃克托尔走过去，打开这里唯一的那扇窗户，探出头去，闭上眼睛想象着死者当时的动作：坐在窗台上，两腿吊在墙外，手里夹着根烟；稍微喝高，但只是高了一点点，刚好让他的反应不像平时那么灵敏。他当时也可能正分神想着在他房间里等着他的那个姑娘，不过他并不怎么想去找那个姑娘。或许他到这儿来就是下决心拒绝那个姑娘？或者相反，是来透口气，然后去找她？这块地方能给他平静，让他重新面对自己的世界。

他抽完烟之后，会把一条腿迈回屋里，然后转过身子。就在这时，酒劲上来了，一阵眩晕要了他的命。他的身子突然向后仰倒，两手抓空，脚也打滑了。

菲利克斯·卡斯特尔站在门口，没进来。他静静地等着埃克托尔离开窗户之后，才关上门，对他说：

“您得理解格洛丽亚，督察。这件事对恩里克和他们小女儿的伤害实在太大了。”

埃克托尔点点头。蕾蕾是怎么说的来着？“她到底不是亲妈啊。”说得有理，卡斯特尔太太肯定因为继子的死伤心难过，但是她首先要考虑的是丈夫跟女儿，这也理所当然。

“他们相处得怎么样？”

“比大家想的好。马克正在不让人省心的年龄段，总想把自己封闭起来。这孩子从来就不爱说话，有时候在这儿一待就是几个小时。要不就把自己锁在卧室里，或者出去滑旱冰。格洛丽亚也理解他，总的来说，她一直让恩里克管教他这个儿子。我兄弟也不容易，什么事都想自己操心。”

“您兄弟跟马克关系怎么样？”

“怎么说呢，恩里克是个有个性的人。有些人觉得他守旧，但是他非常爱儿子。当然了，也为他操心。”他停了一下，似乎想说得更具体些却又没想好怎么说。“如今的家庭越来越复杂了，督察。我不是个总念叨过去的守旧派，但我觉得现在隔阂和分离确实破坏了人们之间原有的平衡，所有人都受到了影响。”

埃克托尔没说话，走过去打开箱子，查看里边的物件。让他吃惊的是，里边竟然还留着马克的手机跟笔记本电脑，还有几个充电器、一台照相机和一个跟其他高科技产品完全不搭调的破损的毛绒玩具熊。他把玩具熊拿出来，对着菲利克斯·卡斯特尔。

“这是马克的？”

“说实话，我不知道，我猜是吧。”

应该是他的，因为箱子里都是他的私人物品。

“您还想了解些什么？”

其实已经足够了，埃克托尔心里想，但不经意又问了一句：

“他为什么会被学校开除？”

“这事已经有好长时间了，我觉得它跟现在的事没关系。”

埃克托尔没说话。他知道，有时候沉默反而会让人产生表达的愿望，这个年纪、专门听人讲述罪孽的菲利克斯也不例外。菲利克斯终于憋不住了：

“因为一件愚蠢的事，一个过火的恶作剧，”他靠在桌子上，盯着埃克托尔的眼睛说，“说实话，我想不通他怎么能干出这么残忍的事来。这孩子一直都挺脆弱的，不应该会干这种事。”

埃克托尔觉得卡斯特尔神父在耍什么花样，而且耍得挺好。

“马克班上有个叫奥斯卡·巴克洛的同学，全班最胖，不怎么出色，而且……”他想找一个那么刺耳的词，“有点娘娘腔，”他喘了口气之后，一口气说下去，“马克好像把他在浴室里全裸的视频放到网上去了。那个孩子在视频里特别兴奋，你明白我的意思。”

“你是说他在手淫吧。”

神父点了一下头。

“这玩笑开得太大了。”

“还好他马上就承认是他干的，而且很快就把视频删除了，还向那个同学道了歉。所以学校只给了他一个停课的处分。”

埃克托尔正要说话，卡斯特罗敲门了，而且不等回应就推门进来，手里拿着一件蓝色衬衫。

“这件衬衫已经洗过了，不过我敢肯定这就是照片上那件。”

卡斯特尔乱了方寸，把巨大的身体整个靠在桌子上。埃克托尔一米八的身高已经不算矮了，可他比埃克托尔还高出十厘米，至少重三十公斤。现在，他说话的声音都变了。

“听我说，督察，路易斯——萨瓦尔局长跟我们说了，这次调查是非正式的，主要是为了让乔安娜平静下来。”

“没错，就是这么回事。”埃克托尔答道。他听到神父说出局长的名字，觉得挺奇怪。“可是我们得把案子做得严丝合缝才行啊。”

“督察，您瞧这儿，衬衫领口下边。”

那里有几块暗红色的斑点。这些斑点可能是很多种东西，但是埃克托尔见过太多类似的斑点。他敢肯定，斑点是血渍。所以他说话的口气变了。

“把这件衬衫带走，”他又指着箱子说道，“这个也带走。”

“你们想带走什么？”门外传来的声音让大家吃了一惊。

“恩里克，”菲利克斯对刚进来的男子说道，“这是萨尔加多督察和卡斯特罗警官……”

恩里克现在没心情顾及礼貌了。

“我好像早就说过，别再烦我们一家子了，你们来了一趟又一趟，想怎么搅和就怎么搅和，现在又回来了，还要拿走马克留下来的东西。我想问问，凭什么？”

“这件衬衫是马克在圣胡安节那天晚上穿的，”埃克托尔解释道，“可是他被发现死亡时，身上穿的是另外一件。他为什么换衣服？可能是因为衣服脏了。我如果没有看错，这件衣服上溅了血。”

恩里克兄弟俩静静地听完埃克托尔的话。

然后菲利克斯问道：“这又能说明什么呢？”

“我也不清楚，可能什么也说明不了。或许他自己划伤了，然后把衣服换了。不过也可能发生过别的事，孩子们没跟我们说。无论如何，我们现在要给这件衬衫做个鉴定，然后跟阿雷克斯·罗维拉和吉娜·马尔蒂再谈一次。”

恩里克听到这话突然态度大变。

“您是说那天夜里还发生了些什么我们不知道的事？跟我儿子的死有关联？”他声音镇定，但看得出他很痛苦。

“现在下结论还太早，但是我认为所有人都想知道真相。”埃克托尔尽量委婉地答道。

恩里克垂下目光。很明显，他在思考应该怎么做。他沉思片刻后抬起眼，不看在场的任何人，清晰地说道：

“菲利克斯，卡斯特罗警官，我想跟萨尔加多督察单独谈谈。劳驾你们回避一下。”

12

阿雷克斯看着盘里的饭菜，一点食欲都没有，可还得强吃下去。他慢慢地吞咽着食物，感觉胃好像不是自己的，不停地往外推他吃下去的东西。罗维拉家的晚餐准时在八点半开始，一年四季都不变。他父亲要求全家（其实，平常只有他在家）必须在这个时间点坐到餐桌边上。这几天，他哥哥从尼加拉瓜回来了，他父母现在吃晚饭时有人陪着解闷了。

他一言不发地看着他们说话，却根本没听他们说的是什么，心里猜测着他们要是知道他刚从哪儿回来、经历过什么事会吓成什么样。这个想法让他开心得几乎忍不住爆笑出来。他爸不是老是重复他的一个人生信条，“家的存在，就是为了共同面对困难”，一直在家里灌输这个理念吗？阿雷克斯以前也相信这句话。现在，他才发现害他走到现在这步田地的，除了自己的叛逆性格，这句话起到的作用也许更大。无论家里发生什么事，罗维拉一家对外从来都抱成一团，就像一支纪律严明的军队。或许，他现在应该打断他们的闲谈，高声喊一句：“爸爸，我现在没胃口，因为我一个钟头以前刚挨了揍。没错，因为我卖可卡因，这回我把可卡因弄丢了。具体说来，是马克这个混蛋抢了我的可卡因，扔进马桶里了。我现在需要点钱，好让他们别再揍我。数目不算大，就四千欧元，多一点更好，好让他们将来别指认我。你别担心，这次我有教训了，以后再也不敢了。再说，抢我毒品的人以后再也不能抢我的毒品了。您能帮我吗？您不是总说家人高于一切吗？”

他想象着爸爸听完这话后吓成什么样，实在忍不住要笑出来，赶紧端起水杯，一饮而尽。他妈妈马上又把杯子倒满，和善地冲他一笑，但是动作和笑容都显得机械。他爸爸还在不停地说着什么。突然之间，可卡因好像起作用了，他来了精神，马上意识到，其实不光他一个人心不在焉：他妈妈的心思也不在这儿，还有他哥哥……天知道爱德华现在想什么呢。

他只是不停地点着头，附和着那位知名的产科医生，虔诚的天主教徒，家庭、基督教义、荣誉、价值观坚定的捍卫者，米盖尔·罗维拉博士的言论。

刹那间，阿雷克斯感觉自己好像坐在一列不断加速的列车上。他的额头冒出冷汗，手也在颤抖，他攥紧拳头想止住颤抖，一种想哭的冲动越来越强烈地涌上心头，他只有小时候躺在医院病床上时有过这种感觉：那时候，他害怕病房的门打开，大夫向他走过来；害怕满脸喜悦的护士，他虽然只是个小孩子，也知道她们的高兴是假装的。他更害怕疼得让他受不了的治疗措施。那时候他唯一的支撑就是爱德华。爱德华从来没说过要他勇敢之类的话，更不会骗他说那些可怕的治疗对他来说是稀松平常的小事。爱德华只是坐在他的身边，跟他一起度过每个下午，还有好多个夜晚。爱德华给他讲故事，陪他说话，要么拉着他的手，表示有他陪着呢，阿雷克斯永远都能依靠他。他当然记得父母也陪他度过了在医院的那漫长的几个月，但他记得最清楚的还是爱德华。跟爱德华在一起的那几个月，让他记住父亲的那句格言：“家人高于一切”。现在，他把手伸向口袋，确定吉娜给他的那个优盘还在。他摸到优盘之后，慢慢呼出一口气。

他的叹息声远比他以为的大，餐桌边的人都朝他看过来。阿雷克斯赶紧假装咳嗽，但效果适得其反，父母的神情怪异，带着不悦。就在这时，一股酸气自下往上涌，几秒钟后，他把整顿晚饭都吐了出来。

嘿，吉，你在吗？
在。
跟警察聊得怎么样？
还行……我觉得还行。他们刚才离开了。
你都说什么了？
没说什么，你不相信我？
信，当然。
……
……
吉，我特别喜欢你，真的。
：-)
真的……我只有你这一个朋友。我现在不舒服，特别难受。
你嗑药了，对吧？你还没戒呢？
我睡了，亲一下。
阿雷克斯，你怎么了？妈的！才九点。
没事，晚饭没吃好。妈的，我哥哥找我，明天见。

爱德华沉着脸进了他的房间，关门，坐到他的床沿上。

“好点了？妈妈挺担心你的。”

“好多了，刚才可能太热了，搞得我消化不良。”

他哥哥听了之后不言语，明显不信他的话。阿雷克斯知道哥哥不相信他的话，他觉得被压得透不过气。

“你知道，你可以信任我。”

“不！”阿雷克斯在心里喊道，“我做不到。”

爱德华从床边站起身来，一只手搭在他的肩膀上，这一瞬间，阿雷克斯仿佛又成了那个躺在医院、害怕地等待医生到来的小孩。眼泪禁不住流过脸颊。他像个孩子一样抽噎，他感到害臊，可控制不住自己。爱德华又轻声重复一遍：“你可以信任我，我是你哥哥！”他的双臂那么结实，那么温暖，阿雷克斯再也抑制不住，不顾什么难为情，放声大哭起来。

吉娜盯着电脑屏幕呆愣了几秒钟。她想不明白阿雷克斯为什么每次都是通过键盘跟她说这样的话。只有他一个人这样，还是所有男的都这样？当然，人们不会总是把多么爱一个人挂在嘴边。她妈妈随时都能随意地说出这句话，但这句话在她嘴里没多少价值。任何一个母亲都不会那么喜欢一个处处都平庸的女儿。人类不可能无缘无故地爱谁。马克特别温柔、亲切，每个笑容都是真诚的，毫无保留。他值得爱。马克非常耐心地给她解答就像无法破解的古文字一样的数学题。阿雷克斯帅气、聪明，非常出色，就算吸毒也值得爱。可她自己呢？乏善可陈啊：不好不坏，不俊不丑，不高不矮。挺苗条，但与模特那种性感的苗条完全不一样，就是干瘦，平平板板，没有一点儿曲线。

今天她已经第二次打开她上传到“脸书”上去的圣胡安之夜的照片了。都是他们那天晚上刚开始时拍的照片，那时候他们还没吵架，还是好朋友，但是，他们之间已经隐约出现一种奇怪的气氛。那天下午，她和阿雷克斯已经决定不参加马克的派对，阿雷克斯当时找了什么理由说服她拒绝邀请？她已经想不起来了。但她当时肯定觉得阿雷克斯有道理，很明智。她甚至天真地以为马克能接受他们的理由。然而结果并不如她所愿。恰好相反，马克特别生气，好像他们背叛了朋友。

吉娜闭上眼睛：那个八卦女警察是怎么说的？“马克认识别的女孩子了，对吗？比如在都柏林认识的女孩。”吉娜自己也不明白，令她逼着马克从都柏林回来的嫉妒到底是一种什么东西。对她来说，这是一种陌生的情感，她根本没能力驾驭这种情感。嫉妒能摧毁所有东西，它让人变得恶毒、扭曲，它让人说出他从来都没想到过的刻薄语言，也能让人干出他从来都没想过的事情。她并没有意识到自己处于激情澎湃的状态。她总以为那是电影、小说、歌曲编出来的故事。什么受骗的女孩儿一刀捅死男朋友之类的，她觉得这都是滑稽、可笑的胡扯。可她最终发现，她还不如一个受骗的女友，因为她不是什么正儿八经的女友。在这件事情上，马克并没什么过错，因为是吉娜首先跟他开玩笑，说他跟另外那个女孩相好。她翻来覆去耍笑马克好几个月，最后，马克突然觉得自己对那个女孩的好感是真情。吉娜怎么会那么傻，跟他开这种玩笑呢？然后，她只能吞下自己酿成的嫉妒的苦果，还得强颜欢笑，压制怨恨，赞美那个女孩：“她挺漂亮的。”真的漂亮，金色头发，神情里带着股倦怠慵懒，麦当娜的翻版，小骚货！马克最初给她看时她很生气。他回来的第二天，吉娜刚跟他说完特别想他，他就看也不看她一眼，顺口回答：“吉，我也想你。”然后他就不再说话，专心寻找文件夹，拿出照片给她看。问题不在于那个女孩漂不漂亮，而在于马克看着照片时的眼神，好像他正在脑子里回忆那个女孩，好像手摸着相纸都能感觉到那一头金发有多么柔顺，好像他越看就越觉得那女孩身上还有新的让人迷恋的地方。

幸亏她已经把那张照片藏起来了。真奇怪，这居然是她看到马克在庭院地上摔得骨断筋折之后做的头一件事。现在，那些管闲事的人不可能找到这张照片了。包括那个刚开始假装对她挺好、但实际上惦记着从她嘴里掏情况来证实其直觉的女警。她不是觉得吉娜配不上马克吗？马克不是另有所爱了吗？圣胡安节那天晚上，是她在一整年里头一回求妈妈替她挑一件漂亮衣服，给她化妆。所以，她干吗不把那女孩的照片藏起来呢？那个所谓的艾瑞斯的确漂亮，可她只不过是一张照片，不是真的。她根本不在现实中，在某种程度上，她是死的。可她吉娜，是活的。

她从抽屉里找出照片摆在键盘上。她本来想把照片烧了，可她房间里没有可以点火的东西。然后她把照片剪个粉碎，先从鼻梁上下剪子，然后一剪一剪铰下去，直到照片变成成百上千的碎片，碎到谁也看不出来是什么，拼都拼不起来。

13

如果办公室能够体现一个男人的风格，那么恩里克·卡斯特尔应该是少有的整洁、克己的男人。他的大办公室就像迈克尔·道格拉斯主演的律政大片里的场景。埃克托尔坐在舒适的真皮座椅里，等着这里的主人告诉他要跟他详谈什么时，就是这么想的。

卡斯特尔先生不紧不慢、小心翼翼地放下百叶窗帘，把椅子往铝合金腿的玻璃桌子外边挪了挪。他坐下之后，又把椅子往后移动了几厘米。一台又黑又亮的老式电话摆在桌子的一端。埃克托尔在心里琢磨：他是不是早就想好这一出，为的是考验他的耐心，要么就是故弄玄虚，跟他卖关子？但是，卡斯特尔脸上的严肃认真和焦虑应该不是装出来的。要不是多年的辛劳让他微微向下抿着的薄嘴唇上留下了一种总也抹不去的苦笑，让他看上去总是脸色阴沉，他应该是个很有魅力的男人。他原本天蓝色的并不算大的眼睛，也因为疲倦变成迷蒙的浅灰色。

恩里克·卡斯特尔忽然之间平静下来，把身体斜靠在椅背上，表情也放松了，显得年轻了许多，没那么坚毅了。看上去就像年轻的马克。

“我今天下午跟我前妻谈过。”他脸上的阴沉又回来了。“我不得不说，她现在有点精神错乱。可话说回来，她变成这样，也在我的意料之中。”

“哦？”埃克托尔仍然恪守少说多听的秘诀。而且，他也不知道该跟这个人说什么好。

“萨尔加多督察，”卡斯特尔用干巴巴的声音接着说，“这个世界变了很多，可有些行为仍然是违背人性的，比如抛弃还没学会走路的孩子。不管别人怎么说，我一直觉得做出这样行为的人早晚会遭报应。报应将发生在我们刚刚经历的这场悲剧之后。”

这些话和他说这些话时的语气流露出的怨恨让埃克托尔惊诧。埃克托尔暗自琢磨，这种怨恨是一直都在，还是在他们两人的孩子死去之后又重新被激发出来的？卡斯特尔看上去挺解恨，他之前沉陷在仇恨里无法自拔。

“我这是想告诉你，我绝对不会让一个神经兮兮的女士的胡乱猜疑再伤害我的家人了。我们已经受够了伤害。”

“我理解您，卡斯特尔先生。我保证我们一定尽量照顾你们的感受。但是……”埃克托尔看着对方的眼睛，郑重地说道，“这是我们的工作，我们得凭良心做事。”

卡斯特尔与他对视，揣测他的意图。埃克托尔感到受了冒犯，似乎快没耐心了。卡斯特尔在他之前说话：

“您有孩子吗，督察？”

“一个儿子。”

“那您应该能理解我。”

“不见得。”埃克托尔暗想。

“我尽自己所能养育这孩子。可是，人这一辈子必须接受一些失败。”

“马克算是一种失败？”

“他不算失败，是我这个当爹的失败了。我相信了所谓的现代教育理念，总觉得缺少母爱是一个孩子在成长过程中难以克服的障碍，所以容忍了他的冷漠和……平庸。”

埃克托尔觉得这种他难以理解的谈话方式几乎是对他的冒犯。

“他见我就像见到怪物，督察。可是您应该明白我爱我的儿子，和您爱您的儿子一样。我不是在责怪他，我是在自责。我应该能够避免发生现在这种事情。您可能觉得这是偶然事故，我当然不反对，但是我不想像一些人那样逃避责任，什么年轻人酗酒，年轻人经常犯傻，什么你得容忍青春期的孩子犯错，他过了这一段就慢慢变好了，好像他只是得了一场感冒。督察，我不该犯这种错误。我们这代人干了不少错事，现在是我们付出代价的时候了。不光我要付出代价，还有我儿子。”

萨尔加多听到这里，意识到恩里克的心里肯定特别悲痛。这是一种非常沉重的悲痛，绝不比一位悲痛欲绝的母亲的悲痛轻。恩里克没有哭，那是因为他在忍受着巨大的悲痛。

“那您觉得这事是怎么发生的？卡斯特尔先生？”他低声问。

卡斯特尔沉吟一阵，好像说话很费劲。

“我不否认他可能是不小心自己掉下来的。大多数意外都是因为当事人忘乎所以，自己不小心。”

埃克托尔点头同意。

“乔安娜嘴上不说，但心里最怕马克是自杀。我仔细想过，马克不像是自杀，因为他没理由，也没胆子。可话说回来，这孩子一直就稀里糊涂，还特别认死理，说不定还真能这么干。可能是为了吓唬那个女孩儿，还有别人。要么就是他压根就觉得死活无所谓。他都快二十岁了，可还总是没完没了地要小孩子脾气。现在什么都无所谓了，都不重要了。您自己想想，这就是我们同意你们这样结案的原因。”

“您的意思我明白，可是，马克从都柏林回来之后，不是成熟了好多吗？”

卡斯特尔点点头：“我开始也这么觉得，他好像确实成熟了不少。有了明确目标，至少他自己这么说。我早就知道不能相信他的话，看看现在。”

“他喜欢说谎？”

“没错，不过他说谎的方式跟大多数孩子不同，比如他在网上发同学视频并差一点被学校开除那件事。”

“是吗？”

“刚开始，我认为那就是当下人们越来越厚颜无耻、缺乏尊重和同情心的一种表现。两个孩子都有错，那小子在公用浴池手淫，另一个拍下来跟大众分享。简直无耻至极。”

萨尔加多觉得拍视频这件事没他说得那么大，但他没吱声，因为卡斯特尔还有话要说。

“可就在大家几乎把这件事忘了的时候，马克到办公室来找我，就坐在您现在坐的这张椅子上。马克问我怎么会觉得他能干出这种事来呢？”

“不是他自己承认的吗？”

“我也这么问他的，”恩里克苦笑着说，“可他又问了我一遍，都快哭了。他问我：‘你真的相信是我干的？’我不知道该跟他说什么。他走了之后，我仔细想了想。要命的是，我搞不清到底该相信谁了。督察，不瞒您说，马克是个懒孩子，浑浑噩噩，让我给惯坏了。可是，我觉得他不会干出这么歹毒的事来。他说不定能拿那个孩子开个玩笑，或者看着别人欺负那孩子不管，可他不会肆无忌惮地欺负别人。他不是那种孩子。”

“您是说他替别人顶罪？”

“差不多吧。您别问我他干吗要这样说。我跟他谈过这事，可他什么都不说。你知道吗？那天在葬礼上，我一次一次地骂自己，我为什么就没能告诉他，我不相信那件事是他干的？其实，我心里觉得他干不出那么恶心的事来。”

他说完这话，就闭嘴了。埃克托尔也一言不发，他不想打破这种沉默。他或许不太认同对方的话，但是能理解其中一部分。对恩里克·卡斯特尔来说，无论出什么样的事儿，总得有个人要承担责任。他要充当他儿子死亡这件事的责任人。正因为如此，他才不愿意警方继续调查这件案子，因为不管最终结论如何，对他来说都没有意义。

“您知道吗，督察？”卡斯特尔打破沉默，低声说道，“我在圣胡安节一大早接到电话时，就觉得出大事了。我觉得所有当爹的都害怕一件事，那就是大清早来个电话，然后刹那之间，你生命的一半被夺走了。其实，出事之前，我早就隐隐约约地预感到这一天早晚得来，所以我一直祷告别出什么事。”他说这话时声音轻得埃克托尔几乎没法听清。而后对方的声音恢复正常：“我现在得决定怎么利用这剩下的一半生命。我有个那么好的太太，还有个女儿需要抚养、呵护。我现在得重新考虑很多安排。”

“听说您要从政？”萨尔加多想起了萨瓦尔局长说的话，问道。

“可能吧。因为我希望改变现在的社会风气。可社会风气变化，好像不是因为人变坏了，而是人们原先恪守的价值观有些不合时宜了，而新的价值观还没建立起来。督察，您是基督徒吗？”

“现在恐怕还不是。或许就像老话说的：死到临头的时候，谁都想上帝保佑。”

“这话说得好，挺生动。不过无神论者其实是在评判我们教徒坚信不疑的东西。有时候信仰确实就像障眼法，让我们看不到宗教之外的其他东西，让我们自我麻痹。不过，在现在这种时候，宗教信仰能帮助你克制住内心的真实情感，您就像落水后抓住了一块木板，不会轻易放弃希望，随波逐流。这很难解释，但愿您能理解。”

最后这句话好像带着鄙视，埃克托尔假装不在意，他不想跟一个刚刚丧失儿子的虔诚基督徒探讨宗教信仰。卡斯特尔沉默了一会儿，见督察不出声，就换个话题。

“您能跟我说一下，您为什么要把马克生前用过的东西带走？这些东西对您有什么用处吗？”

“说实话，卡斯特尔先生，我现在还不知道。”然后他跟卡斯特尔解释，衬衫上的血渍让他们怀疑三个孩子之间那天晚上可能还出过别的什么事。埃克托尔不想让对方知道太多，但死者的父母毕竟有权了解情况。他又说道：“至于手机、电脑和其他物品……我觉得我们从这些东西里找不到什么关键证据，但是可以把调查工作做得更完整。这些东西里会有电子邮件、信息、电话记录之类的资料。我们只想看一遍，但我觉得找不出什么能帮助把事情查明白的东西。”

“您恐怕看不到什么东西，电脑坏了。”

“坏了？”

“没错，好像是坏了。那台电脑从桌子上掉下来了。好像是出事以后的第四天或者第五天来着，我记不大清楚了。”

恩里克·卡斯特尔现在似乎不太舒服，从椅子上站起身来，意思是说：谈话到此结束。他走到门口时，又回过头来对督察说：“您要是愿意，就把我儿子的东西带回去吧。我觉得从那些东西里找不出什么答案，但是，但愿能对案子有帮助。”

“好的，我们会尽快还给您。这一点我能保证。”

卡斯特尔看着他，眼神里似乎有轻视。

“督察，那些只不过是用不着了的物件，”他冷冷地说，“总之，您今后如果还有什么需要，就到办公室来找我。格洛丽亚现在特别担心我们的女儿，娜塔莉亚虽然还是个小孩子，但能感觉到出什么事了，这几天她一直问起哥哥。但你没办法把这件事对这么小的孩子说明白。”

埃克托尔点头表示同意，然后跟着他走上走廊。卡斯特尔走到大门口时，已经双肩端平，腰板挺直，重新变回这个家的一家之主：坚毅、自信、从容不迫。埃克托尔觉得他总这么端着，肯定特别累。

他们谈话的时候，蕾蕾一直坐在客厅，看着娜塔莉亚在她妈妈赞美目光的注视之下，一张接一张地画画。卡斯特尔神父在恩里克与督察关上办公室的门之后没一会儿就走了。蕾蕾收起那件带血的衬衫之后，就一直坐在椅子上等他们谈完出来。她坐在那儿，冷不丁想象：说不定以后哪个夏天，她也会整个下午都待在家里，看着儿子或者女儿在艺术道路上探索追寻，她觉得这种场景实在可怕。但她自从做了那个倒霉测试之后，不止一次想象过怀里抱着个孩子是什么样子，可怎么也想不出来。不行，她这样的人不应该有孩子。她一直坚决想要独立生活，这是她的基本原则，她也确实喜欢这样的生活。可现在，因为她不经意犯下的一个小失误，这个基本原则动摇了。她现在只能自我安慰：至少那男人值得她这样……可惜，他没有高乐高广告模特那么帅气威猛，也不像她这么看重自由。其实，他的自由也是相对而言的，作为被事业差遣的奴隶，他能得到的自由也就是在整个欧洲到处旅行。

“你看。”小姑娘向她走来，手里举着刚刚画好的画。在蕾蕾眼里，这幅图画只是一大片五颜六色的疙瘩。“我画的是你。”呵呵，蕾蕾看出来了。

“啊！这幅画是送给我的？”

娜塔莉亚有点含糊，她妈妈替她回答了：“当然了，你把这幅画送给她了，对吗？”

“不，”小姑娘最后做了决定，“给你另外一张。”她跑到桌边，找了一张画。“这张吧。”

“谢谢你，这幅画画的是什么呀？”蕾蕾明知故问。

“这是一个窗户，窗户里边的哥哥是坏蛋。”

格洛丽亚赶忙跑到女儿身边，目光里充满焦虑。

“这件事给这孩子造成的影响太大了，”她对女警轻声说道，“我觉得她因为找不着哥哥，所以觉得哥哥不好。”

“他是坏蛋！”小姑娘重复道，“坏哥哥。”

“行了，宝贝，”妈妈弯下腰摸着她黑亮顺滑的头发，说道，“你怎么不把娃娃抱来啊，肯定……”

“我叫蕾蕾。”

“我敢保证蕾蕾特别想看娃娃。”她冲卡斯特罗警官面带歉意地微笑，说道。女孩马上听话地跑去抱娃娃了。

“我真抱歉，”卡斯特罗警官说，“现在这个时候，这孩子和你们其他人肯定不开心。”

“太可怕了，更糟的是，你不知道怎么跟她说才能让她明白。恩里克想告诉她真相，可是我做不到……”

“她跟哥哥挺亲的吧？”

格洛丽亚沉吟了一阵。

“我希望他们俩能亲一些，可年龄差距太大了。马克平常不怎么搭理她，我觉得这也正常。可是，他从都柏林回来之后，他们好像确实亲密了很多。她现在还真有点想……”

她话没说完，娜塔莉亚跑了进来。这是一般人家里很正常的小孩子跑动的声音，但在这里，听上去有点奇怪。房间里完美的装饰好像震动了起来。

“娜塔莉亚，宝贝……”

娜塔莉亚根本不理会妈妈，直接跑到刚才画画的桌边，把她用的所有东西收了起来。

“这孩子真规矩啊。”蕾蕾称赞道。

“你真的别这么想，她现在肯定会把这些东西都弄到我的书房里去，”格洛丽亚笑道，“自从我开始专业课程——她管这个叫上学，她就特喜欢把她的东西都堆我的桌上。我现在就得看看去，不能让她把那里弄得太乱。”

蕾蕾也从椅子上站起来。她已经受不了这种机械的慈爱。她直接走进车里，等督察出来。

埃克托尔端着装有马克私人用品的纸箱子出来时，蕾蕾正专注地盯着手机屏幕，好像并未意识到他的存在，压根不认识这个人。埃克托尔只好喊她一声，让她把后备箱打开。姑娘随口说了一声对不起，赶忙把手机放回兜里。

“你不舒服？你还好吗？”他问道。

“当然好。我想您已经说服卡斯特尔了。”

埃克托尔没答话，因为他不想再谈这个话题。他上车前看了看手机：三个未接电话，两个是安德鲁打过来的，还有一个是他儿子打来的。他不想当着卡斯特罗的面回电，于是决定让她先把他带到巴塞罗那广场附近，然后自己走。

“你把东西带回局里去吧，我还有点事要办，”他一边上车一边说，“对了，笔记本电脑摔坏了，你们上次来的时候没看见电脑吗？”

蕾蕾不敢确定。她上次一直在楼下看着同事收尸。

她想了一阵答道：“我们没看见什么笔记本电脑，阁楼上有台台式机，而且他们检查过，没发现马克留下的信息，比如遗书。什么都没有。没人说过他还有一台电脑。”

埃克托尔点点头。

“我想这一台一开始是在他的卧室里。”他说完之后就不再言语。

两人都因为此前的活没干仔细而烦恼，督察快要下车时才察觉到车里气氛不对劲，于是说道："其实当时发现这台电脑也没什么用，我到现在还是认为，意外事故的可能性最大。不管怎样，还是检测一下衬衫，看能找到什么吧。对了，如果发现问题，咱们就再找另外那个男孩谈，就是那个阿雷克斯·罗维拉。不过再谈就把他叫到局里来吧，我已经不想再到他们的家里和这帮熊孩子谈话了。"

"太好了。您真的想在这儿就下车？"

"对，我想顺路买点东西。"这谎编得不怎么圆，现在已经晚上九点了，到哪儿去买东西啊？

"咱们明天见。"他本来还想问问蕾蕾是不是还觉得不舒服，但是把话咽了回去。他不便过问卡斯特罗警官的个人事务。"晚安。"

汽车开走，埃克托尔掏出手机，回拨马尔蒂娜·安德鲁的号码。她立刻就接了。这是她家的电话，两人的通话非常简短。奥马尔消失之后再也没消息了，那个猪头已经交给警察局附近一家配合他们使些规定之外花招的肉铺。那个冒牌博士好像人间蒸发了，墙上的血迹现在还没得出化验结果，但很有可能是他自己的血。他应该是仓皇出逃，或者已经有其他人接替他原来充当的角色。现在，只剩下他跟埃克托尔的过节没下文。这件事真是蹊跷。安德鲁说完这些直接挂了电话。埃克托尔这一整天都在跟那些被宠坏了的青春期小孩的父母打交道。现在，他仿佛听到了自己儿子的声音，他得跟儿子联系。于是，他赶忙又打电话给吉耶尔莫，确认他一切安好。可是他儿子跟往常一样，还是不接他的电话，他只好发个信息。然后他才意识到自己现在置身于博纳诺瓦大街了[1]。反正也没事可做，他决定再溜达溜达。

---

① 巴塞罗那一条长约一公里的步行街。坐落在该市中产阶层聚居的萨里阿·圣赫尔瓦西区。

他已经多年没到这个区来了，看到这一带的市容几乎没任何改变，他很惊奇。最近这几年，巴塞罗那好多地方已经大变样，可是这一大片富人区还保持着原来的样子，既看不到成群结队的外国游客，也见不到什么外来移民（除了清洁工）。他也不知道其他国家的大都市是不是也有这样的居民区：看上去不带任何敌意，但像城堡一样壁垒森严，外国人怎么也进不去。巴塞罗那的半山区不通地铁，这儿的居民都坐城铁，以显示他们与众不同。露丝也一直喜欢拿这个偏好标榜出身，这么多年，他没能说服露丝改掉这个所谓的时尚。他想到露丝，就又想起当年露丝的父母得知女儿就要从离这儿只有几条街的富人区搬出去，跟一个阿根廷人、一个南美移民跑到加西亚大街附近，后来竟然又跑到可怕的平民区海边一起住时那种惊慌的样子，他不禁笑了起来。奥运会之后，不管巴塞罗那的沿海地区有了多大的变化，对富人们而言，那里还是四线地段。“你们会受不了潮湿。”老两口那会儿经常把这话挂在嘴边。他还知道，他的老岳母经常一个人偷偷打车去探望女儿跟外孙。

如今，露丝让父母难堪的本事不减当年。现在他俩分居，她跟一个女人私奔，租了离埃克托尔的公寓不太远的亭子间住。她跟一般的离异女人大不相同，用她自己的话说，她住在那儿的理由是：“你能离吉耶尔莫近点儿。”他们分手的时候，露丝只要求带走基本满足生活需求的几样物品，埃克托尔爽快地答应了。可以说，他们俩就是文明离异的范例。

他笑着想道，应该跟那个读心术士好好聊聊：“我老婆跟一个娘们跑了。听清楚了吗？没错。我是什么感觉？就是挨了一闷棍啊，晕头转向，觉得自己是个蠢货。她以前似乎有过男朋友，但她一直说：‘你别比较了，我和他什么也没干过。’她的话如果是真的，我差不多就是她这辈子头一个也是唯一一个男人。十六年了，我一直觉得自己在床上的表现不错。她一直跟你说，她这些年仍然可以从你这儿体验到什么叫欲仙欲死。但她突然冒出一句那么直截了当的话，让你直接昏倒！她说：‘我得体验点儿新东西。’你只能傻乎乎地看着她，张口结舌，都不知道该不该相信她说的话。可她话都说出来了，那就应该是真事，你摊上了这么件事。这虽然也算两个人的事，但再怎么说，都是你更倒霉。你这辈子是活在一个骗局里，跟《楚门的世界》里演的一样。您还记得那部片子吧，大夫？片子里那家伙以为他是活在真实的世界里呢，其实他身边都是演员，都在那儿演戏。他的故事就是编出来给大家看热闹的。嘿，我现在就是这个感觉，大夫，我觉得自己跟金·凯瑞一样。”他等着过马路时这么想道，觉得自己的想法太可笑。最近这段时间，他时常这么浮想联翩，有时候觉得自己真是可笑、可悲。浮想联翩成了他自我痊愈的秘方，他现在已经不再觉得那么心酸。

他慢悠悠地溜达着，来到孟达涅尔大街，慢慢朝市中心而去。他曾经在这儿住过好多年。这段路不近，可是他现在想走走，不想那么快就回到空无一人的家。艾桑布雷区棋盘一样纵横交错的街道两旁，那些雄伟华丽的老式建筑令他安详地沉浸在怀旧情绪里。他以前跟露丝一起走遍这里的大街小巷，看遍所有博物馆，跑过所有酒吧。在他眼里，露丝跟巴塞罗那这座城市那么相配，美丽却不招摇，宁静但也有看不清的角落；那种精致的优雅能让人着迷，也能让人抓狂。他们俩都明悉她这种与生俱来的魅力。不知有多少女人梦想拥有这种魅力，可到头来只是东施效颦。

他走了两个钟头之后，筋疲力尽地回到家，一下子瘫在沙发上。墙角那只找回来的箱子还没打开，但他现在看都不想看这个箱子。他应该在路上把晚饭吃了，可他觉得在街上吃晚饭没人陪有点没面子。他想拿尼古丁抗一会儿饿，就抽了根烟。可他抽烟时有种罪恶感。茶几上摆着卡门还回来的影碟，都是她最喜欢的女演员的经典影片。他有多少年没重看过《后窗》了？这不算他最喜欢的电影，他最喜欢的悬疑片是《鸟》，还有让人心惊肉跳的《迷魂记》。他现在懒得去找影片，直接把手边这张放进影碟机，影碟机读盘时他走进厨房，看看有没有能填肚子的东西，哪怕是一瓶啤酒呢。他记得自己早晨在冰箱里看见了啤酒。他拎着啤酒瓶回到客厅时，看见荧光屏还是黑的，过了一会儿，屏幕一闪一闪地发光，不算太亮，模模糊糊，怪异而且刺眼。他呆呆地看着雪花慢慢消失，那团光逐渐占据整个屏幕。他目不转睛地盯着屏幕，然后看到他这辈子再也不愿意看到的画面：是他本人，因为愤怒而面目狰狞，不停地用拳头揍坐在椅子上的一个老头。他看到这儿一个冷战，觉着一股凉气顺着脊梁骨蹿上来。正在这时，一阵电话铃声响起，他扔了啤酒瓶，抓起电话。他攥着电话时，目光没有离开电视屏幕，看着画面里另外一个他几乎不敢认的自己，心里充满忐忑。电话里传出一个女人暴怒的叫骂声："王八蛋！阿根廷混蛋，婊子养的！"

14

“我这个周末在机场酒店，想见你。T。”蕾蕾从卡斯特尔家出来之后收到了这条短信。她当时的确挺想见他，所以没多想就回复了。现在，她跟最好的闺蜜长谈过后追悔莫及。屋里闷热，不远处的屋顶上一只发情母猫发出一声接一声的可怕叫唤，她今晚根本睡不着。

玛莉亚的父亲是巴塞罗那人，母亲是意大利人。她是个每个男人见了都会流鼻血的肤色略深的大美人。身高一米八，曲线完美，总是带着微笑的俏脸蛋；幽默感极强，就是嘴里的话比开大货车的司机还糙。

“别扯淡了！”蕾蕾把心思说出来之后，玛莉亚当着餐厅里那么多人直接喊出这句话。蕾蕾不知道该不该跟托马斯，也就是短信里的那个“T”说，他们俩上次见面之后，他给她留下了一个“纪念品”。“你是不是因为怀孕变傻了？荷尔蒙失调让你的脑子不好使了吧？”

“你别这么粗鲁，行吗？”蕾蕾把刚吃完的提拉米苏盘子推到一边。之前她已经吃了一大盘卡博尼意粉。“这柠檬慕斯你还想吃吗？”

“不吃了。你也别吃了，你现在怎么成食人鱼了，喂不饱。”她说，可还是把甜点杯推到蕾蕾跟前。“听我说，你跟他说了有什么好处？”

蕾蕾挖甜品的勺子停在半空。“这和有没有好处无关。他是这孩子的爹。他有权利知道现在有一个他的种要来到这个世界了。”

“你说，这孩子现在在哪儿呢？谁得把这孩子装在肚子里九个月？谁得疯了似的又喊又叫，把这孩子生出来？他爽了一把，撒完种就跑了。妈的！他这个周末要是有别的安排，你压根就找不到他。”

蕾蕾听罢一笑。

“你爱怎么说怎么说，反正他给我发短信了。”

“打住。你这话是什么意思？别，你别脸红，跟我说清楚。”

“没什么，”她不想说实话，舀了一勺慕斯放入口中，味道真不错，“咱们不说这事了。你也许说得对，我见了他之后再决定怎么办吧。”

“见了他之后再决定怎么办？”玛莉亚重复这句话，开始取笑她，“喂，喂，基地呼叫蕾蕾·卡斯特罗——休斯顿基地现在出现异常状况——蕾蕾·卡斯特罗在哪儿？你就是吗？你就是那个一直宣称所谓爱情就是好莱坞为了玩弄女性编造出来的淫邪鬼话、但现在被‘一炮命中’的蕾蕾·卡斯特罗？”

“行了，让我清静一会儿吧。拜托，”蕾蕾吐出一口长气，说道，“这是我头一回怀孕。我也不知道该怎么办。”

玛莉亚和善地看了她一眼。

“听着，我再问一句，咱们就换话题。我也想告诉你一件事，”她发问之前停顿了一下，“你真的想留下这个孩子？”

“想，”她说完又犹豫了，“不想，呃……反正这孩子现在就在这儿，”她摸着肚子说道，“我敢保证他七个月之后能降生，”一大杯柠檬慕斯已经被她吃光，她一边舔勺子一边问道，“你怎么样？你跟桑迪出了什么事没有？”

“我们要去度假了。”玛莉亚满脸喜悦地喊道。

“他不是说要跟一个非政府组织去非洲开诊所吗？”

“没错，可他叫我陪他一起去呀。”

蕾蕾听完差点笑喷出来。你可以说玛莉亚能干任何事，但别说她能在非洲的一个村子里开诊所。你说她是火星人都有人相信，但没有人会相信她能帮助患儿洗尿布。

“我就去几天。”

“几天啊？”

“十二天，”她信口胡诌道，“也许再多待几天吧，现在还说不好呢。不过确实挺有趣的，我们俩终于能干点有意义的事了。聊足球、拍老板马屁，要么没完没了地唠叨前女友多伤他的心的那类男人，我已经受够了。那些离过婚的型男更不行，他们无非惦记着周末该轮到他们照顾孩子时让你替他劳这个神。桑迪不一样。”

“好吧。”她们对于什么样的男人更可爱这个问题，从来没达成过一致意见，她们从来就没喜欢过同一种类型的男人。两人经常为了这个问题争论个没完，一直没能争论出个高低，但交情因此变得越来越深。在蕾蕾看来，桑迪就是一个装腔作势、招人讨厌的假学究，往他身上喷一大瓶除臭剂，才能把他的酸气去掉。而玛莉亚认定托马斯是那种油头粉面的小白脸儿，以为套上西装、白衬衣，露出一口好牙就是乔治·克鲁尼了。蕾蕾举起酒杯，高声说道：“来，为了单身男女的性冒险干一杯。”

玛莉亚马上举起红酒杯，还她一句：

“为了单身男女的性冒险，也为了已经生根发芽的精子，干杯。”

“巫婆！”

蕾蕾躺在黑暗中，闭上眼睛，尽量让自己放松下来。她辗转反侧，床单被她弄得到处都是褶皱。房间里黑暗、潮湿，没有一丝风，除了那只讨厌的母猫的叫春声，一丝空气也飘不进窗户。她刚搬来这套公寓几个月，最初的几个礼拜，她经常被这种小孩啼哭似的哀嚎吓醒，然后跑到窄小的露台上，四处查看，却找不到这么凄惨的哭泣到底是从哪儿传来的，直到有一天夜里，她的目光跟那只整夜不眠的母猫的目光对视上。母猫像雕塑一样一动不动，两眼淡定地盯着她，发出一声又一声哀嚎。现在，小母猫不知羞耻、直截了当的求偶信息还是令她讨厌，但她习惯了。她关上窗户，母猫叫春的声音就会变小，但屋子里更加闷热。

她白天已经把五根烟的定量抽完，可现在她还是掏出一根，点燃之后走到小得只能容下一个小圆茶几和两个挂在木质栏杆上的花盆的正方形凉台上，四处搜寻那只母猫。她看见了：那只猫突然止住嚎叫，也瞪着她，一动不动，像一尊带胡子的佛像。她知道这几口烟不能让她踏实多久，不过舒服一会儿是一会儿吧。小猫仿佛觉得她是自己的伴儿，在对面的屋顶上轻吟一声，蕾蕾看着它的目光比刚才亲密了许多。香烟烧到头，蕾蕾虽然心怀愧疚，但实在懒得去找烟灰缸，于是直接把烟蒂扔到地上。小猫看着她，责难似的把头歪向一边。“你饿了吧？”蕾蕾轻声问它，这是她搬到这儿来之后头一次想给小猫倒一碗牛奶。她把牛奶放到凉台上之后，退回屋里，因为她知道自己如果在那儿看着，小猫不会跑过来。她在屋里靠着门，借着房间里的灯光观察外边的动静，等着小猫忘掉害怕，跳进凉台。她等烦了，想躺回到床上时，外边还是一点动静都没有。现在是四点二十分，她如果能睡着，还能睡两个半小时的好觉。她上了床，伸手够到手机。托马斯发来两条新短信。“我明天下午五点到桑茨机场。AVE 公司的航班。想死你了。T”，“我要跟你说件事儿。吻”。

她的头回到已经凉下来的枕头上，闭上眼，打算睡觉。她满脑子装的都是托马斯的笑容，妊娠测试，所谓的“单身男女的性冒险”，凉台上盛满牛奶的小碗。她迷迷糊糊、甜蜜地进入睡眠时，一个奇异的念头钻进她的意识中，让她立刻打消睡意。

她猛然从床上坐起身来，极力追踪刚才的那个念头。没错，她刚才确实想到了什么：马克坠落的那个阁楼，那个窗台，还有地面上的尸体。她突然觉得这里边有什么不对劲的地方，好像有一个点跟其他几处连不上。而且可疑之处非常明显，就像烟灰缸摆错了地方一样容易被察觉。

星期五

15

一天当中，最令露丝惬意的时刻是早餐时间。她总是坐在厨房里的一个高脚凳上，慢条斯理地享用早餐。她喜欢混杂着咖啡和热面包气味的香气，喜欢如举行仪式般一丝不苟地准备橙汁和烤面包片。可是，没有任何一位伴侣希望分享她的这种快乐，埃克托尔早晨根本吃不下任何东西；卡洛尔好像也一样。不仅如此，他们看着她那么仔细地准备早餐，还总显露出不理解的表情。所以，她独自享用早餐时最惬意。有时候，她会暗自琢磨，每天早晨这种孤独的享受是否预示了她未来的生活。她从出生到现在，身边一直有人陪伴，先是父母，然后是埃克托尔和儿子，现在是卡洛尔。可奇怪的是，她越来越喜欢独立生活。她想到卡洛尔，不禁皱了皱眉：她应该怎么定义卡洛尔的身份呢？“情人”？粗俗；“未婚妻”？好像目前还不为人们接受；“同伴”？虚头巴脑，装腔作势，还有点欲盖弥彰。她往烤好的面包片上仔细地抹上一层又一层美味的黄油，再涂上薄薄的一层桃子酱，自问：卡洛尔到底是她的什么人呢？昨天晚上，卡洛尔本人也问过她。露丝没能给出令卡洛尔满意的答案。所以她们俩都没吃晚饭。她的情人、未婚妻、同伴，随便叫什么吧，脸色难看，闷声回了她自己的公寓，而露丝根本没想到要劝劝她。她非常清楚，她只要说句话，卡洛尔就会留下来。她只要用手拽卡洛尔一下，卡洛尔就会慢慢冷静下来，摆脱烦躁和嫉妒。可她不想那么做。后来，她们俩通了一个小时左右（准确地说，是五十三分钟）的电话。卡洛尔在电话里改变态度，还给她道歉，说她不该那么莽撞地出走，还说她理解露丝的处境，她虽然爱得特别累，但仍然毫无保留地爱着露丝，这一点没有丝毫改变。然而，这个电话让露丝有了让自己彻底消失的疯狂想法。她想趁着这个周末离开。不再等了，就这个周末，她要找到一个感觉不到压力，不需要谁向谁道歉，更用不着谁跟谁承诺什么的清静地方，安顿下来。

“昨天晚上真可怕。”露丝想道。她在回家的路上挺高兴，惦记着跟卡洛尔共度良宵。可是露丝到家时，正看见卡洛尔歇斯底里地在电话里痛骂着她的前夫。她看着卡洛尔，用表情问她出了什么不可思议的事。终于，卡洛尔挂了电话，开始跟她讲述：“你自己看看你那混蛋前夫昨天给你的点心盒子里装的什么东西！”她按下遥控器按钮，电视屏幕上出现她跟卡洛尔几天之前的一个下午在圣珀尔裸体沙滩上的影像。露丝对当时的景象记忆犹新，可是现在，看着她们相互亲吻的画面被做成粗俗拙劣的光盘，她觉得恶心。看到两人的胴体在那片空旷的海滩上相互缠绵，她突然之间感到非常羞耻。这让她们已经有些紧张的关系雪上加霜。她跟卡洛尔解释，视频不会是埃克托尔偷拍的，因为他那会儿还在阿根廷；而且，他当时就算在场，也不可能干出这么下贱的事来。卡洛尔不再纠缠，但还是担心可能有私家侦探受人指使，干了这事，而且她很想知道这张可恶的DVD是怎么被放进埃克托尔送的点心盒子里的。卡洛尔责怪露丝总替她前夫说话，不向着她。然后卡洛尔提出了这个问题：“我在你眼里算他妈的什么东西？”露丝被问懵了，答不上来，再也忍不下去，只想立马把那张光盘扔到垃圾箱里，彻底忘掉这件事。但是她得先给埃克托尔打个电话，简单说几句，跟他讲明白是怎么回事，但卡洛尔接受不了她这样做。她挂断电话之后，发现卡洛尔已经走了。她突然觉得轻松了许多：她终于是独自一个人了。

消失的念头在她的脑子里萦绕着。她非常清楚这个主意肯定会让卡洛尔不高兴，她有理由不高兴。吉耶尔莫要到周日晚上才回来，她们俩原本定好一起过这个周末。卡洛尔说，她们应该多在一起：一起吃午饭、吃晚饭，一起上床、睡觉、醒来，就像真正的伴侣。露丝听完这话后看着她，不知道该怎么跟她说。她觉得卡洛尔讲的这一大串普通人每天都在做的事，与其说是因为亲密，还不如说是尽义务。但她没办法这样对卡洛尔讲。露丝觉得卡洛尔说的那些事简直就是束缚。她一边吃着第二片烤面包，一边思忖，觉得自己应该对卡洛尔更耐心些，因为卡洛尔年轻，冲动，投入了感情，当然希望对方有所回应。一年之前，她俩相识时，卡洛尔就是用这种直接的行事作风突破露丝的心理防线，可露丝的那种感觉越来越淡了。这个姑娘有一双露丝从来没见过的又黑又亮的眼眸，长期练普拉提，严格控制饮食，练就了完美的身材，健美却又不失女性风韵。她无疑是个美丽的女人，不是漂亮，而是美。可是，露丝不确定自己是否真的是这个性取向（她到三十六岁才发现自己喜欢女人），而卡洛尔对这一点感到害怕。所以卡洛尔的行为举止有时候显得乖张，不可理喻。露丝想，这个卡洛尔真不让人消停啊。她会突然暴怒，又立马后悔；她能从冷漠淡定突然变得春情激荡；她刚才还放声大笑，马上就能哭得像个小姑娘，好像刚看了一部催泪的电影。她非常迷人，但也能让人透不过气来。

露丝喝到第二杯咖啡时做了个决定：给爸妈打个电话。爸妈如果不去锡切斯①的公寓过周末，她就去那套公寓。她夏天通常不会到那

① 巴塞罗那附近的海滨小镇，中产阶级的度假胜地，有“艺术之城”的美称，也是每年世界同性恋大会的举办地。

儿去，因为人实在太多，可现在，她想找个不算太远、她不太陌生的地方当避难所，那儿是首选。她突然间觉得这是个好主意：独自一个人在那儿自由自在地过上三天，简直太美了。于是，她不管时间还太早，立马抓起电话，问她爸妈那套公寓是不是没人住。她打电话的时候，手指交叉，暗自祷告希望不要落空。她如愿了，接着她一分钟也没再耽搁，给卡洛尔发了个短信，直截了当而且不容分辩地告知对方她的想法。然后她对要不要给埃克托尔发个短信有些犹豫：她其实没必要告诉埃克托尔自己的往返时间，可他们昨天通话时，她感到埃克托尔在担心她。埃克托尔尽管有不少毛病，但绝不是一个容易惊慌失措的人。她拿着手机摆弄了一阵子，最后决定给他打个电话。

“喂？”电话刚接通，他就在那边答话了，“没出什么事吧？”

“没有，”她加快语速赶忙说道，“听着，你昨天说的话让我挺担心的，你得跟我说明白到底出了什么事。”

电话里传来一声长叹。

“我现在，其实也没弄清楚呢。”埃克托尔说话的声音比刚才平静了一些，他又把昨天的话对露丝说了一遍：好像有什么危险正在靠近他或者他的家人。但是他又说道：“我觉得没什么大事，可能就是想给我添堵，找点麻烦，不过，你还是小心为上，以防万一，明白了吗？要是觉得有什么事不大对劲，马上通知我。”

“放心吧，我会的，我打电话就是告诉你一声，我要到我爸妈在锡切斯的公寓过周末。周日晚上再顺道去加拉菲尔①把吉耶尔莫接回来。”

“你自己去吗？”他的确担心露丝的安全，但觉得自己的这句话有点不对劲。露丝粗暴的回答表明：他确实不该这么问。

① 临近巴塞罗那、塔拉戈纳市所属的一座海滨小镇。

“关你什么事？”

“对不起，我……我不是那个意思，我没想介入你的生活。”

“好了，”露丝也不想闹别扭，“我已经告诉你了。埃克托尔，咱们下周一再谈，再见。”

“好吧，祝你周末愉快。还有，露丝……”他有些踌躇，“我已经跟你说了，如果有什么不对劲，马上联系我，行吗？”

“再见，埃克托尔。”露丝说完立刻挂了电话。然后她发现手机里有卡洛尔的两个未接来电。卡洛尔打电话来无非是想吵架，所以露丝不打算给她回电，直接去收拾她这个周末要用的东西。

埃克托尔也没有浪费时间。他和往常一样，昨晚睡得特别少，睡眠质量极差，但他今天早晨却非常兴奋。露丝跟他说要出去度周末之前，他已经非常忧虑。他感觉到某种威胁正在靠近他，但他不知道危险来自哪里，而且这种危险不光针对他一个人，还可能殃及他周围的人。昨天晚上，他终于跟儿子联系上，得知儿子在朋友家里玩得还挺开心，他放心了不少。他本来想告诉儿子在朋友家多待几天，但没说出口。那件事发生之后，他去了布宜诺斯艾利斯，他俩已经一个多月没见面了。他想念儿子，比之前任何时候都想。儿子一天天长大，父子俩的关系在某种程度上越来越亲密。埃克托尔从来不敢自夸是个模范爸爸。他工作时间太长，没法照顾儿子，而且，他以前也实在提不起兴趣跟儿子玩那些儿童游戏。可从另外一方面说，他的确是个慈爱的老爸，只不过常常忙于工作，没时间跟儿子在一起玩耍。最近这段时间，他为儿子在面对生活突变时表现出来的成熟感到惊讶。吉耶尔莫算不上难以相处，但性格内向，继承了妈妈的绘画天赋；满不在乎、过于早熟这一点又特别像爸爸。埃克托尔确实觉得他们俩相处得特别融洽。他爱儿子。而且这种关系好像不仅是父子那么简单，好像还演变成了——说是友情有点滑稽，但他们确实志同道合。有时候，父子俩并未因为整个周末未见而变得生分，反而更加亲密。

昨天晚上，埃克托尔不仅确认了家人全都平安，还找出他办理那件拐卖非洲女孩案时存在通讯簿里的一个号码，给这个号码拨了个电话。这个号码的主人是阿尔瓦罗·圣克鲁斯博士，历史学教授，研究非洲宗教的专家。他在查那个案子时，本想向这名专家咨询一些事情，但后来没跟他直接联系过。现在他忽然觉得需要有个高人给他指点一下——得有人给他怀疑的事做个可靠的评判。他昨晚跟圣克鲁斯博士约好，他和马尔蒂娜·安德鲁今天上午十点半去大学的办公室见教授。他会在路上先跟安德鲁碰头，沟通一下。

这个案子的疑点越来越多。从安德鲁的黑眼圈能看出这一点来。她最近也没怎么睡好，尤其是昨天晚上。他们俩在大学附近的一家咖啡店坐下，一边吃早餐一边沟通情况。

安德鲁说："从现在掌握的不多的情况来看，那位医生确实非常奇怪。他八年前到了西班牙南部，五年前来到巴塞罗那，不清楚他在南部那几年干什么。但是他带着一笔现金来到这里，买下那套公寓，开业做医生。他要么是把钱藏在了什么地方，要么没挣到钱，反正他跟银行没什么往来。你也看见了，他的日子过得不怎么样。他很可能把钱寄到国外了，但我们没查到这方面的证据。从现在掌握的情况看，这个所谓的奥马尔医生真名叫易卜拉欣·奥克隆科，行医为生，生活简朴。如果没有那些女孩子的供述——她们提供的信息不一定真实——我们根本没法把他跟那个拐卖妇女的犯罪网联系到一起。我们只知道他到处洒圣水治肚子疼，或者替人驱邪除魔，没抓到他其他把柄。"

埃克托尔听罢点了点头。

"关于他消失了这件事，没什么新线索吧？"

"没有，最后一个见过他的人是达米安·费尔南德斯，他的律师。墙上的血迹表明他可能遭绑架了，或者更惨。那个猪头应该是故意留下的暗示。但是现在不清楚这个暗示是留给谁的。咱们？还是奥马尔？”

埃克托尔起身去付账，安德鲁跟他走到吧台，之后两人出了咖啡店，穿过街道向大学走去。

历史系的大楼盖得非常难看。现在是七月份，宽大的走廊里几乎没人，让这栋建筑显得更难看了。一般来说，一个神学博士在埃克托尔这种坚定的无神论者面前很难畅所欲言，但圣克鲁斯博士不是那种故弄玄虚的神学家。他六十多岁，可看上去最多五十出头。他多年来刻苦钻研学问，他那些关于非洲文化和宗教的专著被全欧洲的人类学家奉为经典。他虽然年事已高，但身体保养得很好，一米九的大个子，腰板挺直得像个巴斯克壁球运动员。这副形象彻底颠覆了埃克托尔对于一个神学家的想象，也让埃克托尔觉得跟他谈话会挺自在。

圣克鲁斯博士表情严肃地听完他俩说的每一句话。埃克托尔跟他讲述他们调查贩卖非洲女孩案，吉拉的死，以及后来发生的所有事情。当然，他隐去自己饱揍奥马尔和那两张昨天晚上才出现、连安德鲁都一无所知的神秘 DVD 的情节。但是他说到了奥马尔已经神秘消失，桌子上的猪头以及标有他本人名字的照片这些细节。他说完之后，博士沉思一阵，对这些事难以置信。他轻轻摇了摇头，然后发表意见。

“抱歉，”他仿佛没坐舒服似的，在椅子里挪动一下身子，“你们说的事让我吃惊，坦率地说，我有些忧虑。”

“因为什么忧虑呢？”安德鲁问道。

“有几件事让我担心。组织卖淫算不上是什么新鲜事。但是，在这个案子里，他们靠御心术控制女孩。你们听说过的那些宗教祭拜之类的事，有些是真的，而且对相信这些法术的人来说，效力特别强大。那些小姑娘确实笃信自己和家人受到的威胁可能成真。事实也的确如此。我能给你们举出几个我亲眼在非洲和加勒比见到的例子。那些遭受惩罚的人会连续许多天陷入深深的恐惧里不能自拔，而且，这种恐惧最终会导致他们死亡。”

“真有这么回事吗？”埃克托尔有点不耐烦了。

“极端的恐惧是一种很难解释清楚的情绪，督察。因为它不符合逻辑，而且讲清楚恐惧并不能摆脱恐惧。从这个案子看，死者死时特别决绝，因为她再也受不了那种恐怖的感觉，而且，她想通过自己的死挽救亲人。你们应该相信，这孩子算是自我牺牲了，也就是说，她当时已经认定没有别的出路。旁观者也许并不这样觉得，可她就是这样想的。”

“这个我能理解，至少理解部分。”埃克托尔觉得博士还没说到正题。“您现在说说到底是什么事让你吃惊。”

“后边的事都让我吃惊。那个家伙的神秘消失，那个恶心的猪头，还有文件夹里您的照片……这些都跟纯粹的御心术没什么关系。似乎只不过是故弄玄虚。好像是专门为了给什么人看才特意布置的。直觉告诉我，您没把所有事情都讲给我听。你们如果真心想让我帮忙，就得回答一个问题，那个家伙欠你们什么账没有？”

萨尔加多沉吟一阵才回答：

“可能吧。好像也不欠什么，”然后他再次纠正自己，“他欠我的。”

圣克鲁斯博士应该为猜中埃克托尔的心思感到满足，可他的表情明显不安起来。

“这也让我担心。听着，您应该明白一件事：他们所谓的魔法也许特别灵验，但是对压根不信这套的人一点作用也没有。督察，我如果没猜错，您可能不仅不相信这一套，所有的神秘学说都不相信。我是这么猜测的。但是，您担心家人，怕他们不安全。”

“难道他们现在有危险？”

“这我不敢乱说。我也不想吓唬您。不过，有一点，怎么说呢……他们想让您害怕，不安。他们想把您从习惯的西方思维模式里拉出来，进入他们那种更原始、更惧怕超自然力的思维模式里。所以，他们才下这么大功夫，弄出这么一大套莫名其妙的把戏，”博士说到这里，转向安德鲁，问道，“您同事说您已经搜查过那个奥马尔的诊所。您觉得有什么可疑的东西能跟我说的话产生联系吗？”

马尔蒂娜垂下眼皮，显然也非常不安。

“您知道，我们发现了埃克托尔和他家人的几张照片。”

“没有其他的？”

“还有。埃克托尔，对不起，我一直没跟你说，因为我觉得这事很荒唐：那间诊所的旮旯里好像烧过什么东西。烧过的灰装在一个信封里头，信封里还有几个怪里怪气的小布人。信封装在那个存着你跟露丝、吉耶尔莫照片的文件夹里。我在你到那儿之前把东西拿出来了。”

埃克托尔还没来得及答话，博士说道：

“您如果没发现这类东西，我才会觉得奇怪。这是御心术里最惯用的手段，我们都听说过，”他转向萨尔加多，坦率地说，“督察，他们想让您害怕。您如果不害怕，他们的法术就不灵了。但是，我还得提醒您，他们做了确实能让您害怕的事威胁您，也就是您家人的安全，而您不容家人和好友的安全受到侵犯。您如果落到这个圈套里，就会相信他们能做到那些事，那么，危险就可能变成现实。那么您就被他们攥在手里了，跟那个死去的小姑娘一样。”

16

他俩回到警局之后，埃克托尔看出蕾蕾好像有什么话要跟他说，可他还没走到蕾蕾跟前，萨瓦尔就把他叫进自己的办公室。这是一次关起门来的谈话，从局长的表情能看出不是什么好事儿，埃克托尔必须准备耐心聆听头儿的长篇大论。而且，他凭直觉知道，话题肯定跟奥马尔有关。然而，事情出乎他的预料。他看清了局长办公桌前还坐着一个人，就知道要谈另外一件事了。办公桌前坐的是一个五十来岁的金发女人，这个女人回过头来，双眼凝视着他。萨瓦尔向埃克托尔介绍这个女人时，埃克托尔已经想到她是乔安娜·比达尔。她坐在那儿，身子都没动，冲他点了点头，算是打了招呼。看来不好对付。

"埃克托尔，我正跟比达尔夫人介绍你这两天的调查情况呢。"萨瓦尔的语调非常柔和、妥帖，小心翼翼。"但是，我觉得这件事最好还是由你亲自来讲。"

埃克托尔沉吟几秒钟，想着应该从哪儿说起。他明白局长的意思：尽量平和，客观，耐心，但还得让这个女人接受，她儿子就是从窗台上不慎坠亡。就像老师跟学生解释他为什么差一分没及格，越是被人质疑，越得昂起头，端着架势说："九月份回来补考吧，我肯定你能过。"他似乎该对乔安娜·比达尔这么说：您最好还是回去吧，不用再来了。可他总觉得对面这个两腿交叉、紧抱双臂坐在椅子上的女人，袖筒里好像藏着什么东西，说不定是颗炸弹，她随时可以让炸弹爆炸，谁也劝不住，谁也跑不了。

最后他只能开口说道：“那当然了。”他又沉吟了一阵子，寻找合适的词。“不过，我想比达尔太太也有话要跟我们说吧。”

他问到点子上了，乔安娜的目光立刻转到他的身上，萨瓦尔挑了挑眉毛。

“是吗，乔安娜？”局长问道。

“我还不确定，可能有吧。不过我想先听听督察怎么说。”

“那好。”埃克托尔看到坐在椅子上的女人稍稍放松，心中暗喜：“哎——这就对了。”

埃克托尔把椅子往她身边挪了挪，坐下来，从正面看着乔安娜的脸，仿佛局长压根儿不在这个房间里，说道：“据我们所知，圣胡安节的头天夜里，您儿子马克跟两个朋友，阿雷克斯·罗维拉，吉娜·马尔蒂在他家的阁楼上办了个小派对。事后，这两个孩子的口供总的来说是相符的：一开始，派对一切正常，后来，不知什么原因，马克不高兴，把音乐给停了，然后阿雷克斯就责备马克，说他从都柏林回来之后大不一样了。两人吵了架，阿雷克斯回了家，但吉娜已经喝高了，留下来在马克的卧室睡觉。马克对阿雷克斯生气，吉娜也被连累了。阿雷克斯走了，马克就冲吉娜说，她喝醉了，自己到床上睡觉去。吉娜为了这事挺不高兴。可是她到床上没多久就睡着了。马克自己待在阁楼上，跟平常一样，坐到窗台上抽烟。”

埃克托尔说到这儿停住了，看见女人全神贯注地听他讲述，脸上既没有痛苦，也看不出伤心。乔安娜的脸好像北欧人那样冰冷，没有表情，就像一副面具。埃克托尔觉得那就是一副面具，因为戴的时间太长，跟真脸长到一块儿去了。只有那双深栗色的眼睛还不太听从她的意愿，不愿意完全掩藏所有的锋芒，遇到恰当的机会会射出可怕的光。他不由得暗自把乔安娜跟恩里克·卡斯特尔的第二任妻子做了比较。这两个女人都显得有些孱弱。但这是她们之间唯一的共同点。格洛丽亚的眼睛总是流露出迟疑、踌躇，甚至是顺从，但乔安娜的眼里总是叛逆与挑衅。恩里克·卡斯特尔肯定也看出这一点，他不愿意两次栽在同一类型女人的手里，所以才选了个更加顺从温良，更服从他的女人当老婆。埃克托尔觉得眼前这个女人应该知道一些真实情况，于是不再理会局长不耐烦的表情，保持刚才的语调，继续说：

“但是，那两个孩子没说实话，至少没把实话都说出来。当然，我的意思不是说，他俩跟后来出的事儿有关系，”他分辩道，“我的意思是，他们……怎么说，他们把有些事给遮掩了。”

然后，他讲述了卡斯特罗警官从吉娜·马尔蒂发到脸书上的照片里发现的问题，还说到马克在派对上穿的衬衫。那件衣服虽然洗过了，但是上边残留着血渍。

“所以，我们接下来还得找阿雷克斯，好好问问他，”他说这话时，看都没看局长一眼，“因为，他和马克的争吵，可能要比他和吉娜描述得更激烈。我们还得跟阿雷克斯的哥哥再谈谈，确认一下这孩子回家以后是不是一定没出去过。说实话，我觉得很可能是这样：他们之间动了手，但是朋友之间的那种，但是马克流了血，所以换了一件衣服。马克的笔记本电脑可能就是在打架时摔坏的……”

他突然想到一件事：吉娜为什么根本没提到那台摔坏了的笔记本电脑呢？两个男孩子如果只是像她说的那样，吵了一架，她把警方早晚能查出来的事说出来岂不更能撇清嫌疑吗？这个念头来得太突然，他根本不敢再往下想，因为他还得对乔安娜说下去：

“当然，这些都对这件事的结论没什么影响。”他虽然这么说，但口气已经没那么坚定。“现在，我们还需要一些细节，才能把整个过程完整地弄清楚。我们已经拿到马克·卡斯特尔那台摔坏的笔记本电脑和手机，准备再看看能不能提取什么新证据。然后，我们会再讯问阿雷克斯·罗维拉。”现在，他看了局长一眼。局长虽然不太情愿，但点头了。埃克托尔继续说道：“现在，您有什么话要跟我们说吗，比达尔夫人？”

乔安娜已经把二郎腿放下。她从手提袋里掏出几张折叠的纸，说话时紧攥着那几张纸，好像生怕它们被毁了。

“几个月之前，马克跟我通了电邮，”她清了清嗓子，好像很不情愿说这件事，向后扬了扬头，显得脖子又白又长，“你们都知道，十八年了，我出走之后，我们俩就再也没见过面。所以我收到他的第一份邮件时，非常吃惊。”

“他怎么知道您的邮箱地址？”局长问道。

“恩里克的兄弟菲利克斯给的。你可能觉得奇怪，我们这些年来一直有联系。我当他是我前夫的兄弟。您认识他吧？”她转向埃克托尔，问道。

“对，我昨天见过他。在您前夫家里。他好像特别喜欢这个侄子。”

她点点头。

“是啊。恩里克一直忙于事业。”她摇了摇头。“其实，我没资格责怪他。他也尽力了……可是菲利克斯除了兄弟一家，没有亲人了，所以一直对马克特别关心。这些都不重要，我接着说，年初我收到了……儿子的第一封邮件，”这是她第一次这么称呼儿子，不太习惯，“我当时大吃一惊。这件事对于别人也许很平常，但我从来没想到过。”

萨瓦尔和埃克托尔都不忍打破沉默。她继续说：

“刚开始，我根本不知道该怎么给他回邮件，可他还是给我发。我又收到三四封邮件之后，没法再不理会了，我们俩就这样开始通邮件。我承认，从没见过面的母子靠邮件联系有点奇怪。”她露出一丝苦笑，好像在等他们俩替她接上一句话。可两人还是没说话。她只好接着说下去："我害怕他问我为什么不要他。可他从来没问过。马克只是跟我说他在都柏林过得怎么样，说对将来的打算。好像我们是刚认识的朋友，好像我不是他妈妈。就这样我们通了三个月的邮件，直到有一天……"她环顾四周，又停了一阵，"直到他忽然问我，他能不能到巴黎来见我。"

她低下头，看着手中的纸说：

"他的这个想法让我为难了，"她说得简洁明了，"我当初干吗对他说我要想想呢！"

"他生气了？"埃克托尔问。

她耸了一下肩膀，答道：

"我猜这等于给他浇了一盆凉水，从那以后，他的邮件越来越少，后来就几乎不发了。但是，他快离开爱尔兰时又给我发了这封邮件。"

她把手里的纸摊开，拿出一张，递给萨瓦尔。萨瓦尔念了一遍又交给埃克托尔。邮件内容是：

> 你好，我有好长时间没音讯，现在我不再坚持非要见面。至少现在不必见。我现在得回巴塞罗那办件事。我现在还不清楚应该怎么办，但会想法把它办好。我想，等我把这件事儿办好之后，咱们再见面吧，在巴塞罗那或者在巴黎。随你选。吻你。
>
> 马克

埃克托尔念罢邮件，抬起头，乔安娜没等他问就说话了："我不知道他要办什么事。我刚接到邮件时，还以为是学习的事，选大学专业之类的。我没太在意这封邮件，昨天下午，我重新看了一遍我们之间所有的邮件，就好像我们俩在对话。这是他发给我的最后一封邮件。"

局长与埃克托尔对视一眼，谁也没说话。这封邮件或许包含丰富的信息，但也可能毫无意义。

“我知道自己可能小题大作了。这封邮件可能和那件事没有关系。但是，也许有关？”她挥动着双臂，焦躁已经压过忧伤。她从椅子上站起身，说道：“算了，你们就当我在犯傻吧。”

“乔安娜，”萨瓦尔绕过桌子，走到她身边，“查案子时，做什么事都不算犯傻。我既然已经说了要把这件案子查个一清二楚，就肯定会查到底。不过你也得明白并接受现实。有时候，简单的表面现象就是真相。好多意外事故确实让人难以接受，不过，谁也没法不让意外发生啊。”

乔安娜点了点头。可是埃克托尔明显察觉到，她现在关心的已经不是这件事，或者说不仅仅是这件事。他暗自想：这个女人年轻时一定特别漂亮，现在也仍然算得上漂亮。她并未靠化妆品和整容手术刻意遮掩岁月在容貌上留下的痕迹，显得清丽脱俗，风姿绰约。乔安娜·比达尔顺其自然地接受成熟年纪的到来，得到了同龄女性想得到却没得到的结果。她专心致志地跟局长说话时，埃克托尔一直在欣赏她。

“我向你保证，如果有什么新情况，我们会及时告诉你，当然是我或者埃克托尔督察私底下告诉你。你也得注意休息。”

萨瓦尔要陪她走到大门口，被她一撇嘴拒绝。埃克托尔刚进来时也受过她这么一撇。他早就知道，这女人不好对付。埃克托尔看着她出去，想起梅丽尔·斯特里普。乔安娜·比达尔离开之后，蕾蕾·卡斯特罗出现在他眼前，一下子把他从思绪中拉回到现实。

“您现在有时间吗？一分钟，督察。”

“有时间，不过我得抽支烟。你抽烟吗？”这是他头一回问她这个问题。

"抽。抽得比我该抽的多，但比我想抽的少。"

他听罢一笑。

"你现在抽烟算是执行命令。"

蕾蕾也开起玩笑来：

"我执行过比这更糟糕的命令。"

埃克托尔假装无辜地举起双手："我不信……走吧，咱们到街上去给自己投毒，你在那儿跟我说吧。"

巴塞罗那虽然号称避暑胜地，但是在中午阳光的照射下，整座城市变得又闷又热，跟非洲的高温天气也差不多。他俩好容易在街上找到一个阴凉的角落。

"刚才那女的是马克的妈妈，对吧？"她问。

"对，"他长出一口气，慢慢把烟吐出来，"你在笔记本电脑跟手机里发现什么线索没有？"

她点点头。

"我查了一下往来电话。大部分通话跟短信都是跟吉娜和阿雷克斯之间的，但是还有一个叫艾瑞斯的女孩的号码。马克主要通过 WhatsApp 和这个女孩联系。"埃克托尔好像没大明白，她就给他解释："这是一种免费的通讯工具，从区号看，这个女孩住在爱尔兰都柏林。他们不太用英语沟通。我从他们的聊天记录推断，这女孩也是西班牙人，马克对这女孩挺痴迷的。我看了他们所有的聊天记录，想从中找出什么线索。不过，从表面看，什么有用的线索都没有。无非就是我想你啦，你要在这儿就好了……我认为他们本来打算会面，因为马克说'这边的事就快办完了'。"她笑了笑又说："他们说的话都特别简单，一点儿也不浪漫。那台笔记本电脑现在正在修复呢。不过他们跟我说，那台电脑摔得厉害，好像有人想毁掉它。"

"知道了。"电脑的事让埃克托尔感到焦虑。他本想高声跟蕾蕾继续说下去，但蕾蕾先开口了。

“还有一件事，督察。我昨晚在家里时突然想到的。”她说到这儿时眼里泛着光，埃克托尔第一次发现，她有一双深绿色的明眸。“昨天晚上，我热得睡不着，就到凉台上抽烟，结果忘了把烟灰缸带出去，抽完烟之后就把烟头在地上碾灭。是的，我知道这样不卫生。我回到床上时，突然想到，你坐在窗台上抽烟，会怎么处理烟头和烟灰？”

埃克托尔想了一会儿。

“我要么会把烟灰弹到窗户外面，要么找个烟灰缸放在旁边，或者干脆捧着烟灰缸抽。”

“没错。我听他们家保姆说，格洛丽亚有洁癖。她受不了烟味，更看不得烟头。这可能就是那孩子在窗台上抽烟的原因，”她停了一下，接着说，“阁楼的地板上没有烟头，至少我们那天早晨检查现场时没发现烟头。当然，他可以把烟头往远处扔，但我觉得马克不是那种往庭院里扔垃圾的孩子。最合乎逻辑的可能是，他抽烟时带着烟灰缸，免得惹出事来。可烟灰缸那天不在窗台上，我记得非常清楚，烟灰缸在窗户一侧的书架上。我们还拍了照片。”

天气热得要命，可埃克托尔的脑子转得飞快。

“你是说马克掐灭烟头，还从窗台上下来了？”

“我是这么想的。我翻来覆去琢磨了好几遍，可还是没把握。因为他完全可能抽完烟，回到屋里，然后又坐回到窗台上去。但是，根据别人的口供，这不是他的习惯。因为大家都说马克习惯坐在窗台上抽烟，仅此而已。从来没人说他喜欢坐在窗台上想事，也没说过他喜欢坐在窗台上发呆，打发时间。”

“还有一种可能，”埃克托尔说，“有人把烟灰缸拿到别的地方了。”

“对，我也这么想过。可是那天保姆得照顾吉娜·马尔蒂，那会儿这女孩刚睡醒，知道这事后崩溃了。我们到达之前，保姆没上阁楼。

卡斯特尔先生和他兄弟——那个神父——与我们是同一时间到达现场的。他太太跟女儿是后来才回家的。因为卡斯特尔太太不想让女儿看到尸体，所以他们在科尔巴托别墅待到傍晚才回来也合乎情理。”

“你肯定吉娜后来没再进过阁楼？”

“她自己是这样说的。保姆的叫喊声把她吵醒之后，她直接跑到大门口去了。她看见马克死了，当场就崩溃了，保姆给她冲了一杯椴树花茶，但她没喝。这时候，我们差不多已经到现场了。我觉得她不可能跑到窗台前，拿起烟灰缸摆到现在的位置上。”

“咱们看一下啊……”埃克托尔眯起眼睛说，“咱们想象一下当时的情况：马克跟同学开了个派对，但是派对搞砸了，他们吵起来了，吵到他的衬衫上沾了血。阿雷克斯回家，马克让吉娜上床睡觉去。那会儿差不多是凌晨三点，天气还挺热。他换了件衣服，然后像往常一样坐到窗台上抽烟。我们假设他拿着烟灰缸，因为这肯定是他平常的习惯。后来，他掐灭烟头，又回到阁楼里，把烟灰缸放到原处……”

“你看，”卡斯特罗坚持她的推测，“这就跟他因为头晕从楼上掉下去的推断不相符了。再说，他要是喝晕了，应该有感觉，干吗还非得坐回窗台上去呢？”

埃克托尔想起几分钟前从乔安娜·比达尔的眼中看到的忧虑，还有恩里克·卡斯特尔那么激烈地否定儿子是自己跳楼。他真是自杀的？因为什么事一时想不开，在那天夜里跳楼了？或者什么人后来又进来，跟他吵架，愤怒之下把他推到窗户外面去了？这个人如果存在，必须力气很大，吉娜肯定做不到。阿雷克斯？他们俩吵过架，而且他还把笔记本电脑给摔了？蕾蕾看着他，眼睛闪着光，仿佛已经看透他正在想什么。

“我还干了一件事，”她说，“我今天给大学的信息工程系打了电话，阿雷克斯·罗维拉就在那儿上学。我虽然费了点劲，最后还是打听到一点信息。他这个学期考试全部挂科。他自从复活节之后就没上过课。”

“他原来不是优等生吗？”

“他进入大学之后，超能力好像就消失了。”

“你查查他的电话记录。我最想弄清楚的就是他的情况，给我查查他跟谁通过电话，平常在什么地方活动，空闲时都干些什么……他如果连课都不上，肯定有的是空闲。我有个感觉，这两个小屁孩把咱们给耍了。我下周一就约他到局里问话，你得抓紧时间了。还有什么问题吗？”

蕾蕾一副不确定的表情，但还是摇了摇头。她本来打算今天下午到桑茨车站接托马斯，不想在这个周末干活了。她本想大声告诉督察，但转念一想，有点事干也不见得是什么坏事：

“没问题，督察。”

“那好。另外，马克给他妈妈写过一封邮件，说他要回到这儿办一件事。我觉得这不是什么重要线索，但是……”

“但是，咱们好像在瞎忙活，你觉得呢？”

“是瞎忙活，”他想起萨瓦尔说的话，于是忍不住嘲讽道，“你别忘了，咱们正在进行‘非官方调查’，我回头也要提醒一下局长。我需要阿雷克斯·罗维拉的全部资料，礼拜一前必须拿到，由你负责。我负责询问奥斯卡·巴克洛。”

蕾蕾有点懵。

“就是被拍了视频的那个胖小子。这事虽然过去两年多了，但有些怨恨时间是抹不去的，时间还会让它历久弥新，”一丝无赖似的笑容挂在他的脸上，“我对此很肯定。”

17

昏暗的房间里，空调发出地狱般低沉的噪声。绿苔颜色的厚重窗帷把照耀在整座城市的明媚阳光挡在屋外。那台讨厌的机器发出断断续续的低声咆哮，让人想起地狱里怪兽的低嚎。就算是一家公路客栈之类的龌龊所在，也能整出点浪漫情调，哪怕是感官上能催情的气氛……但是这里什么都没有：房间里到处弥散着浸透床单的汗臭味，肉欲横流的偷欢散发出来的体臭，廉价香水和淋浴混合成的气息。

这里真的算不上小宾馆，只是大学广场附近的钟点房，非常隐秘。乍一看，或者说如果不仔细看，你会觉得这是个洁净所在。钟点房地处巴塞罗那同性恋者最集中的地段，所以主要客源是同性恋者，这一点让雷吉纳觉得踏实。最近这一年多，她差不多定期光顾这里，从来没碰到过一张熟脸。她最担心的就是进出这里时遇到熟人，不过她一直以来运气都还不错。

实际上，她心里早就毫不在乎是否会遇到熟人了。她跟萨尔瓦多的关系还没有公开到这种地步，但她老公多多少少清楚，他如果不跟妻子做男女之间的事，肯定会有其他男人时常替他把活干了。

她凭良心说，嫁给比自己大十六岁的萨尔瓦多，压根不是因为他在床上有多生猛，不过结婚头几年，她没觉得不满足。起初，雷吉纳这么做不是图这个，她算不上太贪这一口，她是为了找回自尊。她结婚二十一年，头十年里过得非常幸福，萨尔瓦多一直迷恋着她，恨不得把全部身心都放在她身上，大有海枯石烂的意思。在他的甜言蜜语中，在他总是盯着她曲线玲珑的胴体每一寸的目光中，雷吉纳心花怒放。

然而，她当年决定嫁给这位大部分人都觉得缺少魅力而且拍结婚照时就已经头发花白的老公时，唯一失算的就是这位高个子体面绅士那众所周知的所谓大知识分子特殊癖好后来没有随着岁月的流逝变弱，反而历久弥坚：已经六十四岁的萨尔瓦多现在仍然迷恋二十来岁的小姑娘。这些年来，他已经成功转型成畅销书作家，兴趣倒仍然集中在年轻女孩诱人的肉体和与他相比简直光润得要命的漂亮脸蛋上。这些小丫头比当年的雷吉纳还傻，还天真，都觉得他还是那么杰出，那么睿智，那么迷人，还有的居然觉得他特别浪漫！这些年来，他那些所谓探索性的严肃作品连最好挑事的文学评论家都再懒得搭理，被逼无奈才开始编《初次约会的甜蜜》《含怨之眸》之类以所谓都市女性为主人公的小说。那些年轻女粉读了之后居然特别感动，居然追着他听那些“欲望”、“肌肤”、“性趣味”、“相思”之类淫辞艳藻多到能把人听到打嗝的烂讲座。

雷吉纳当初意识到老公对她的迷恋开始熄灭，或者说转移到别人那儿时，颇有挫败感。她在三十八岁时，就不是老公台球游戏里时刻受关照的白球了；她到了四十五岁时，变成那颗黑七。老公除非把台面上的球打完，最后实在没得选，否则别指望他碰她。现在，她已经奔向五十岁，脸整了好几次，可萨尔瓦多偶尔像是为了认出她是谁才多看她两眼，其他时候好像并未意识到她的存在。终于有一天，她明白自己是在与年长色衰这个强大而且势不可挡的对手较量，她最多只能延缓战争爆发但永远无法逆转败局。于是她决定换个活法。

她去年年底为了重拾自信，做出这个不惜代价的举动之后，留意周围的反应，竟然发现原来根本不再正眼看她的老公现在却以一种猜疑的目光盯着她。于是她干脆把出轨当成让婚姻在某种程度上重回平衡和稳定的偏方。她最初真不是为了解决性需求，而是希望找回任何养颜抗皱的美容产品与整容手术都没法带给她的自信。但结果出乎预料，那双肌肉坚实强健的臂膀，鹅卵石一样光滑结实的臀部，撩人的亲吻，还有伸入她身体最隐秘角落的灵动舌尖带给她从未体验过的快感，她彻底迷失了。这个比她整整小了一辈的小情人轻轻松松，带着微笑就能把她整得欲仙欲死。他会像一只爱嬉耍的小野兽那样噬咬她的脖子根，还会在她爽得不能自禁地闭上眼睛时扇她耳光。他总是要求她与他所有的情人一样，必须随时随地看着他、佩服他。他在大庭广众之下非常傲慢。他到了床上，却非常卖力，从不怠慢，又总刻意体贴。有时候他像个厚颜无耻的色狼，有时又像个怯生生的孩子，渴求安抚。雷吉纳有点弄不明白他到底想要什么，但是对一点非常清楚，虽然一周只有一次偷欢，她越来越难以割舍这段情了。现在，她一想到要陪着老公到布拉瓦海滨度假，一个月都见不到这个小相好，就觉得自己好像被流放了。她想到老公穿着泳裤的样子，就会做噩梦。再加上脾气暴躁的女儿，她在这个假期可有得受的。

上帝作证，她真的没爱上这个能给她当儿子的男孩，而且，她早就怀疑，她老公在书里孜孜不倦描绘的女人们追求的那种所谓真爱压根就不存在。可她想到接下来的几个星期不得不跟他分开，牵肠挂肚，没法享受那种让她欲罢不能的销魂和刺激，她就像没了魂一样。有时候，她独自在房间里回想每次约会的细节都觉得很享受。她的身体会变态地随着回忆起反应，所以，她觉得不用真的约会都能体验到所有快感。

“想什么哪？”阿雷克斯在她的耳边轻声细语地问。

“我还以为你睡着了呢。”她亲了一下他的脑门，回答道，然后挪动一下身子，好让阿雷克斯的双臂搂住她，两人的手指也交叉到一起。他的手指上传出的力量让她感觉自己充满活力。

“睡了一小会儿。都怪你，把我折腾干了。”他淫邪地小声嘟囔道。

她听罢一笑，心满意足地享受他的一只手伸进被单下边，在她的大腿之间不停地摩挲。

“行了，”雷吉纳说着把身子挪开，“咱们该走了。”

“不行，”他用整个身子压住她，“我想在这里睡觉。”

“哎！你敢，赖皮。你压着我热不热呀！”她假装恼火地嚷道。他就像个淘气的孩子，雷吉纳越喊，他抱得越紧。最后雷吉纳从他身下挣出来，坐到床沿，打开床头柜上的台灯。阿雷克斯翻过身，张开手脚，四仰八叉，几乎把整张床都占据了。雷吉纳看着他，禁不住又被这副漂亮的赤裸身躯吸引。一股酸甜的味道涌上心头，欲望和害羞混合在一起的感觉。她屁股不离床垫，伸手够到搭在近处一把椅子上的胸罩和衬衣。

“你想在这儿睡就睡吧。”她一边背着身子穿衣服一边说道。

“等等，你先别走，我有话跟你说。”

雷吉纳听到他说这话，一下子警觉起来，一边系着衬衫上的纽扣，一边转过身来对着他。

“你非得现在跟我说吗？”她扣好衬衫戴上手表之后说道，“太晚了，我真得走了。”

而这时，阿雷克斯已经起身跪在床上，抱着她，亲吻她的脖颈。

“别碰啦……你昨天要不是让我干等着，咱们有的是时间说话。现在，萨尔瓦多还有一个小时就到，我得到机场接他去。”

“我还不是为了吉娜的事儿嘛。我都告诉你了……而且这事也怪你自己啊，你不让我给你发短信，除了在这儿，不能在其他地方搭理你。我没法提前通知你啊。”

她不耐烦地点点头，承认了。

“我也没办法啊，行了，趁我穿衣服，你赶紧说吧。你想跟我说什么？”她站起身来，穿上内裤、裙子，她已经来不及回家洗澡，得直接去接老头子了。

“我有麻烦了，一个大麻烦。”

她没答话。

“我需要钱。”

“钱？”雷吉纳不知道该怎么应对，涨红着脸把衣服穿好。

他也觉得这话说得有点冒犯她，顾不上自己还光着，从床上跳下来。但雷吉纳把脸扭向一边。

“哎，哎，你听我说……”他冲她说道。雷吉纳把脸扭向他，察觉到事情确实严重。“我如果有别的法子，不会跟你开口。我确实遇上麻烦了，真的。”

“找你的父母啊，他们肯定帮你。”

“你怎么不明白啊？我没法跟他们说。”

雷吉纳叹了口气。

“出什么事了？把哪个女学生的肚子弄大了还是怎么的？”

他换了一副表情，拉住雷吉纳的手。

“松开！”

他没松开，反而抓得更紧，把她拉向自己。

“我没开玩笑，雷吉纳。我如果在礼拜二之前凑不出三千欧元……”

他还没说完，雷吉纳就嘲讽地大笑起来。

“三千？！你疯了。”

阿雷克斯本想再把她搂紧一些，但最后突然放开她。他俩面对面打量着对方。

“我会还给你的。”

“听着，你别有这样的打算。这不是还不还钱的事，你觉得我能从银行取走三千欧元而萨尔瓦多不知道？我怎么跟他说啊？这样的约会也太贵了吧？”

她看起来确实生气了，因为她最怕这事到最后变成花钱养小白脸。所以阿雷克斯说得更明白些：

“听着，我不是因为是你的情人才找你借钱，我是拿你当朋友才找你帮忙的。我如果筹不出来钱，那帮家伙会杀了我。”

“你在说什么哪？”她时间确实不多了，想赶紧把话打住，尽快离开。“哪帮家伙？”

他低下头。他没法告诉雷吉纳实情。

“要不是因为情况实在太紧急了，我也不会求你。”

雷吉纳不想再给他说话的机会，一言不发坐到椅子上系鞋带。空调的轰隆声让屋里的空气更加沉闷。

“你总不能看着我不管吧？刚打完两炮就不认人了，是吗？”

她微微咧嘴一笑，说道：

“行了，咱们现在不提这事，我不想跟你吵架。”

事到如今，阿雷克斯只有豁出去了，虽然他良心上有点过不去。他往床上一躺，盯着雷吉纳说：

“我也不想吵架。”他尽量让语气冷漠，好像现在已经不怎么着急了。“可我敢肯定，你就算为了女儿，早晚也得帮我。”

“你别把吉娜也牵扯进来。”

“放心吧，我不会告诉她我每个礼拜都干她老妈一次的。我会让你自己跟她说这件事。”他已经没有退路，只能一条道走到底。他压低嗓门："我会告诉那个阿根廷督察，是吉娜把马克推下去的。"

"你他妈的说什么？！"

"实话，千真万确的实话。你们以为吉娜现在为什么会变成这样？你说我昨天干吗非要到你们家去？因为我不想让吉娜一个人对付警察，你女儿已经被自己干的事儿吓傻了。"

"你瞎编。"她的声音发抖了，但脑子里闪现发生在这几天的一些支离破碎的事。她拼命想把这些影像赶出去，说不出话来了。这可恶的小混蛋的话太可怕了，纯属扯淡，但是要命啊。

阿雷克斯继续说：

"马克跟我们说他在都柏林认识了一个女孩，吉娜嫉妒得要死。圣胡安节前夜，她把自己打扮得那么漂亮，就是想把马克拴住，可马克还是无动于衷，我行我素。吉娜觉得忍无可忍。"

雷吉纳起身逼近阿雷克斯。她尽量抑制着语气，忍住恨不得挠破他脸的愤怒，拼命保持镇定，让对方清楚地知道自己的严厉态度：

"你当时不在场……你已经跟警察说你回家了，吉娜也是这么说的。"

他听罢微微一笑，让雷吉纳有点疑惑。他这会儿就是需要雷吉纳疑惑。

"我当然得这么说了，我得帮朋友说话啊。其实，马克也是我的朋友，所以现在就看你怎么办了。雷吉纳，其实很简单，就是互相帮一把的事。你帮我，我就帮你跟吉娜。"

阿雷克斯说到这儿时，他放在床头柜上的手机响了。雷吉纳看着他接电话。

"爱德华？什么事？"哥哥几乎从来没给他打过电话。

阿雷克斯听着电话那头哥哥说事时，雷吉纳轻轻地拿起自己的手包。电话通了不到一分钟，阿雷克斯说了声"谢谢"，挂断了，然后光着诱人的身子看着雷吉纳。雷吉纳看到他面带高兴且还有点洋洋得意的微笑，知道他还有话要说。

“太巧了。警察下个礼拜一下午还要找我谈话。咱们俩有时间做成这件……生意。”

雷吉纳听罢，一阵沉默。她面无表情，好像戴着个冰冷的面具，真心想和所有被耍弄了的女人一样，把眼前这个臭不要脸的小崽子的脸挠个稀烂，可她再一转念，她毕竟是个当妈的，豁不出去。她得先跟吉娜谈谈，弄清楚事情之后再找这小子算账。

“你等我电话吧。”她说完之久就扭身要走。

“怎么着？”

雷吉纳心里暗笑。

“我是说，我会给你信儿的，”她转回身用极其轻蔑的口吻冲他说道，“哦，你如果没这笔钱不行，也可以再想想别的办法。我要是你，不会在一棵树上吊死。”

他呆呆地看着雷吉纳，做出一个“婊子”的口型。

他想找出一句对自己更有利一点的话，可实在想不出，只能重新挤出笑脸，说道：“反正，你知道该怎么办，你在礼拜一上午之前还有机会救你女儿。好好想想吧。”

她在门口停了几秒钟，然后打开门匆忙离开。

18

马尔蒂娜·安德鲁看了一眼表。离下班还有不到半个小时，她接孩子之前还来得及去健身房。她这几天因为缺乏锻炼，后背疼得要命，得做些拉伸练习了。她一直想做些运动，但是没时间。她得工作，还要照顾老公、孩子。两个孩子的课外活动特别多。

她把奥马尔大夫的卷宗塞进文件夹，然后沮丧地叹了口气。最让她烦心的事莫过于案子没有头绪，毫无进展。她推断这个家伙说不定已经离开此地，跑到别的什么地方继续装神弄鬼了。她知道这家伙不会这么小孩子似的心血来潮，况且他在巴塞罗那开着那个让人恶心的诊所，有自己的人脉，在这儿挣钱，虽然发不了大财，但毕竟会比在其他地方另起炉灶容易得多。但是，他现在不得不另找发财的道儿了。墙上的血迹和猪头上的数字也许只不过是他为了平安脱身放出的烟幕。

这个家伙到底是个什么样的人仍旧是个谜团，邻居们没能提供像样的线索。她今天一上午挨家挨户地问了街坊邻居，希望了解点有用的情报。但她只不过确定了一件事：她一提到这个大夫的名字，被问话的人马上警觉起来，而且全都害怕。有个跟奥马尔住一条走廊的哥伦比亚女孩大胆地说了一句："这家伙是个怪人，我每次跟他打照面之后都划十字，求上帝保佑他。他肯定在诊所里干了不少坏事。"她继续追问，女孩只是说：“大家都说他给人家驱邪除魔，可要我说，他本人就是个魔鬼。”这是一句没用的废话。此后这姑娘就不肯多说一句，简直比古墓还沉寂。

马尔蒂娜觉得，在巴塞罗那这样的大都市里还有人拿驱邪捉鬼当营生有点让人惊诧，但想一想之后就没什么大不了的。这座城市的教士不再做这事之后，相信这一套的人总得找人替教士做这事。那么，奥马尔肯定就是他们这些人能找到的江湖术士之一。从他诊所里搜出的东西不多，但有些挺有代表性的：十字架，耶稣受难像，法文和西班牙文写成的关于黑魔法、圣物之类的书。他账户上的资金流动微不足道，这所房子是他几年前用现金买的。他貌似没什么朋友，但顾客不少。当然，他不会告诉警察局谁是他的主顾。

想到在巴塞罗那这样的大都市居然有这样的事业，会让人心中一寒。这里现代化建筑、大型商场鳞次栉比，世界各地的旅游者挎着相机蜂拥而来……但是，这个表象下隐藏着不知多少奥马尔这样的家伙，他们隐姓埋名，干着旁门左道的营生，人们浑然不觉。

“算了，别再想这破事了。礼拜一再说吧。”她对自己说，把文件夹放回桌上，正准备起身离开，电话响了。“操蛋！”她暗叫不好，一般来说，下班前打过来的电话会带来坏消息。

“喂？”

电话那头一个女人用含糊不清的南美口音紧张地问：

“您是查那个大夫案子的警官吗？”

“没错，就是我，请问您贵姓？”

“您就管我叫罗莎吧，我有些事想跟您说，咱们能见个面吗？”

“您是怎么知道我的电话号码的？”

“一个跟您聊过的邻居告诉我的。”

马尔蒂娜看了看表，健身房大概去不成了。

“您是怎么想的，现在就见面吗？”

“是的，在我丈夫回家之前，现在就见。”

马尔蒂娜心里想：“什么事值得这么着急？”

但她还是耐着性子，答应了：

“咱们在哪儿见？”

“您到中心公园来找我，我在水帘后边等您，您知道那个地方吗？”

“知道。”马尔蒂娜答道。这就是平常总带孩子去动物园的好处。“我半个小时后就能到，您也尽量准时，我的时间不多。”马尔蒂娜还想再说几句，那边已经挂断。她拿起包，走出警察局。如果一切顺利，她还来得及接孩子。

蕾蕾·卡斯特罗这个下午也有收获。她原先就有一份阿雷克斯这两个月的通话记录，单子上有一大串不同的电话号码，蕾蕾仔细分析了一下这个名单。现在，这个单子已经摆在她的桌子上，通话最频繁的号码都已经被她做了标记。从密集的通话记录中找出这些号码不是一件轻松的事。最可疑的是那个周末的通话记录，整整一个白天直到半夜，阿雷克斯都接听过一个号码，但通话时间都非常短，有的只有几秒钟。还有几个号码，通话也比较频繁。蕾蕾把这些号码都记录下来，然后查找机主姓名。这些号码中的一个，六月二十三日那天打进来好多次电话，确切地说刚好十次。但阿雷克斯全都拒绝接听了。但是，他第二天回电了，通话持续四分钟，而且这也是那天那么多未接电话里阿雷克斯唯一回过电话的号码。她数了数，一共有六个号码在那天给他多次拨打过电话，而阿雷克斯只接了两个，其他号码都拒绝了。

她整理着现在掌握的零零散散的情况，一边回忆吉娜和阿雷克斯的口供。阿雷克斯显然并没有把那天发生的所有实情都说出来。他为什么会跟马克发生冲突？到底是什么样的冲突能够导致马克的衬衫上都溅了血？那天夜里不停给阿雷克斯打电话，阿雷克斯拒接了那么多次，第二天又回电话的那个号码到底是谁的？弄清这个号码并不难。她稍作尝试就知道这个号码的主人：鲁本·拉莫斯·加西亚。她看着这个名字，叹了口气，因为这名字太常用，一下子看不出什么破绽。她又查通话次数第二多的号码。她很熟悉这个号码的主人：雷吉纳·巴列斯特尔，吉娜·马尔蒂的妈妈。她礼拜一跟阿雷克斯谈话时有的可聊了。

她看了一下时间，还来得及，于是在电脑的查询系统里输入鲁本·拉莫斯·加西亚这个名字。一瞬间的工夫，神奇的计算机技术就让她在屏幕上看到一个肤色偏深的小伙子的照片。蕾蕾看了附带的资料，彻底迷惘了。活见鬼，局长嘴里的上等人家的孩子怎么会跟这么个与他的社会地位一点都不相称的小子混到一块去了？鲁本·拉莫斯·加西亚，二十四岁，去年一月和十一月两次被查到携带可卡因，有贩毒嫌疑，但证据不足。还有一个参与光头党袭击外来移民的案底，最后受害人撤诉。

她按照督察的嘱咐，很快写了个报告放到桌上，然后把所有的事情都抛到脑后，拿起头盔，径直走向摩托车。

五点二十分，马尔蒂娜·安德鲁走进中心公园的铁栅门。这时候，海面上乌云翻滚，一股强劲的热风吹得树木枝桠摇曳。因为缺少雨水变得干枯的花坛上，几个年轻人弹着吉他，喝着啤酒。这就是这座城市夏天的景象。她快步走过泥土小径，来到瀑布旁边，流水的声音给她一种短暂的清凉感。她在四周转了一圈，最后走向摆着两条分开放置的长椅。她四处扫视一遍，看到一个个子不高、头发乌黑的女人正背对着她逗弄一个小女孩。她走近的时候，这个女人恰好回过头来，朝她轻轻点头示意。

“罗莎？”

“是我。”她非常紧张，黑眼圈好像在向人们述说她这一辈子所有的疲惫。

“亲爱的，妈妈得跟这位太太谈谈工作的事，你自己在这儿玩一会，别跑远了，好吗？”

小女孩不乐意地看了刚来的这位太太一眼。她跟妈妈一样，也有两个黑眼圈，但是那一双眼睛特别漂亮。

“咱们坐在椅子上谈吧，”罗莎指着身边最近的那条长椅，然后又对女孩儿喊道，“别跑远了。”

马尔蒂娜走到椅子跟前，罗莎跟过去，两人一起坐下。风更大了，预示着晚上会有一场雨。

副警长暗道：“也该下场雨了。”

“要下雨了。”罗莎的目光一直没离开女儿，还不停地拧着手指。她的手指短、粗壮且僵硬，一看就知道是多年替人打扫房屋才变成这样的。

“这孩子几岁了？”

“六岁。”

“比我那两个儿子小一岁，我有一对双胞胎。”马尔蒂娜笑着说道。

罗莎也笑了，两手还是那么僵硬，但是她不再像刚才那么紧张了。副警长暗想：都是当妈的，好沟通。

“您想跟我说什么事儿，罗莎？”马尔蒂娜不想让她觉得自己太没耐心，可她确实时间不多。女人不搭话，马尔蒂娜又问：“您知道奥马尔大夫的什么事儿？”

“我不知道该不该找您，太太。我不想给自己找麻烦。”她低下头，一只手攥紧脖子上挂的圣像牌。

“别担心，罗莎。您既然给我打电话了，就肯定有什么要紧事要告诉我。相信我。”

女人向四下瞄了一眼，说：

“我……”

“怎么了？”

“我……”她好像终于打定主意，说下去，“您得保证不会去找我，我也不会到警察局作证的。”

马尔蒂娜从来不喜欢承诺自己没把握兑现的事，可说些小谎是她的工作内容之一。

“好吧。我保证。”

“那好……我认识那个大夫。他治好了我女儿的病。”她的声音开始发颤。“我，我知道你们不相信这种事，可我亲眼见到，女儿得病后，一天一天眼看就不行了。”

“她得了什么病？”

罗莎看了手表一眼，把圣像牌攥得更紧了。

“我对圣母发誓，太太，我女儿中了邪。我丈夫根本不相信这事，我跟他说了，他还要打我，可我知道她中了邪。”

马尔蒂娜听着，忽然觉得身边这个女人让她浑身发冷：

“所以您就把女儿带到奥马尔大夫的诊所去了？”

“对。我一个朋友跟我提到他的诊所，诊所离我们家也不远。所以我就带她去了，而且她真的被治好了。太太，他把他那双神奇的手放到我女儿的胸口上，把她身上的邪魔赶走了。”

她说到这儿时划了个十字。马尔蒂娜再也忍不住，用冰冷的语气问道：“您叫我到这儿来，就是为了跟我说这些？”

“不，不是。我是想告诉您，大夫是个好人，是个有道行的人，太太。还有，我当时没那么多钱付给他医疗费，所以后来又去给他送钱，应该就是他消失那天。我看见他了。”

副警长立刻来了精神：“你看见他时是几点钟？”

“傍晚，太太。大概八点。我去给他送医疗费。我离开诊所时看见一个人。”

“谁？”

“我看见一个人在楼道口抽烟，好像在犹豫要不要进门。”

“他长什么样？”马尔蒂娜掏出记事本。现在她精神奕奕。

“您不用问我他长什么样，”女人带着哭腔说，“这个人……这个人您认识。因为我第二天又看见您跟他在附近一家餐厅吃饭。”

“您是说萨尔加多督察？”

“我不知道他叫什么名字。他那天跟您一起吃饭，你们好像是朋友。”

“您敢肯定？”

“我要是不敢肯定，就不会给您打电话了，太太。不过您得保证，不会有人到我们家来。我丈夫如果知道我带着女儿，找过大夫……”

“放心吧，”马尔蒂娜悄声说道，“别再跟别人提这件事。不过我需要能联系到你，给我您的手机号，或者其他联系方式。”

“不行。不过我每天下午都带着孩子上这儿来。您有什么吩咐，可以在这儿找到我。”

“很好，”马尔蒂娜神情凝重地看着她说，“罗莎，再说一遍，你不要再跟任何人提起这个事一个字。”

“我对圣母发誓，太太，”罗莎亲一下手里的圣像牌，站起身来，“我该走了。”

刚才一直独自玩耍的小女孩听到妈妈这句话后跑回来，脸上还是一点笑容都没有。

马尔蒂娜·安德鲁目送母女俩远去。她也该走了，可是两条腿粘在长椅上似的不听使唤。喷泉边马车雕塑里的那四匹金色骏马好像在催动着树木摇曳的强风中腾空奔跑起来，远处传来阵阵雷声。“一场夏季暴风雨就要来了，”她暗想，“而且还有比这场暴风雨更猛烈的东西也要来了。”

19

从马德里始发的高速列车挑战自己多年来的晚点传统，竟然正点到达。暑期星期五下午的这个时间段里，候车厅里总会挤满人，这些人早就厌烦熙熙攘攘地拥到这里享受海滩的人群，不惜挤进人满为患的火车，躲出去透口气。蕾蕾坐在宽阔的候车厅里的一条长凳上，看着一波一波的人潮在她面前翻腾流过：背着行囊、高声喊叫的外出野营者；肩上挎着硕大挎包、拉着孩子、笨拙地往检票机里塞车票的妈妈；满脸疲惫、干了一整天活儿的外籍劳工；还有全神贯注地看着车站出口指路牌的外国旅游者，他们就像在研究法典，连自己的钱包都忘了留心。

蕾蕾机警地发现，两个年轻女孩在大厅里四处游荡，根本不打算上火车。蕾蕾看到这两个女孩互相使了个颜色，立马想道：“扒手！”暑期里，这类祸害比蚊子还多，而且没法根绝：这类小偷小摸，涉案金额不大，惩罚不重，总是游客倒霉，小偷得计。这已经算是最好的结果了。她紧盯着这两个女贼的一个尾随一个明显是外国游客的中年妇女进入卫生间，忽然察觉有人坐到她的身旁。

“盯梢哪？”刚来的人用戏谑的口气问道，“你忘了现在已经下班了吧？”

蕾蕾回头看着他：他依然戴着那副反光太阳镜；恰好留了两天的不长不短的胡子茬；一口好牙还是那么白，手也还是那双手。总而言之，还是她在理疗诊所候诊室遇到的那个男人。当时，他手里举着报纸，如狼似虎地盯着她，最后忍不住跟她搭讪："我每回做完按摩都特温柔，咱一小时以后楼下见？"蕾蕾还以为他开玩笑呢，就答应了。

"罪犯从来不闲着。"蕾蕾好像在回答他。

"他们闲不闲，你总得歇歇吧？"他开着玩笑，站起身来，"我的肺需要尼古丁，我自己需要啤酒。你是开摩托车来的？"

"是啊。"

他快速地亲了蕾蕾一口。蕾蕾不是那种喜欢在大庭广众之下黏黏糊糊的女孩，但这一吻确实让她立马唇齿留香，心旌摇曳。

"咱们去海滩吧？我在马德里挨了一个礼拜的热，就是为了跟你到海边去。"

和每个夏季周末一样，海滩售货亭此刻放着柔和但富有冲击力的迪斯科音乐；用防晒油把全身抹得发亮的游客在尽情欢乐；临时吧台后边有个美艳无比的南美小妞调制着柠檬薄荷酒。

托马斯盘腿坐在凉椅上，点着到这儿以后的第三根香烟，要了第二瓶啤酒。头一瓶刚一上来，就被他一口喝干。现在他正尽情享受这片半空的海滩，看着这片波澜不惊的幽蓝色海水。

"你不知道我多想到这儿来享受这些啊……"他双肩松弛，轻松自在地说着，嘴里慢慢吐出一口烟，好像要把浑身上下的疲倦都吐干净。他已经脱掉西装，解开衬衫纽扣。

蕾蕾看着他，露出微笑。

"你要是乐意，就下水泡泡啊。这儿的海水不算太清凉，不过也还行。"

"算了，我没带泳裤，"他打了个哈欠，说道，"我现在就想抽烟喝啤酒。你怎么光喝可乐？”

“嗯，”她尽量躲开飘向她脸的烟气。不知道为什么，她自己抽烟没事，可受不了二手烟。

“好吧，跟我说说有什么有意思的事。”

“有意思的事倒是不少，不过求你了，别再让我提工作上的事了。我这个礼拜过得实在太糟了。”

“有道理。那咱们就别说了，不过你的工作至少还有点意思。我们干会计师的赶上经济萧条就惨了。”他说着把蕾蕾拉到自己身边，用双臂搂紧她。“咱们好长时间没见面了。”

她不搭腔，听着托马斯继续说：

“我一直想给你打电话，但又不想让你不耐烦。可这个礼拜，我的感觉一直非常强烈。”

强烈。没错，她这个礼拜也有这种感觉。现在，只消待在他身边，让他的胳膊用力搂着她，蕾蕾的身体就彻底放松了。他们两人在一起，好像就是会产生这种纯粹性爱的化学反应。他们好像能互相传递和共享性满足。

“然后，我再也忍不住了。”蕾蕾既不答话也不问他为什么，只听他接着往下说：“我一门心思想见到你，这个周末非找到你不可。”

蕾蕾的眼睛仍然盯着大海。一片乌云正从远处急速向这边飘过来，她知道不能再待下去了。

“要下雨了。”她说。

“你不想在雨里待在海滩上吗？”

“我想跟你上床。”

他们刚进家门就开始了。风雨欲来，两人身体贴着身体骑着摩托回家时，就已经按捺不住，上楼梯时托马斯已经开始毛手毛脚，毫无顾忌，蕾蕾也没有一丁点抗拒。刚进家门，他俩的嘴唇就饥渴难耐地相互寻找着；蕾蕾把身体埋进他的双臂中。托马斯的手指摸索着她的内裤，但嘴唇舍不得离开，舌尖轻柔地摩挲着她的双唇，但又不深吻，让蕾蕾的欲望更加强烈。蕾蕾两只手的指头交织在一起，身体倚着房门，托马斯双手由上而下从她的身体滑过，她的反应越来越加强烈。托马斯的手停在她的腰间，停住挑逗，真正狂热地亲吻蕾蕾，然后把她一把抱起，走到床前。

托马斯不是那种完事之后就立马睡去的男人。蕾蕾原本对此不太在意，而且今天希望托马斯这样。幸亏他也不是做爱之后还喋喋不休的那种男人。他就躺在蕾蕾身边，静静地享受这美妙的感觉。屋外的暴雨拍打着街道，雨声里，她在托马斯的抚弄中想着心事。他们或许正如玛莉亚昨晚所言，蕾蕾用不着告诉他什么，可内心里觉得应该告诉他。蕾蕾倒不是想提什么要求，更不打算让他负什么责任，只不过想把这件事跟他说清楚。

“蕾蕾，”他轻声说道，“我得告诉你一件事。”

“我也有事要跟你说。”黑暗中，他看不见蕾蕾的笑容。蕾蕾接着说道：“你先说吧。”

他把脸转过来，看着蕾蕾：“我这事有点疯狂。”

“你干什么了？”

“我说了之后你别生气，行吗？你得保证。”

“我保证，而且你也得保证。”

“我下了定金，下个月租一条游艇，到伊比萨或者梅诺卡岛待几天。我想让你陪我去。”

蕾蕾一开始不敢相信托马斯要跟她结伴度假，两个人单独待在一起；在船舱、在蓝色海水相伴的沙滩上整夜不歇气地折腾；还有甲板上浪漫的晚餐。她惊得说不出话来。她又想到那会儿玛莉亚可能正在非洲一个小村子里拎着水桶往小诊所提水呢，忍不住笑了出来。

“你笑什么呀？”

“没什么……”她还是忍不住，笑得连话都说不清楚了。

“你是不是不相信我会开游艇啊？”

“不是……真不是……”

托马斯开始胳肢她：“你笑话我呢！叫你再笑话我！”

“别闹，别闹！求你啦，好啦！”

他在蕾蕾的叫喊声中停了手，但还在吓唬她：“说你跟我一块去，不然我胳肢死你。”

蕾蕾喘了一口气。她觉得不能再拖下去了。外面的雨好像下得缓了，暴雨快过去了，蕾蕾想。她做了个深呼吸之后，开始剖白：

“托马斯，有件事……”

手机铃声打断她。

“你的。”托马斯提醒道。

蕾蕾从床上跳下来，刚才那个深呼吸让她感觉轻快了些。装着手机的上衣早不知被她扔哪儿了，她翻腾了一阵子才在厨房门边的地板上找到。那边还没挂断，她赶忙接听。这次通话不过几秒钟，但那边带来的消息令她恐惧。

“出什么事了？”托马斯光着身子，半跪在床上，问她。

“我得出去一趟，”她答道，“对不起。”

她惊魂未定，连忙把衣服全捡起来，跑进浴室。

“我办完事马上回来。然后咱们接着谈。等我。”她临出门撂下这句话。

20

埃克托尔回到警局时，雨已经下起来。他本以为能找到马尔蒂娜·安德鲁，可到了她的办公室，发现没人。他抬头看了看挂在自己办公室门上方的钟。这时候，他遇到几个熟人，躲又躲不开，尴尬地打了招呼，就好像他不属于这个地方。他虽然算是出去度假了，可整个局里都知道是怎么回事。他在这个局里待了那么多年，知道这儿其实跟其他地方没什么区别，也是闲言碎语满天飞，尤其是在什么人出了件不容忽视的大事之后。他定了定神，步伐坚定地走到蕾蕾·卡斯特罗的办公桌前，一眼就看到电脑键盘上那个装着她做好的报告的文件夹。他斜倚在桌边，浏览阿雷克斯·罗维拉的电话记录。看见鲁本·拉莫斯跟雷吉纳·巴列斯特尔的名字之后，他想：这小子身上出的怪事简直没完没了，跟一个永远也不会干枯的泉眼似的，不断往外冒。然而，他看见排在第一的那个名字之后，立刻回想起他刚才跟奥斯卡·巴克洛谈话时听到的事情，不禁自言自语：还真是出人意料呢。

他跟奥斯卡约好在市中心一个体育馆门口见面。他一边等着奥斯卡前来赴约，一边琢磨：这孩子肯定特别想减肥。对方来了之后，埃克托尔不禁仔细打量起眼前这个身材不高、但虎背熊腰、两条胳膊上的腱子肉快把袖子撑裂的小伙子，生怕此人不是奥斯卡·巴克洛。但的确是他。从马克·卡斯特尔因为视频事件被停课，奥斯卡·巴克洛也转了学校到现在，已经过去两年多了。从眼前的结果看，这孩子这两年没白过。

天上已经乌云密布，两人还是来到一个露天酒吧坐下。他看得出来，奥斯卡这两年的变化不只是在身形上。埃克托尔叫了一杯咖啡，而他犹豫了一下，给自己点了一份可口可乐。

“你已经知道马克·卡斯特尔出了什么事吧？”埃克托尔问道。

“知道了，”他轻轻耸一下肩膀，答道，“太不幸了。”

“是啊。不过我觉得你对他肯定没什么好感。”督察好像在引导他。

小伙子笑了笑，说道：

“不光对他，我对学校绝大多数人都没什么好感……不过这并不表明，他死了我很高兴吧。”他嘴上这么说，语气里却透出另外的情绪：“咱们这儿跟美国不一样，在这儿，被同学欺负的孩子不可能拎着枪到教室去，在全班挨个点名。”

“是因为弄不着枪，还是因为不想那么干？”督察继续用轻描淡写的口气问。

“我觉得您不应该总带着警察抓凶手的职业习惯跟我聊这事……”

“可我们警察也是从上学那时候过来的。不过，咱们说正事儿吧，”他换了副严肃的口气，说道，一边掏出香烟，“显然，视频事件给你造成了伤害。”

“您这个才叫伤害呢，”小伙子指着他的烟说，“我确实不太愿意再提这件事……那好像是另外一个年代的事，那时候的奥斯卡是另外一个人。不过那件事对我来说确实够操蛋的。”他把视线移开，莫名其妙特别关注街对面一辆车倒来倒去却怎么也开不进路口那条狭窄的小街。

“我那时候特别胖，还跟个女孩似的，”他苦笑着说，“我现在结实多了，不想回忆那会儿的事。不过偶尔还是会想起来。”

埃克托尔点点头。

“越不乐意想时越容易想起来，对吗？”

“您怎么知道？”

“我不是说了嘛，我们也是从小时候过来的。”

“我还存着那时候的照片，就是为了记住过去。现在您得告诉我，您想知道什么？”

“我想了解一下马克·卡斯特尔到底是个什么样的人。人死之后，说他的都是好话。”埃克托尔很奇怪怎么无端想起这么一句不知哪儿来的谚语，这句话用在现在这个场合并不合适。

“哦……这么说，您想找一个恨他的人了解真相？您干吗要找我呢？他不是意外死亡吗？”

“现在正要结案呢，我们还没法排除其他可能性。”

奥斯卡点了一下头。

“那我得告诉您，您找错人了。我根本不恨马克，现在不恨，当初也没恨过。那会儿跟我说话的人不多，马克算一个。”

“那你不觉得他把你的视频挂到网上很奇怪吗？”

“督察，别犯傻了。马克根本不会那么干，而且他确实也没干。大家都知道不是马克干的，所以他只不过是被停课一周。”

“这么说，他是替别人挡枪了？”

“当然了。他在做交易，他需要人在考试上帮他。马克算不上聪明学生，知道吗？阿雷克斯早就把他整服帖了，每次考试都是阿雷克斯帮他。”

“等等，你是说那段视频是阿雷克斯·罗维拉偷拍后挂到网上的？马克替他承担了责任？”

“对。就是因为这事，我才决定转学。那所学校太恶心了，阿雷克斯是学校老大，太聪明了，没人动得了他。马克其实也没人能动，不过没他那么邪乎。”

“我明白了。”督察说。

“可到头来，阿雷克斯干的这件蠢事帮了我。从我听说的关于他的那些事儿来看，我现在比他强多了。”

“你听说了他的什么事？”

“怎么说呢……他摊上麻烦事了，还愚蠢地觉得自己挺牛的呢。您应该明白我在说什么，萨尔加多督察。”

“我不明白，你说的牛指的是什么？”

“这么跟你说吧，所有人都知道，谁想周末嗨一把，给阿雷克斯打个电话就行。”

“你是说他现在贩毒？”

“他一开始觉得好玩，后来就正儿八经地干上了。不光卖，自己也吸。至少别人都这么说，而且听说他跟坏人走到一起去了。”

现在，埃克托尔看到那个跟阿雷克斯年龄相仿、有过藏毒记录的小伙子的名字，明白奥斯卡没跟他胡说。他确信，这事就算跟马克之死无关，阿雷克斯也必须说清楚他那天晚上跟马克吵架的事，他贩毒的传言，还有他让别人替他受过的事。他得好好给这小子上一课，而且他已经想到了法子。

“督察。”

他正想得出神，一声呼唤把他惊醒。他根本没注意到已经进来一个人。

“比达尔太太，您找我？”

“是。不过，您叫我乔安娜吧。您叫比达尔太太，我会觉得您是在称呼我妈妈呢。”

她穿着上次的衣服，面带倦容。

“您请坐吧。”

她略一迟疑，说道：

“要么……咱们出去喝一杯？您介意吗？”

“不介意，当然不介意，你要是乐意，我请您喝杯咖啡？”

“督察，我本来想让您请我一杯金酒加汤力苏打水呢。我不想喝咖啡。”

他抬头看了看钟，暗自想道：

“埃克托尔，她说得有道理，下午六点之后喝咖啡容易失眠。”

他们出警局时，街上大雨如注，于是他们匆忙钻进最近的一家酒吧。这种酒吧平常只卖快餐，靠那些老主顾每天下午一杯一杯喝啤酒聊足球维持生意。现在每张餐桌都是空的，埃克托尔不管服务员眼色里的不悦，把乔安娜带到那张离吧台最远、能让他们清静、静静说话的桌子边。服务员不大情愿地擦了擦桌子，心思根本不在这两位顾客身上，凝神听着吧台那边关于巴萨引援的争论。他们点好单，服务员急匆匆端来满满两大杯金酒加托尼克水。服务员并不大方，只是为了这两个顾客别再因为添酒扫了他的兴致。

“你抽烟吗？”埃克托尔问。

她摇摇头：

“我戒了好几年。巴黎现在到处都禁止吸烟。”

“也是。这儿也快了，不过现在还可以。你不介意我抽烟吧？”

“没事。其实我觉得这样挺好的。”

两人坐稳当之后，忽然都觉得挺别扭，好像两个不太熟的人在一个又小又破的酒吧里约会，却谁也不知道该干些什么。埃克托尔轻轻清了一下嗓子，呷了口酒，一咧嘴：

“太难喝了。”

“嗨，反正也喝不死人。”她说完铆足了劲猛喝一大口。

“你今天来警局干吗？你还有什么事情没告诉我们吗？”

“我当时就知道你看出来了。”

“你看啊……”他不太习惯用“你”称呼这个女人，但还是说下去，“我有点唐突，可还得跟你说实话。我这么多年没怎么办过这样的案子，这里边有好多疑点，但是可能永远也查不清楚。比如说，他是失足坠楼，还是自己跳下去的？也可能有人推他了，可没有证人，也没什么证据能指向什么嫌疑人。现在没别的线索，只能暂时定性为‘意外死亡’。无法解开那些疑点。”

“我明白，但我不想要这样的结果。我必须知道真相到底是什么。你可能觉得我有点自相矛盾，我前夫每次见到我，也跟我说，我现在对这事儿这么上心，早干吗去了？可我就是不想不明不白地撒手不管了。”

“说不定这案子还真的就是个意外。你得做好思想准备。”

“你们要是能拿出确凿证据，我肯定接受。真的。”

两人同时喝了一口酒。冰块慢慢融化，酒的口味变得柔和，谈话也没那么生涩了。乔安娜深呼一口气，觉得眼前这个面带焦虑、眼神里透出关切的督察值得信任。

“我那天收到一封邮件，”她从包里掏出一张打印纸，你看看。”

你好……抱歉打扰你，但我现在实在不知该向谁求助。我已经得知发生的事，觉得我们应该见面谈谈。切记，不要对任何人说起我们将要面谈。切记，为了马克。我知道你们此前已经互通邮件。但愿您值得我信赖。

我下个周末从都柏林飞往巴塞罗那。我希望到达后能立即与您会面，跟您详述马克以及我自己的一些事。

非常感谢。

永远的艾瑞斯

埃克托尔读罢抬起头。

“我不明白。”头绪越来越多，方向也越来越分散，理不清楚。半个钟头之前，他非常确定阿雷克斯与马克的争吵跟毒品有关，现在突然出现一个新的名字，艾瑞斯。马克的手机里确实有艾瑞斯的号码。“你不觉得‘永远的艾瑞斯’这种邮件签名挺怪异吗？好像不是真名，而是致敬偶像的名字。”

乔安娜用颤抖的手把杯子端到唇边，但是没有喝。吧台那边的争论越来越激烈，声音传了过来。

“我昨天差点跟前夫说出这事。我问他知不知道这个艾瑞斯，听说过这个名字没有。但是，他当时太不近人情，我就没把这事告诉他。另外，这个女孩也嘱咐我别跟任何人说这件事，好像对她有什么危险，或者她要躲着什么人。”

“你告诉我是对的。”埃克托尔向她保证。

“我也希望我做对了，”乔安娜笑道，“我快要不认识现在这个恩里克了。你知道吗？我们俩相爱时，我还想跟他过一辈子呢。”

“谁不这么想啊。”

“这倒是。可是我们结了婚之后，他变了好多。”

“你因为这个离开了他？”

“不光是因为这个，还有就是，我害怕当妈。”

乔安娜匆忙喝干酒，把杯子放回桌上。

“你是不是觉得我做得太过分了？”

“害怕是人的本能啊。这个世界上只有傻子不知道害怕。”

她听罢一笑。

“呵呵，那我尽量当傻子吧。萨尔加多督察，”她看着酒吧的大门说道，“雨好像停了，咱们出去走走行吗？我想透透气。”

雨水给这座即将迎接周末的城市涂上一层光泽，一丝清风吹拂着湿润的街道。人们经过这些天持续闷热的高温，在这样一种看似稀松平常的天气里都有一种舒适惬意的感觉。埃克托尔和乔安娜在街上信步朝着西班牙广场方向溜达。他们来到广场，听到从蒙特胡伊宫传来一阵欢快的民族音乐，好像那里正在举办夏季晚会。他们就这么一起散步，好像都感觉待在一起挺愉快，也可能他俩都宁愿这样散步也不愿各自回到自己的空房子去。两人不约而同地朝着音乐响起的地方走去。夜色已经降临，远处闪烁变幻的灯光吸引着他们。一路上，在鳞次栉比的小摊上，各色小吃、酒水、下酒菜都摆在五颜六色、撒了汤溅了水的托盘里，向路人兜售。摊主们尽量在这么烂的天气里对顾客们摆出一副好脸儿。可惜，一场大雨把这个周末给搅和了。

“我能问你结婚了吗?”一群萨尔萨舞蹈演员在台上扭着性感的身段时，乔安娜问。

“我结过婚。”

“你是爱情的另一个牺牲品喽?”

“谁不是呢?”

她听罢笑了。她好长时间没遇到过这么让她开心的人了。埃克托尔走到一个卖柠檬薄荷酒的摊子前，点了两杯。

“你不应该这么做，督察。不能请单身女人两杯。”

“嘘，小点声。”他掏出兜里的手机，看到有三个未接电话，这里的音乐声太大，他没听见手机响。“不好意思，我接个电话。”他挪开几步。“喂？听不清，我现在在大街上呢，太吵了，刚才没听见。什么？什么时候？在他们家？好，我这就去。”

乔安娜两手各端一个杯子，看着舞台。舞台的背景是蒙特胡伊宫前面的喷泉，在灯光的映衬下，喷泉喷出五颜六色的水柱。街上的人越来越多，都是跟他们一样，在雨停之后赶来看晚会的。

不能仔细品尝柠檬薄荷酒了，她狠狠地喝一大口，然后把另一杯递给埃克托尔，抛了个媚眼。但她看看埃克托尔脸上的表情之后，笑容立马僵住。

21

马尔蒂家的房子好像被一支军纪严明的部队接管了，每个人都轻言细语，做事小心翼翼，表情严肃。客厅里，比平常更加严厉的路易斯·萨瓦尔简单明确地发出各种命令，还时不时地拿眼瞟着并排坐在灯影里沙发上，好像一点儿也插不上手，只能远远看着的萨尔瓦多·马尔蒂和他的妻子。萨尔瓦多的眼睛死死盯着大门，而他妻子浑身紧绷，好像被身体里某种力量凝固住了。她的眼睛干涩通红，流露出悲痛和迷惘。在这个相对狭小的空间里，恐怖只不过存留在她的意识里，在她看到过的可怕的难以磨灭的影像中，别人感受不到。浴室里的情形就不一样了，那是令人战栗的阴森森的死亡现场。陶瓷浴缸的周边到处是血，浴缸的平台上扔着一把剃刀，浴缸里的水被染成红色，吉娜冰凉的身体半泡在水中，面容安详，就像个睡熟的小姑娘。

埃克托尔在浴室门口仔细听了比平常严肃得多的卡斯特罗警官做的情况汇报。浴室里，法医正在收集所有跟这出悲剧有关联的现场证据。卡斯特罗的叙述并不太复杂，而且也不需要啰嗦太多。雷吉纳·巴列斯特尔大概七点钟到机场去接老公，但是航班延误。她等飞机的时候，女儿打过几个电话给她，可她都没接。她接到丈夫后，他们在路上被大雨和周末出城的拥塞车流又耽误了一阵，九点一刻左右才回到家。雷吉纳直接到房间里去找女儿，没找到。她以为女儿出门了。可她走过浴室时发现门半掩着，里边亮着灯。她看见吉娜泡在浴缸的血水里，大声尖叫，引来丈夫。丈夫马上拨通急救电话，可是心里明白为时已晚，再高明的医学技术也不能让独生女儿起死回生。总而言之，虽然目前不能下定论，但从现场情况来看，吉娜·马尔蒂是在浴缸里割腕自杀的。

“她留下什么遗言没有？”

蕾蕾点点头。

“电脑上有两行字：‘我受不了了，必须这么做……良心的谴责让我无法安宁。”

“良心谴责？”埃克托尔想象吉娜喝醉了酒，绝望地看着马克坐在阁楼的窗台上。她心里带着怨恨，向马克走过去，不等他回过身让她回心转意，就把他推出窗外。这种设想似乎能够成立。但他想不通，这样一个女孩干完这事之后怎么还能像没事人一样，跑到她刚刚杀害的这个她深爱过的男孩的床上睡觉。他不相信吉娜·马尔蒂这么冷血。

“萨尔加多督察，我听说您出去度假了。”生性活泼、模样性感、业务能力跟毒舌同样让人钦佩的女法医打断他的思路。

“赛丽亚，我度假时特想您。”

“哈，那么想我今天还晚到，我们等着您看完了再处理呢。”她不动声色地看着浴室里，说道。这些年来，她检验过太多死人了，老的，少的，健康的，生病的……

“我听说她留下遗言了。”

“对。”

“那我就不用再费事了。”她虽然这么说，可口气跟皱着眉头的样子表明，她根本不是这个意思。

埃克托尔走进浴室，看到已经没了生命的可怜的吉娜，突然想起她那天在沙发上情绪失控，在她妈妈的包容之下高声喊她跟马克非常相爱。当时，他察觉到吉娜说这话时口气里好像有某种胜利者的得意：马克已经不能反驳她了，他俩之间的那份爱情故事全由她任意编写了。天长日久，她能在别人面前把整个故事的情节改变，她能把马克临死前那一晚拒绝她的情节改成堕入爱河的男孩当晚亲吻过她，还跟她说："等着我，别睡，我一会儿就来。"然后他就莫名其妙地失足坠楼。

"卡斯特罗警官跟我说，你们昨天问过这孩子话了。你们觉得她有主见吗？她有自己的主意吗？"

有主见？埃克托尔想了一下，蕾蕾抢在他之前说：

"她一点主见也没有。"

"哦？不过她在这件事挺坚决。你们瞧。"赛丽亚走到浴缸前，毫不迟疑地从水里抬起她的右胳膊。"就一个刀口，又深又狠。另外一条胳膊也一样。青春期的孩子自杀时一般得割好几回，直到割下致命一下。她不是，她知道该怎么办，手都没哆嗦一下，两只手都很准。"

这时候，一个警官问道："我们能把尸体抬走了吗？"

"我这里结束了，萨尔加多督察，你呢？"

他也点点头，从浴缸旁边走开，给其他人腾出地方，然后说："谢谢，赛丽亚。"

"不客气，"埃克托尔和蕾蕾走向门外时，她又说，"正式报告下个礼拜一出来，知道吗？"

"是，长官，"埃克托尔冲她一笑，答道，"咱们去她的房间，我想看看她留的遗言。"

蕾蕾跟着督察来到房间。那个盛满毛绒玩具的箱子还在前一天下午督察看见过的那个角落里。台式电脑旁边有个杯子，里面有没喝完的果汁。

"我现在就叫他们把杯子拿回去化验，看看会不会有发现。"蕾蕾说完戴上手套，移动鼠标，电脑屏幕重新打开，上边只有简单的几个大字：我受不了了，必须这么做……良心的谴责让我无法安宁。

“还有呢。”蕾蕾说罢，把这个页面最小化，打开另一个页面。埃克托尔最先看到一张模糊不清的小女孩的照片。这张照片的正上方，是一张黑白照片：一个小女孩，浅色的头发随风飘舞。蕾蕾用鼠标滚轮把页面升到最顶端：个性签名写着：“我自己的事（几乎没人在乎的事）。”旁边还有一个头像，那是马克·卡斯特尔的博客。埃克托尔·萨尔加多现在知道，吉娜死前打开了马克六月二十日的博客。马克在博客中写道：“一切就绪，真相就要大白了。目的如果正确，手段可以忽略，我们现在是在伸张正义。为了艾瑞斯。”

“这个名字看着眼熟，马克的通话记录上有。这段话挺奇怪的。”

埃克托尔想到乔安娜给他看的那封邮件上的签名：永远的艾瑞斯。

“把这台电脑带回局里。”电脑关机之前，他注意到马克在博客上只关注了两个人，一个是吉娜·马尔蒂，另一个就是永远的艾瑞斯。“先跟马尔蒂夫妇谈谈，然后再处理这台电脑吧。”

他们下楼的时候，埃克托尔对蕾蕾叙述一遍他跟乔安娜·比达尔的谈话情况，然后说道：“既然那个艾瑞斯让乔安娜不要把她们见面的事告诉别人，咱们最好假装不知道。咱们等到周日，听她要说什么。”

蕾蕾点着头说道：“督察，您对现在的事是怎么想的？”

埃克托尔迷惘地看看四周，说道：

“这些年轻人怎么这么容易死啊，”他回头看了一眼他们刚刚从中走出来的房间，“咱们肯定还有很多事情没查清楚。”

“说实话，我觉得吉娜·马尔蒂不是那种会自杀的女孩子。她确实挺悲痛的，不过我觉得她也挺喜欢自己在这件案子里的主角地位，马克的死让她比以前受关注了。”

“可是主角有时候也得死啊，”他回答道，“吉娜或许不是因为扛不住压力，而是负罪感太强。”

蕾蕾听罢摇摇头。

“我不相信她会因为马克不接受她的爱，就把他推下去……他们是发小啊。再说，随便谁都能替她写那份遗言。”

“有时候，爱情会把人扭曲到自己想象不到的地步。”

“您是说，她是为爱杀人？”蕾蕾的口气中明显带着讥讽。

这时，一阵脚步声朝着他们而来，同时传来歇斯底里的哭喊。整个晚上都一言未发的雷吉纳看到警察把吉娜从浴缸里捞出，用一条白单子盖住全身，然后放到担架上抬出来时，终于崩溃，迸发出悲号。

萨瓦尔正在客厅的楼梯口等着他俩下来。他现在明显只想赶紧走人。

“萨尔加多，这儿由你全权负责。我看今晚不适合跟马尔蒂夫妇俩谈什么。”

雷吉纳沙哑而又凄厉的喊声传到他们这边：

“我不吃镇静药！不吃！我要跟吉娜一块走！你们要把她带到哪儿去啊？”她挣脱丈夫搂住她的臂膀，冲向大门，向担架追过去。可是她到了大门口，突然停住脚，好像有一道无形的栅栏把她挡住。她双膝一软，身子向下倒去。埃克托尔如果没有一把扶住她，她就瘫在地上了。

年迈的丈夫步态迟缓地来到她身边，用饱含成见和敌意的眼神看着在场的警察，然后无可奈何地说：“今天晚上能让我们安静一下吗？我太太需要休息。”

距离事件现场只有几米之遥的街道上，现在却安静得出奇。这里的居民平常就习惯周末出去度假。这个周五，经历过持续几天的高温后，这个小区的人走空了，那场暴雨都没能挡住他们。他们到了奥古斯塔大街，才看见一个中年男人出来遛他那条不知道是什么品种的宠物狗。路边的商店、咖啡店都关着，让街道两旁多了许多个没有灯光的黑暗区域。整个街区一片祥和，只有警车上的蓝光一闪一闪，静静地滑过。车上载着刚刚发生的那场悲剧留下的残余物品。

埃克托尔和蕾蕾出来之后就下意识地朝着灯火和交通密集、看上去有人气的地方走，不知不觉就走到对角线大道。蕾蕾知道托马斯还在家里等着她，但她打不起精神回家跟他说那件事。埃克托尔在想着该怎么给乔安娜打电话，告诉她刚刚发生的一切。但是他现在还没想好该怎么跟她说。他现在也是一点也不想回家，因为他心里有种不祥的感觉，总觉得那个曾经温馨的小安乐窝里正有某种难以预料的厄运在等着他。

他没法忘记看到的那一段自己毫不留情地揍那个王八蛋的视频，每次想起来心里都特别不舒服。

“我看了你留在桌上的那份关于阿雷克斯的报告。”然后他对蕾蕾谈起他与奥斯卡·巴克洛的谈话的经过，奥斯卡说阿雷克斯涉毒，而小毒贩鲁本与阿雷克斯有往来佐证了这一点。可阿雷克斯跟雷吉纳·巴列斯特尔的通话记录让人想不通。他没等蕾蕾答话，继续往下说给蕾蕾以及自己听：“我大概能想明白案发当晚的事了。那天是节日，阿雷克斯做生意的好时候。吉娜说他晚到了，也就是说他已经做了些生意，但身上肯定还有存货。我们顺着这条思路往下想，他那晚的那些拒接来电可能是主顾打的。他哥哥说他离开马克家之后直接回家了。这很有可能是实话。从马克衬衫上的血迹来看，那天晚上他们的争吵应该跟毒品有关。至少有间接关系。”

蕾蕾一直认真听他分析，现在接口说道：

“您是说他们打起来了，马克把毒品毁掉了？所以阿雷克斯才不接听那些主顾的电话？可他们为什么打起来呢？吉娜说他们那天晚上吵架了，还说马克从爱尔兰回国之后变了不少，和以前不一样了……但是马克跟阿雷克斯翻脸，为了报复他可能还把可卡因给毁了。肯定有什么重大原因。”

“阿雷克斯把那两个孩子都控制住了，马克最后造反了。”

“您是说阿雷克斯可能回马克家，找他算账，现在又把吉娜杀了，而且把两件案子都伪装成自杀？那吉娜当初干吗不揭发呢？”

“我看咱们现在必须审讯那小子了。在审讯之前无法得出任何结论。另外，咱们还得找到他那个叫鲁本的哥们儿。咱们得牢牢抓住这两个人的小辫子，”他停了一下，又说，“还有那个艾瑞斯。乔安娜的邮件里有她，马克的电话里有她，博客里还有她。这简直就是个幽灵啊。”

“这个幽灵后天就现身了。”蕾蕾叹了口气说道。她现在身心疲惫，在马尔蒂家时一直紧绷着的浑身肌肉现在松弛下来了。

“没错。今天下午已经够累了。不过我们明天一整天都别想清闲，”他说罢关心地看着蕾蕾，“你好好休息吧。”

蕾蕾知道他说得有道理，可也知道自己今天晚上肯定睡不着了。她开始觉得在这个沉闷寡言、沉稳严肃、但又不失坚毅的家伙身边挺开心的，她不知道这是怎么回事。他那双栗色的眼睛就像两汪忧郁的泉水，但是不带苦涩。蕾蕾会用“忧而不伤”形容那双眼睛。

“好吧，我现在去开摩托车。”

“好吧。咱们明天见。”他答道。他走了几步之后，好像想起什么重要的事，转过身来叫住蕾蕾。“蕾蕾，你问过我吉娜是不是为了爱才杀了马克。我告诉你，没人会为爱杀人。所谓为了爱杀人，都是探戈曲子里的胡扯。杀人永远都跟贪婪、愤怒、嫉妒有关。相信我的话，已经发生的一切与爱无关。”

22

埃克托尔像贼一样溜进办公室。他没勇气回家，所以就跑到警局，打算到马克·卡斯特尔的博客上看看。他尽量打消因为偷窥别人隐私产生的愧疚，努力心安理得，但没能完全做到。

他打开电脑，输入密码，然后打开马克·卡斯特尔的博客，琢磨着二十一世纪怎么会出现这种毫不避讳地把个人每天的隐私展现给公众的东西。从前，日记、手稿都是私密的东西，只能给相关的人看，所以秘密才能被保守住。现在，个人生活可能在互联网上曝光。也可能正因为如此，博主在写博客时会刻意隐去某些东西吧。可反过来说，博主要是不能绝对真实地写自己的博客，干吗还要写呢？只是为了博取关注度？就好像在大声吆喝："哎！亲们，这里有好多好玩的东西，劳驾看看吧。"何苦呢？

他想到这里，又觉得可能是自己老了，落伍了。现在的人已经在网上交际，还有人，比如马尔蒂娜·安德鲁，跟在网上认识的人结了婚。那个人可能与你生活在不同的城市，你如果不是某天下午坐到电脑前，可能一辈子就错过他了。"你确实落伍啦，萨尔加多！"他一边打开页面，一边感叹。"我自己的事（几乎没人在乎的事）"这个个性签名确实不错，可惜现在看起来有点讽刺意味。马克死了之后，他的事终于有人在乎了。

从时间看，马克是到了都柏林之后才开了博客，或许他开博客就是为了跟当时还是他最好朋友的吉娜保持某种联系。绝大多数的留言都是吉娜发的。博客里还贴了各种照片，都柏林学生宿舍，雨中的校园景色，当地建筑上那些色彩强烈的大门，辽阔的公园，硕大的啤酒扎。马克好像不太喜欢写作，博客上的文字都非常简短，而且最能激发他灵感的是天气：总是下雨，总要上课，非常无聊。他写到聚会时，又总是提到喝酒。看得出来，这博客他越写越没劲，最后懒得更新了。

埃克托尔从上往下浏览博客，忽然，一张照片引起他的注意：一个金发女孩，站在悬崖边上，风吹起她的头发。他不由得想起《法国中尉的女人》里那些悲情的场景中，女主角也是站在一个惊涛拍岸的悬崖峭壁上。这张照片下边加了一行小注：十二月十二日，去莫赫野游。这一篇博客下边，吉娜没写一个字的评论。下一篇是七天之后，内容也丰富得多，标题叫《怀念艾瑞斯》：

> 有很长一段时间，我不再想伊艾瑞斯，更不愿意回忆她死去的那个夏天。我觉得自己希望把这些忘得一干二净，就像小时候摆脱噩梦和可怕的事情那样。现在，我愿意回忆起她时，脑子里只有最后一天的情景，对此前的所有记忆似乎都被抹掉了。我只要闭上双眼，就能回到那所老旧的大房子，回到那间摆着空床、等待下一批孩子入住的冷清寝室。那是我六岁那年的夏令营：那天晚上我很害怕，不敢睡觉……不对，我记错了：那天凌晨我干了件大胆的事：不惜违反营规，去找艾瑞斯，只身投入到黑暗之中。可等我找到她时，她已经淹死了，漂在水池里，身边簇拥着一圈死掉一般的玩具娃娃。

埃克托尔念到此处不禁浑身战栗，不由得把眼光转向浅色头发小女孩的黑白照片。于是，他忘掉周围的一切，坐在这间灯光昏暗的警察局办公室里，完全沉浸在马克叙述的这篇关于艾瑞斯的故事当中：

我记得我是光着脚从床上下来的，那天夜里的地板冰凉，我急速向大门口跑去。我本来想等到天亮，因为我不敢黑夜里穿过那么空旷的寝室，跑到外边。我睁着眼等了好长时间，最后终于按捺不住，跑出去了。我为了不弄出声音，花了好几秒钟时间才轻轻把门关上。我得趁大家都睡着了干成我想干的事。

我知道我的时间并不多，所以走得很快，但是我来到那条长长的通道前面时停住了，深吸一口气，壮壮胆子，才敢往前走。一丝微弱的光线从一楼的窗帘外透进来，但二楼一点光也没有，漆黑一片。我讨厌死这座又大又破的老房子了。我讨厌这所房子的一切，尤其是在今天这样空无一人的时候。我还得等待下一批来这儿的孩子，跟他们共同生活十天。幸亏那是最后一批孩子，等到他们离开，我就能回到城里，回到只归我自己住的那个熟悉的房间，那里的新家具夜里不会发出“嘎嘎”声，墙是雪白的。那儿的墙壁不但不吓人，还能保护我。

我不自觉地吐出一口气，然后再给自己鼓鼓劲。这是艾瑞斯教我的办法：“你吸足一口气，跑的时候再呼出来，这样就不害怕了。”可是我觉得这一招对我应该没什么效果，我的肺太小，还装不下太多的空气。不过当时我觉得害臊，没把这想法告诉她。

我紧贴着通道一侧防止人们失足掉下去的木头围栏往前走，眼睛紧盯着前方，尽量不去看那只在小桌子上斜靠着墙的僵死的猫头鹰标本。它好像是专门待在那儿看着，不让我通过这条通道似的。我白天并不怕它，可在黑暗里，它那两颗玻璃眼珠让我毛骨悚然。木栏杆发出吱吱呀呀的声音，我赶紧用力按住它，因为我不想弄出响声。然后我沿着地板上冰冷的瓷砖拼出来的奇怪图形的接线，一直往前行进，脚底下变得粗糙，应该是踩到那几块已经碎裂的瓷砖了。就快到了：艾瑞斯的房间在走道尽头。

我必须在其他人睡醒之前见到艾瑞斯，否则他们就不会让我们见面，艾瑞斯正在受罚，因为一个保安昨天下午发现她前一天偷偷跑出去，在树林里过了一整天。尽管我都觉得艾瑞斯理应受罚，但是我还是不想错过今天跟她见面说话的机会。昨天整整一下午，我都没能跟她说上话。换了我，别说跑到树林，就是想想那里到处都是树木的阴影跟猫头鹰，就浑身起鸡皮疙瘩，可是我又特别想让艾瑞斯跟我说说她在树林里见到的事。她的确犯了错，可我佩服她的胆量。当然，她正是因为胆子太大才受罚的。她妹妹和她妈妈都说罚她是为了让她以后不敢再跑出去，因为她让所有人都急坏了。

我终于到了她的门前。大人们早就教我进门之前要敲敲门，可我觉得那会儿用不着，因为她肯定已经睡着了，她就算没睡着，我也不想弄出声音。艾瑞斯跟别的孩子不同，她跟她妹妹睡一个房间。她们不是来参加夏令营的，她们是这儿厨娘的女儿。我从菲利克斯叔叔那儿听到，那天晚上她妹妹跟她妈妈睡一个房间，艾瑞斯必须一个人在房间里住两天，好长点记性。我推门进屋，看见房间的窗子紧闭着。这儿的窗子挺奇怪，跟我们在巴塞罗那家里的窗子完全不同。虽然这个窗子也有玻璃，但是玻璃上还有一块木板，一点光线也透不进来。

“艾瑞斯，”我轻声叫她，摸索着往前走，“艾瑞斯，醒醒。”我摸不着电灯开关，只好又摸到床脚。我突然摸到一个软乎乎毛茸茸的东西，吓得一下子跳开，还撞到床头柜上，那个床头柜为之一震。这时候，我想起那个小柜子上还有一盏台灯，艾瑞斯经常深夜里点着这盏台灯看书。她妈妈总说她太喜欢看书了，而且还总吓唬她，说她如果不好好把晚饭吃完，就不让她看书。我摸到台灯，顺着电线摸到开关，把灯点亮。灯光不算太亮，但也足够我看个清楚：屋子里的东西几乎都没了，架子上的玩偶也都不见了，艾瑞斯的床自然是空的，只剩下我到这儿来的头一天晚上艾瑞斯借给我壮胆的那个毛绒玩具熊。后来，有个孩子笑话我，我才还给她。那只熊放在被掏空了芯的枕头上，肚子也被开了膛，好像刚做完手术，露出了肚皮里面绿色的瓤。

我又深吸一口气，趴下来查看床底下是不是藏着什么人：除了灰尘，什么也没有。于是我也跟大家一样，生艾瑞斯的气了。她干吗要这样做？不听话，而且还往外跑。整个夏天她妈妈一直训她：不好好吃饭，不好好说话，不好好做功课，还总欺负她妹妹伊内斯。她如果受罚期间还往外跑，菲利克斯叔叔肯定会特别生气。我记得当时差点找叔叔告她的状。不过，后来我觉得这样不太好，毕竟我们俩是朋友，而且她虽然年纪比我大，可从来没嫌弃我，不跟我玩。

我又看了看窗户，以为她可能跟我经常干的一样，大家刚一睡觉就顺着窗户爬到院子里去了。我费了不少劲才把窗户木板上的插销拔开。天已经亮了。我看到外边的树林，一大片高大的树木延绵到山脚下。天亮之后，我就不害怕了。眼前的风景还挺漂亮，深浅不一的绿色层次分明。我看了院子一眼，一个人也没有。我重新关好窗子之前，想再看看水池那边。但是我看不到整个水池，所以就往前探了探身子，希望视野更大些。

我现在还记得当时看到她有多么高兴。我的记忆那么清晰，好像这事就在昨天。小孩子的那种喜悦那么强烈，那么幼稚，简单得就像突然见到一个冰淇淋，或者进了游乐场。艾瑞斯就在水池里，在水里。她没跑出去，只不过游泳去了。我好容易忍住没去喊她，但冲她挥手，好让她注意到我。可我马上就觉得自己特傻，因为她以那种姿势游泳，根本看不到我。我只好等着她游到这边来，这边的水浅，小孩子都在这边，不敢往深水区跑。

那么多年过后，我每次想到那个凌晨发生的事情，回顾每一个细节，还和当年一样，心里会产生一种冰冷的思念。我等了几秒钟之后，发现艾瑞斯在水里不动，就那么静静地漂在水面上。就像一个被淹死的人，可她的姿势与溺死者相反。我赶忙向水池狂奔，根本不在乎别人是否能听到声音了。可我跑到那里以后，却不敢下水了。我那会儿只有六岁，但明白艾瑞斯已经死了。那时我看见水面上还漂浮着好多玩偶，脸朝下，就像一个个死去的小艾瑞斯。

这篇博客描述的事情令埃克托尔震撼和不安，看罢立马把页面最小化。他不管什么规章制度，掏出香烟点了一支，猛吸一大口，然后慢慢吐出烟来。他逐渐冷静下来，思路也随着夜深而活跃。现在，他脑子里那幅阴森恐怖的拼图仿佛又增添了一块碎片。他以多年的办案经验可以肯定：如果不能查出艾瑞斯当年的确切死因，就不可能弄清马克在窗台上，吉娜在浴缸里是怎么死的。“死得太多了吧，”他说，“太多意外，太多年轻人丢了性命。”

这时候，电话铃声打断他的思路。他看了手机屏幕一眼，有一种既不安又欣慰的感觉。

“乔安娜？”他问道。

“不好意思，现在有点太晚吧？”

“没关系，我还在工作。”

“菲利克斯给我打电话了，”她在电话里停顿一下，“他跟我说了那个女孩的事。”

“是吗？”

“是真的吗？那个女孩子留下遗言，说是她杀了马克？”她用既带着怀疑又抱有希望的语气问。

埃克托尔迟疑片刻，然后非常谨慎地说道：

“好像是这样。但我不敢确定。还有……还需要再问清楚好多情况才能确定。”

对方一阵沉默，似乎觉得这个回答没什么意义，而且好像需要想好接下来该怎么说。

“我今天晚上不想一个人。”她最终还是说出来了。

埃克托尔看了电脑屏幕一眼，想到那个他现在已经不太乐意回的家，想到露丝已经不跟他在一起。想到乔安娜成熟但依然美丽的脸。没什么不好呀，单身男女在夏天的夜晚互相陪伴一下。这不是什么坏事啊。

“我也不想一个人，”他答道，“我找你去。”

星期六

23

埃克托尔在意识深处知道自己身处梦中。但是他把这个念头赶走，任由自己置身于这个色彩斑斓、像儿童画中的森林一样的情景中：一团一团圆形的绿色树木，一条一条蓝色彩带散布在可爱的棉花团般的白云中；一个好像半张笑脸的黄色太阳，就像蒂姆·伯顿作品中用蜡笔画出来的童话世界。然而，他的脚踏上画中褐色石头铺成的小路时，周围的景象变了，好像是他这个人类的介入让环境改变了。一团团的绿色变成枝繁叶茂的大树。白色的云朵在炽热的太阳下变成一缕一缕稀薄的云丝。他仿佛知道明确的方向，步伐坚定地向前行进，听到脚踩在砾石上发出的吱吱嘎嘎的声响。但他抬起头时惊异地发现：小鸟还是虚构的，只是两条相互交叉的弧线挂在空中。这恰好说明，他现在必须相信自己仍然在梦中，但还要像动漫电影里的主人公一样继续向前走。起风了，最初不过是模模糊糊的声音，由小变大；最终变成暗灰色的疾风，吹散空中虚幻的飞鸟，毫不留情地摇撼树木的枝干。他几乎不能继续前行，每一步都像是跟这场骤然而起的大风决斗，这场大风把他置身其中的画面吹得天昏地暗，落叶漫天，变成绿色的幔帐，遮住了阳光。但他还得继续前进，不能停住脚步，因为他似乎突然知道自己为什么必须坚持了：他必须在大风把吉耶尔莫卷走、他们再也不能相见之前找到他。可恶啊！我早就告诉他，别走太远。可他儿子还是跟往常一样不听话，非要独自跑到树林深处。恼怒和焦急让他更添一股劲儿，顶着这场凭空而起的大风，继续沿着越来越陡的坡路向前，心里忽然冒出必须教训一下这孩子的念头。奇怪，他以前从来没动过这孩子一根手指头。可这孩子这次闹得太出格了。他高声呼喊儿子的名字，可在夹杂着树叶的绿色狂风中，他的呼喊根本就是白费力气。他拼了命往前走。风太大坡太陡时，他根本站不住，就跪着往前爬。他似乎知道，只要拼着命爬过这段陡坡，到了山顶，一切就大不相同了。突然，一阵狂风吹得他摇摇晃晃，但他最后还是站住脚，攒足力气，继续向上攀登。这时候，狂风已经不再跟他做对，转而托着他的双脚，他好像脚不沾地似的向前疾行。终于能够隐隐约约看到路的尽头了。他脑子里在盘算，怎么对付到了那边之后可能会遇到的情况。他想见到儿子平安无恙，可又不想跟平常一样，放心之后对儿子的怒气也消了。不行。这次不能再那样。这时候，一阵狂风把他吹过路尽头，他拼命想立住脚，但是没用。风把他吹过山顶才收住，而山这边天青日朗，一片光明。而且，他确实没猜错，他儿子就在那儿，背对着他坐在一片草场上，根本不知道他老爸为了找到他受了多少艰辛。他见到儿子平安，长吁一口气，歇了一小会儿。而且不出他所料，他刚才的那一股愤怒早就随着呼出的每一口气而散发到空气中，似乎就要烟消云散了。他赶紧咬紧牙关，收拢肩膀，攥紧双拳，好让怒气重新聚集起来。他踩着柔软细腻的青草，步伐稳健地快速走近儿子。儿子还是一动不动，好像没有注意到他。埃克托尔虽然心里舍不得，可这回非得好好教训儿子不可，必须这样做，就像当年他爹教训他那样。他走过去，用力抓住吉耶尔莫的肩头，把他的身子扭转过来。然后他吃惊地看见儿子满脸泪水。孩子一言不发地对他指指前方。于是他看到儿子刚刚看到的情景：一池蓝汪汪的水中，一圈死掉的小孩般的玩具娃娃的环簇中，漂着一个金发小女孩。“这是艾瑞斯，爸爸。”儿子轻声说道。父子俩慢慢走到一片平原中间的这个水池旁边时，水里所有的玩具娃娃都翻转过身来，眼睛睁得大大的，盯着他们，塑胶嘴唇轻声重复：“永远的艾瑞斯，永远的艾瑞斯。”

埃克托尔一下子惊醒。

刚才的梦境那么真实，他需要费很大力气才能把它从记忆里抹去，让自己确信儿子已经不是个小孩子了，也不认识艾瑞斯，玩具娃娃也不会说话。他觉得有点喘不上气来。现在天还没亮，他有点郁闷，因为他知道自己再也睡不着了。他转念一想，又觉得刚刚做过那场梦之后，睡不着也不算什么坏事。于是他干脆这么躺着，让自己平静下来，仔细想想这个稀奇古怪的梦到底有什么含义。这个梦跟他做过的其他噩梦不同，他睁开双眼之后这个梦尚未结束，反而在他的脑子里越来越清晰。梦里的恼怒和要扇他不听话的儿子大嘴巴子的念头重新冒出来。幸亏他在梦里没这么干。其实，要不是因为最后那一幕水池的恐怖场景，他在梦里早就扇儿子了。行了。总不能拿梦里的事吓唬自己吧。他坚信连那个给他做测试的心理医生都会同意他这个观点。于是，他又想起孩子那张天使般的脸上惊慌失措的表情。仿佛从哪里传来一阵音乐声，现在是凌晨四点，谁在这个时候放音乐呢？他支起耳朵仔细听着；好像又不是音乐，而是不同声音共同发出来的一个节奏。他不由把手腕枕在脑后，他知道自己又在做梦了。但是那种声音确实是真实的，一阵比一阵强，但是不够清楚，他听不明白。好像有人在念经，是从他卧室的墙壁里发出来的一种节奏鲜明但不知道是什么语言的祷告。他困惑地站起身来，听到又有一个声音加入进来，好像是一种嘶嘶的声音，跟别的声音完全不同。他赤身裸体地站在地上，看到那个半开着的行李箱还在墙角。没错，声音就是从那儿发出来的。他忽然想起有个行李箱在机场丢失了，箱子的锁损坏了，而轻微的嘶嘶声就是从那个箱子里发出来的。他的眼睛一下子睁得溜圆。箱子里藏着一条蛇，一条令人作呕、又黏又滑的蛇，正顺着地面向他爬过来。嘶嘶的低鸣越来越尖利，念经的声音也越来越强。他惊恐地看着这条蛇咄咄逼人地向他靠近，蛇头昂起，蛇芯子在不断地闪动。终于，他听清许多声音一起念叨的那个咒语，咒语一遍一遍重复他的名字：埃克托尔，埃克托尔，埃克托尔……

“埃克托尔！”乔安娜的声音终止了一切，“你怎么啦？吓死我了。”

他懵了一阵子，连自己在哪儿都搞不清楚了。墙壁是陌生的，床单也不是他熟悉的，灯光射过来的角度也跟他的印象不同。他只觉得浑身被冷汗湿透了。

“妈的！”最后，他低声嘟哝一句。

“你做噩梦了？”

“做了两个，”他暗想，“两个都吓人……”

“对不起。”他对乔安娜说。

“没事，”乔安娜抚摸着他的前额说，“你身上冰凉！”

“真不好意思，”他摸着乔安娜的脸颊问道，“几点了？”

“八点，今天礼拜六，时间还早呢。”

“我把你吵醒了吧？”

“没有，”她嫣然一笑，“我好像已经不习惯跟别人一起睡了。我已经翻来覆去好一阵子了。你梦里见到什么东西了？”

他不想告诉乔安娜自己梦见了什么。他什么话都不想说。

“你不介意我去冲个澡吧？”

她摇摇头说道：

“那我就表现好点儿，去准备咖啡。”

埃克托尔勉强笑了笑。

他们俩昨晚在床上时亲昵得就像一对老情人，爱抚、摩挲不紧不慢，没有放纵的激情，而是出于相互需要。现在他们坐在一起吃着早餐，埃克托尔觉得他们做爱之后好像变成了知己。他们都已经不是小孩子了，都经历过和见过太多的事，明白许多道理，放弃过许多幻想。他们乐于共度一段快活的时光，不一定非要共同筹划什么前景，也不带什么愿望。现在这顿早餐就没有一点卿卿我我的味道。大白天里，他们各自重新回归自我，谁也没觉得有什么压力。埃克托尔觉得既舒心又有点凄凉。或许，他今后最多也就这点指望：两人共度热情又快活的良宵，然后把回味那种快乐的感觉作为安慰。就好比是喝下手中这杯热乎乎的咖啡。

“你穿这件衬衫合适吗？”乔安娜问道，“这是费利佩留在这儿的。”

埃克托尔听罢暗想：她这话肯定不是信口说出来的。于是他笑道：“我过段时间还你。”他说罢意味深长地挤了一下眼。“我该走了。今天我得见吉娜·马尔蒂的父母。”

她点了点头，说道：“这个案子现在还不能算完，对吧？”

埃克托尔爱恋地看着她。他真想告诉乔安娜：不，这个案子已经完了。但是艾瑞斯在水池里的情景昨夜在梦里让他印象深刻。他现在得出了完全相反的判断。于是，他对乔安娜说道：“我觉得有个东西值得你好好读一下。”

24

阿雷克斯从来没像今天早晨这么强烈地希望时间能够倒流。吉娜的死给了他当头一闷棍，比这些天来他遭受的所有打击都狠。现在他躺在床上，打不起精神爬起来，脑子里翻来覆去想着这几天发生的这些难以置信却真真切切的事情。吉娜活着的时候，是那么没有主见，好忽悠，但是也挺可爱，挺脆弱。这都是马克的错。他心里明白不是这么回事，但无法排除对马克的怨恨。马克本来是他最忠实的追随者，只要他提出来，马克都能认下自己没干过的事，替他受罚。但是，他从都柏林回来之后就变了，不再是让阿雷克斯随心所欲地摆弄的小毛孩子。他有自己的主意了，而且还挺偏执，而他的偏执会给大家都招来麻烦。他准备了个荒唐的计划。“只要目的正确，手段可以忽略。”有个好师傅给了他这么个座右铭。可就是这个荒唐计划导致了今天这种出乎预料的局面。

幸亏他及时让这个计划落空了，现在的后果不算最坏。有些东西还没有见光。对这事毫不知情的吉娜稀里糊涂帮了他不少忙，直到最后还在帮他忙。可惜，这个忙最终没帮到家。吉娜啊，吉娜……据说她留下一份遗言。他能想象到，这个在他逼迫之下背叛了马克的小丫头，实在承受不住良心的责备，打算自寻短见之前，独自坐在电脑前写遗书。

那天傍晚的鞭炮声仍然像一阵阵闷雷似的回响在他的耳畔。圣胡安节前夜，巴塞罗那整座城市仿佛都在爆炸。人们用篝火、焰火和香槟庆祝夏季最短的一夜降临之前，每个角落都按传统燃起鞭炮。他来到马克家里时，首先注意到的是，吉娜打扮得非常漂亮，因此还感觉到一种令他刺痛的嫉妒，因为他知道吉娜不是精心梳妆打扮给他看的。那天晚上，吉娜穿着高跟鞋、黑裙子和紧身胸衣，但显得既不安也不自在。实际上，她那身装扮跟他俩的牛仔裤、T恤、休闲鞋在一起不太搭调。阿雷克斯当时就想，吉娜是在这俩穿着随意的小公子哥儿面前玩扮公主的把戏呢。马克那天也显得有点紧张，不过这也正常，他好几个礼拜以来一直如此，因为他还没能拿出一个关于他跟艾瑞斯的事情的说法。这个可恶的艾瑞斯。

那天他一进门就高声喊着要啤酒。他想让聚会的气氛更活跃点。他去那儿之前就惦记着好好“嗨”一把，所以事先吸了两份。现在他觉着精力充沛，浑身的劲儿好像使不完，特别亢奋。晚饭是吉娜和马克一起烹制的比萨，不过他们喝啤酒吃比萨猛得多。不一会儿，气氛就变得跟所有聚会一样了。阿雷克斯趁马克到厨房拿啤酒之机，把音乐声音放大，跟吉娜跳舞。妈的！吉娜简直让人欲火燃烧啊！据说可卡因还是特效催情药。不信？让这个小姑娘问她老妈去。他拼命克制自己别毛手毛脚，可心里禁不住这么想。两人跳着跳着，他就把马克忘了。这也是可卡因的好处之一：它能让你忘乎所以，把所有问题都抛在脑后，只想着自己喜欢的事。现在，他只想着吉娜的大腿跟脖颈，把其他的全忘了。他先是假装玩笑，像那些勾魂的吸血鬼那样轻咬吉娜的脖颈，本以为她会像平常那样特别乐意呢，可她躲开了。显然，她今天晚上打算把这活留给马克干。这个该死的傻丫头。难道她不明白，她亲爱的马克现在已经搭上别的女孩了？他差点对吉娜重述了这件事，但最后还是打住了。因为他今晚得拉拢吉娜，不能说她不爱听的话。

“你照着我说的去做了吗？”他在吉娜耳朵根子边轻声念叨一句。

“做了，可是我不明白……”

他用手指压住吉娜的嘴唇。

“吉，你下定决心了？”

吉娜叹了口气。

“行了。”

“听我说，这事太疯狂了。”那天下午，这句话被说过好几千遍了，现在还要反复跟她说，确实让人恼火。但他还是攒足耐心，就像通情达理的父亲劝执拗的女儿一样：“你想过这事的后果吗？尤其是给你和马克带来的后果。别人如果知道了真相会怎么想？你怎么解释优盘里的那些东西？”

她听着这番话，不住点头。她非常清楚阿雷克斯的话确实有道理。她现在必须说服马克。

“再说，咱们这是何苦呢？干吗自找麻烦，帮那个都柏林女孩？妈的！这事过去之后，马克得感谢咱们，”他停顿片刻接着说，“我敢肯定，马克会感谢你。”

“我得感谢你们什么啊？”

阿雷克斯刚才不知不觉提高了嗓门，马克听到了。不过无所谓，反正早就该跟他说这事了。

家里的各种响动声在周末也照常到来。阿雷克斯的父亲每天早晨八点半准时吃早餐。哥哥每年夏天回到家，也遵守这个习惯。有人来敲阿雷克斯的房门。

“什么事？”

“阿雷克斯，”爱德华把门打开，探进头来，“起床了。咱们得去马尔蒂家。”

他真想拿被单把脸蒙上，逃避所有的事。

“不去。我现在不能去。”

“可是爸爸……”

“够啦，爱德华。我现在他妈的不想去，明白啦？”

哥哥盯着他，点了点头：

“好吧。我跟爸爸说你过些时候再去。”

阿雷克斯翻过身，眼睛死盯着墙面。爸爸，爸爸，妈的！哥哥都快四十岁了，怎么还拿爸爸的话当圣经啊。爱德华在门口站了一会儿，看床上的身子一动没动，就悄悄把门关上，走了。最好赶紧走。他现在一点都不想见爱德华，也不想见父母，当然了，更不想见雷吉纳。他情愿就这么两眼盯着白墙，好像那面墙是屏幕，能把他脑子里的影像都放出来。

“我得感谢你们什么啊？”马克又问一遍，声音里带着质疑。

吉娜低下头。外边传来一声巨响，三人都吓了一跳。她尖叫一声：

“我烦透鞭炮了。”她跑到小桌前，又给自己斟了一杯伏特加兑橙汁。这已经是第三杯了。她看着另外两个朋友面对面站着，好像马上要掏枪互相开火的枪手。

“马克，”最后阿雷克斯先开了口，“我跟吉娜谈过了。”

“谈什么了？”

“你都知道，”阿雷克斯闭着嘴走向站在小桌边的吉娜，站到她的身边，说道，“我们不能再这样下去了。”

“什么？”

“好好想想吧，马克，”阿雷克斯接着说，“这事太冒险了，你很可能会惹上大麻烦，还会把我们也牵扯进去。你没把握能干成。”

“上次有效果啊。”马克沉稳地说道。这几天，他一直把这句话挂在嘴边。

“靠！哥们儿，这可跟学校里的事不一样！咱们现在可不是拿哪个傻乎乎的女老师开涮这么简单。你怎么就不明白呢！”

马克站在原地没动。从他跟两人之间的窗子，能看见一块外面的天空。天空一次次闪现火焰的闪光。

“我是不明白。”

阿雷克斯叹了口气。

“你现在怎么说都行，但你反正早晚会感谢我们俩。”

“是吗？我怎么觉得你该谢我啊。你欠我一次人情。你自己明白。”

“哥们，我现在就是在帮你啊。你现在也许不承认，可实际上就是这么回事。”

马克听了这话，沉吟了一会儿。他低下头，好像没话可说，又像是已经懒得再争论。他们两人对话时，吉娜一句话没插，现在她趁机走到马克身边。

“阿雷克斯说得对，咱们没必要那样。”

“你们滚蛋！”马克这一吼比刚才那个鞭炮还吓人，“我真不明白你们干吗这么害怕。把优盘给我，这事我一个人干。”

她赶紧跑回阿雷克斯身边，不知说什么好。她端起酒杯喝了一大口，被呛着了。

“没有什么优盘，马克这事到此为止。”阿雷克斯说道。

马克惊愕地看着吉娜，见她低下头，一言不发，终于爆发：

“你们就是王八蛋！纯粹婊子养的！我本来都准备好了！”他压低声音，“你们知道这事对我多重要吗？别人都以为咱们是朋友呢。”

“马克，咱们是朋友，所以我们才这么做。”阿雷克斯加重语气。

“好啊，你这忙帮得真好！我现在也帮你一个。”马克的声音变了，带着酸味，好像从胃里发出来的。“我帮你摆脱那破玩意儿，你现在都快变成傻瓜了。你以为我们不知道是怎么回事吗？”

阿雷克斯愣了一会儿，没明白他在说什么。就在这时，马克已经扑到他的背包上。

“你他妈的要干吗？”

“我这是为你好，阿雷克斯。我在帮你呢！”马克已经把那些按照分量精心装好、随时可以出手的小袋子掏出来，得意地笑着冲向门口。

阿雷克斯跳起来紧追过去。马克推开他，从楼梯跑向自己的卧室。吉娜吓傻了，看着阿雷克斯在楼梯上追到马克，掐住他衬衫的领口，把他揪回来，然后一拳打在马克的嘴角上。她吓得一声尖叫，两个好朋友一下住了手，呆立在原地。马克发现自己的嘴角流血了，用手擦了擦，抹到衬衣的领口上。

“哥们，对不起，我没想打你……算了，咱们都住手吧。”

阿雷克斯还没说完，下体就被马克的膝盖狠狠一顶，立马喘不上气来。他弯下身子，紧闭着眼，脑子“嗡”了一下，好像有个小炮仗在里边炸开了，眼前金星四溅。他再睁开眼睛时，马克已经不见了。卫生间里传出冲马桶的声音，完了，毫不留情，都冲走了。

“王八蛋！”他本想把心里这句话大声喊出来，可他稍一用力，两腿中间就疼得他直抽搐。他要不是扶着墙，站都站不住。

他听到大门响，猜想父母和哥哥都已经出去了。现在他独自在家，心里略微轻松了一小会儿。可是他想到当时聚会的三个朋友已经死了两个，那份轻松立刻消失得无影无踪。都死了。阿雷克斯这会儿还根本顾不上想死的事，而且也用不着。有时候，他会回忆起生病时难熬的那几个月。当时他确实想到过死，因为那些穿白衣服的人在他身上施加的酷刑让他快扛不住了。他那时候也害怕死。但他最终还是没死，过了几年，他想到好多得了跟他一样病的患者没能幸存下来，就不再想死了。而且，他甚至觉得自己有超乎常人的力量，因为他经历过生死考验，他就是依靠那种力量挺过来的。那些弱者都死了，而他展示出勇气和坚强。爱德华当时不断鼓励他："你特别勇敢，坚持住，再坚持一下就没事了。一切都会好的。"

他从床上爬起来，却没心思洗澡。房间已经乱得不像样，衣服扔得到处都是，两只运动鞋分了家，被甩在地上。他看着房间，不由得想起吉娜的卧室，想起吉娜那些摆在架子上的毛绒玩具。那些玩具给她的小屋添了一些可爱，但也显得幼稚。唉，吉娜……

他脑子里突然闪过一个让他立刻警醒的念头：我最后一次见到她那天穿的是哪条短裤来着？他赶紧翻出随意扔到椅子上的三条短裤。他一阵翻腾过后长吁一声。终于找到了，该死的优盘还在。他漫不经心地把优盘插到电脑上。其实他不太想看这个优盘里存着什么东西，真的不想。他只不过是要把交代给吉娜的事亲自办好。因为他信不过吉娜会按照他的意思处理她跟马克之间的任何事。他吩咐过吉娜，把优盘里所有的图片都删掉，不留一点痕迹。

他打开优盘一看，傻眼了。他看着优盘里的文档，简直气疯了。他知道这两个人是笨蛋，不止一次提醒自己，可到头来还是生他们的气，尤其生吉娜的气。可有什么用呢？她已经死了。但她蠢到不可救药，给他拿错了优盘，把历史课笔记交给他了。阿雷克斯的脑子里冒出一个令自己不安的念头：优盘还在吉娜的房间里，她父母跟警察都有可能拿到。那个一脸凶相的南美人，那个看上去还真他妈性感的小警花都可能拿到。他花了不到五分钟时间匆忙穿好衣服，冲向自行车。好了，他促狭地想，现在他爹该满意了。

25

埃克托尔来到马尔蒂家威严的黑色栅栏门前，看了一下时间。卡斯特罗警官还有一刻钟才会到。他离开乔安娜家之后，就跟她打电话约好了。他觉得进去办这么棘手的事情之前，最好先去喝杯咖啡。他进了咖啡店，发现不光他一个人是这么想的。他一眼就瞧见菲利克斯·卡斯特尔坐在吧台的一端，全神贯注地阅读手上的报纸。他恰好要跟这个人单独谈谈，所以毫不迟疑地走过去，想也没想就按照宗教称呼跟对方打了招呼。

“请您还是叫我菲利克斯吧，”他亲切地说道，“已经没人再称呼我们‘神父’了。”

“您如果不介意，咱们换张桌子？”埃克托尔指着酒吧深处一张桌子问道。

“当然不介意，反正我现在正等着我兄弟跟格洛丽亚呢。我觉得还是三个人一同去比较好。但我们不会打扰人家太长时间。”

“想得周到。”埃克托尔暗想。卡斯特尔一家人到萨尔瓦多和雷吉纳家里吊唁他们死去的女儿。可这孩子很有可能就是杀害他们儿子和侄子的凶手。如果说这个案子里有让人感动之处，那就是所有相关人员在出事之后的行为举止都非常恰当得体。萨尔瓦多头天晚上说了那句不太客气的话，但那确实是因为他们太累了，并没有冒犯之意。

菲利克斯为警长点了一杯咖啡之后，他们坐到桌旁。埃克托尔趁着其他人还都没到，直奔主题。

“您听说过艾瑞斯这个名字吗？”

“艾瑞斯？”

“他在拖延，”埃克托尔暗想，看着对方低头拿起小勺，不停地搅动咖啡，又想道，“还在拖延。”

最后，对方叹了口气道：

“您说的是艾瑞斯·阿隆索？”

“我说的是那个好多年前在夏令营里淹死在水池里的艾瑞斯。”

菲利克斯点了点头，在埃克托尔询问目光的逼视下喝了一口咖啡，把杯子推向一边。然后，他双手架在桌面上，说道：

“督察，我有好多年没听人提到这个名字了。”

“我有很长一段时间不再想艾瑞斯。”埃克托尔突然想起这句话。

“您想问什么？”对方迟疑一下，又问，“您为什么要问？”

“我一会儿就告诉您，不过您现在得跟我说说当时究竟是怎么回事。”

“怎么回事？我要知道怎么回事就好了。督察，”他恢复镇定，声音坚定，“您已经说了，艾瑞斯·阿隆索在我们租来办夏令营的房子旁边的水池里淹死了。”

“这个女孩归您管吗？”他其实已经知道答案。不过他想就着话茬多了解些情况。他还想顺带着聊到马克身上。当时，六岁的马克目睹了死亡景象。

“她不归我管，她妈妈是厨娘，一个寡妇。她们每年都跟我们在一起待一个多月。”

“你们？”

“保安，孩子们，还有我。每十天会来一团孩子。”

“但是，马克整个夏天都在那儿？”

“没错，因为我兄弟特别忙。一到暑假事情就会特别麻烦，所以夏天是我带着马克。他确实整个夏天都在夏令营。”他把手从桌子上扬起来，好像在做一个不以为然的手势，说道：“我还是不明白……”

“您接着说吧，我听完之后跟您解释，我保证。”埃克托尔暗想，这是个平常总是听别人说的人。他不理睬教士一眨不眨等待的目光，追问道：

“艾瑞斯·阿隆索到底是怎么死的？”

“在水池里淹死的。”

“我知道，不过她是自己淹死的吗？呛水了？头撞到池子边上了？”

谈话停顿。或许菲利克斯不想再被他牵着走，或许他正在梳理记忆。

“这都过去好多年了，督察，我不……”

“您管理夏令营时，淹死过好多小女孩吗？”

“没有，当然没有。”

“那么，您怎么可能不记得她呢？”

这句话问得他失魂落魄——如果真有魂魄这回事的话。

“我没忘，督察，我敢保证。事情发生之后，我有好几个月除了她别的都不想。是我把她从水里捞出来的，我还给她做人工呼吸，想救她。可惜……可惜太晚了。”

“到底是怎么回事啊？”埃克托尔看着对面教士那张痛苦的脸，似乎动了恻隐之心，改变了语气。

“艾瑞斯这个女孩有点怪。”教士的视线仿佛穿过了埃克托尔，穿过了酒吧，穿过了外边的大街，直盯着某个地方。“也许她那时候正好处在不好管教的阶段吧。我不清楚，也不太懂青春期方面的事。”

教士露出一丝苦笑，不等埃克托尔问，自己说下去：

“我要是没记错，她那年十二岁，马上就到了叛逆期。她妈妈拿她没办法。她以前一直是个快活的孩子，脾气随和，跟别的孩子玩得挺好的。而且还特别照顾马克。可那个夏天，她每天闹脾气，吵架。吃饭时吵得最厉害。”他叹了口气，接着说：“最后，我不得不跟她妈妈偷偷说，别管得太严了。”

“艾瑞斯不好好吃饭？”

“她妈妈是这么说的，而且她确实瘦得不像样子。”他想起她湿漉漉的骨瘦如柴的身体，不禁打了个哆嗦。“她死前两天还失踪了。上帝啊，太可怕了。我们各处都找遍了，在树林里找了一夜，附近村子里的人也帮忙找。真的，当时所有人都惊动了，怕她出什么事。最后我们在树林中我们常去野营的山洞里发现了她。”

“她没出事吧？”

“她一点事没有，特别冷淡地看着我们，说她不想回去。我得承认，我当时生气了。我气坏了。在我们把她带回家的路上，她没有因为连累我们大家为她担惊受怕而表现得顺从一些，她看上去仍然是一副无动于衷的样子，非常傲慢。我当时简直烦透了，督察，所以就说要罚她，把她关在屋子里，不许她出去。如果房门有锁，我真的会把她锁起来。您现在听着可能会觉得夸张，但我当时的确连续祈祷了好几个钟头，生怕她再出什么大事，”他停顿片刻，接着说，“她都没跟妈妈道个歉。那个可怜的女人快疯了。”

“没人去房间看过她？”

“她妈妈去了一趟，可她们又吵起来。那是她死前的一天下午。”

教士的叙述跟马克在博客里的描述大致吻合，但是，还缺个结尾。埃克托尔想让他再说些什么，印证马克的说法。“那后来呢？”

菲利克斯垂下眼睛，好像对什么不确定，要么就是有负罪感。也可能两者兼有。他双手抹了一把脸，这个动作虽然很短暂，但埃克托尔一清二楚地看在眼里。

“督察，谁也不知道到底是怎么回事，”他再次看着督察的眼睛，尽量坦诚地说，“第二天凌晨，我被一个孩子的叫喊声惊醒。我听出是马克在喊，马上冲出房间。马克在水池边上，还在不停地喊，”他又停了一下，咽了口吐沫说道，“我跑过去才看见艾瑞斯。我赶紧跳下去，把她捞起来急救，可是已经来不及了。”

“池子边上还有其他人吗？”

“没有，只有我跟我侄子。我让他赶紧离开，可他没理我。我不想让他看见那个女孩子僵硬的尸体，就没走出来，抱着艾瑞斯在水里站着。我现在还记得马克当时吓呆了的小脸是什么样子。”

“那些玩具娃娃呢？”

“您是怎么知道的？”教士摸了摸下巴，真的有些疑惑。“这事挺邪的……水里漂着半打玩具娃娃。”

“是死去的小艾瑞斯。”埃克托尔回想起博客内容。他沉吟了一会儿后问道：

“是谁把娃娃放进水里的？”

“我猜是艾瑞斯……”他费力地说出这句话，眼泪已经在疲倦的双眼中打转，“督察，那个女孩当时已经不太正常。我尽管已经跟她妈妈提起过，但我自己大意了。她那时候已经神智混乱，非常混乱。可我察觉到时，已经太迟了。”

“您是说，这个十二岁的小姑娘自杀了？”

“不！”这一声断喝，绝对是出于教士的立场，而不是寻常人的观点，“那是意外。我跟您说了，艾瑞斯当时非常虚弱。我们推测艾瑞斯夜里拿着娃娃到池子边玩，然后忽然晕倒，栽进水里。”

“你们推测？还有别人？”

“下一批孩子三天之后才到。所以只有几个人：马克，厨娘和她的两个女儿，艾瑞斯和伊内斯，还有我。保安们下午才到。有些保安整个夏天都在营地，也有的是临时招来的。不过那几天固定保安都回城里去了。年轻人不可能在营地待那么长时间，无聊啊，督察。”

埃克托尔觉得教士的话还没说完，他现在已经不像原来那么小心谨慎了。

果然，没过一会儿，教士又开口道：

“督察，艾瑞斯的妈妈是个好女人。她的丈夫已经死了，如果再让她觉得女儿是自杀的，她也没法活了。”

“神父，您跟我说实话吧，”埃克托尔说道，“别再顾忌清规戒律和宗教信条，也别去管那个女孩的妈妈能不能受得了。”

卡斯特尔教士眯起眼睛，深吸一口气。他再次睁大双眼时，压低声音，但语气更加坚定，一口气说下去：

“出事前一天下午，我批评艾瑞斯不该独自跑到外边去，她冷眼看着我说：‘我没让你们去找我。’我跟她说我们多么担心她，而且她确实做得非常不对，她冲我一笑，轻蔑地说：‘你们根本想不到我还能做出比这坏多少的事情呢。’”

埃克托尔看到蕾蕾·卡斯特罗把头探进咖啡店里张望，于是说道：

“神父，您还有什么事要跟我说吗？”

“没了，我就是想知道，您为什么这会儿问我这些事？把旧事翻出来对谁都没有帮助啊。”

“您知道您的侄子马克写过一篇博客吗？”

“不知道，督察，我连博客是怎么回事还没搞清楚呢。”

“跟日记差不多。他在博客里提到艾瑞斯，说了他那天看到的事。”

“哦。我还以为他早就把这事忘了。那个夏天之后，他从来没再提过这事。”

“但他在都柏林时又想起来，还写了一篇东西。”

蕾蕾还在咖啡店门口。埃克托尔刚要道别，菲利克斯说：

“督察，您如果还有什么疑问，可以问萨瓦尔。”

“萨瓦尔？”

“他那时候是警长，负责耶伊达区。整件事情是他处理的。”

埃克托尔大吃一惊，但不动声色。

“好，我如果有疑问就找他。我现在得走啦。谢谢您。”

菲利克斯点点头说：

“我兄弟也马上就要到了。”

“那我们等会儿到上边再见？”

他朝着蕾蕾走过去，见她死盯着卡斯特尔神父。她看着神父的眼神冰冷，充满怀疑，不带一丝好感。埃克托尔明白了：她也看了马克的那篇博客。而且，他脑子里的那些模糊不清的想法（不论是否公正），卡斯特罗警官也有。

26

蕾蕾今天早晨一阵干呕，然后准备见督察，但在见督察之前看了马克的这篇博客。不知怎么回事，这篇博客让她比以前任何时候都受感动。她看完博客，坐在家中的电脑前想：她此刻肯定比平常多愁善感。她现在不论是身体还是心理都出现了令她不安的变化。她仿佛看到黑白照片里那个小女孩泡在水里的样子，胃里边一阵翻腾，好像塞满悲愤混杂成的东西。她如果不想办法冲淡这两种情感，自己肯定会被其困扰很长时间。幸亏她立即就有事可做。礼拜六从理论上说属于休息时间，但她今天挺乐意被迫加班。反正，怎么也比待在家里无所事事，等着托马斯打电话给她强。

她昨天夜里回到家时，看见托马斯的留言。“你出去太长时间了……同事叫我跟他们出去喝一杯。明天见。T.”“T”?！她昨天是跟一个叫托马斯或者悌尔索要么塔德奥的家伙疯狂了一下午吗……她实在讨厌托马斯使用缩写这种臭毛病。她在路上花了半个小时思考怎么把情况告诉他，结果回到家时他不见踪影，让她更烦了。她明白这么想不太公平，可心里这口气没地方出。

正因为如此，她站在咖啡店门口等着督察朝她走过去时，瞧见坐在远处桌子旁边的卡斯特尔神父，脸色马上变得好像见到鬼魂一样。

她心里的想法正如跟萨尔加多督察的猜测：她读了那个女孩的故事以后非常郁闷。

“咱们走吧，”埃克托尔说道，“你脸色不太好，昨天没睡好吗？”

“天气太热，”她信口胡诌，遮掩道，“咱们现在就上去？”

“对啊。”

“你这件衬衫够漂亮的啊。”她过马路时夸赞道，埃克托尔听了之后脸红了。

给他俩开门的是萨尔瓦多·马尔蒂。蕾蕾以为他今天又要轰他们。谁知他往旁边一侧身，一言不发给他们让开路，让他们进屋。客厅里有声音，但是吉娜的父亲没领他们到那儿去，顺着楼梯把他们带到卧室一层。他俩在后边跟着，等他喘匀气，来到太太的门前，敲门之后进去待了一会儿，又出来对他们说道：

“督察，我太太想跟您单独谈谈。”

埃克托尔同意：

“卡斯特罗警官要检查一下吉娜的房间，看看昨天晚上是否有什么遗漏。”

萨尔加多·马尔蒂耸了耸肩，说道：

“您知道怎么走。如果需要帮忙，我就在楼下，”他走到楼梯口时停了一会儿，回头说道，“现在不停有电话打进来，还来了几拨人。但雷吉纳谁也不想见，我不知道该怎么应付。”他一脸疲惫和无可奈何，失魂落魄，像打了败仗。他摇着头，好像对自己不满意，慢慢走下楼梯。

雷吉纳一身黑衣，坐在靠窗的一个摆着早餐托盘的小桌边，托盘里的早餐原封没动。她现在跟两天前一身夏装、艳光四射、玲珑活跃的那个她形成鲜明反差。但是，她的神色非常平和。“镇静药的疗效也太神奇了。”埃克托尔暗想。

“巴列斯特尔太太，我对这件事感到非常遗憾。”

她好像没听明白似的看着埃克托尔，用手势请他在桌子另一边的椅子上坐下。

“您丈夫说您想跟我谈谈？”

“对。我有件事想跟您说。”她语速缓慢，好像一时找不到合适的词。“你们怀疑吉娜杀了马克。”她仿佛给这次谈话定了调子。

“现在下结论还太早。”

雷吉纳摇晃一下脑袋。埃克托尔不明白这个动作到底是什么意思。厌倦，质疑，同意？

“我们吉娜不可能杀人，绝对不会。”她措辞非常准确，不带一点感情。“别人可以随便怎么说，但我心里清楚。”

“谁这么说了？”

“所有的人都这么说……我敢肯定。”

“好多人说话不负责任，”埃克托尔把身子向她那边探了探，“我现在想听听您的看法。”

“我们吉娜没杀人。”她重复道。

“那她也不是自杀喽？”这个问题比较唐突，语气也不像刚才那么随和。

雷吉纳听罢没有立刻回答，好像在仔细考虑应该怎么应对。

“这我不清楚。”她最后说，然后闭上眼睛。埃克托尔觉得再追问下去不太合适，于是准备起身。“您先别走，我还有话要说。我只能在这儿跟您单独说，我不想再给他造成伤害。”

“给谁？”

“萨尔瓦多。”她答道。

然后，她用吉娜回答埃克托尔问话那样的颤抖声音，对埃克托尔坦白她与阿雷克斯·罗维拉之间的事，好像埃克托尔是个忏悔神父。

阿雷克斯比埃克托尔和蕾蕾晚到一会儿。他坐在客厅里，他爸爸严厉的目光注视着他。

萨尔瓦多·马尔蒂坐在沙发上。除了帮忙张罗的罗维拉太太偶尔低声问句话，其他人一言不发。雷吉纳连面都没露，感谢上帝。阿雷克斯还不知道警察已经在这里，以为他们今天休息。这时候，门铃又响了，吉娜父亲的脸上露出非常不耐烦的表情，罗维拉太太起身去开门。罗维拉先生抓住这个机会冲着儿子们使眼色，告诉他们该走了，然后站起身来。就在此刻，恩里克·卡斯特尔跟他的兄弟来到客厅，格洛丽亚还在大门口跟罗维拉太太窃窃私语，显然是在问雷吉纳的情况，因为她就是为了探望她才来的。阿雷克斯觉得这是他唯一的机会。他趁着恩里克走向吉娜的爸爸，菲利克斯跟爱德华打招呼，低声嘟囔要上厕所，从妈妈跟格洛丽亚两人的缝隙中钻过去。

他上了楼梯，快速奔向吉娜的房间。房门紧闭，他想都没想就直接推开门。他一看见卡斯特罗警官，傻眼了。

“对不起，”阿雷克斯低声说，“我找厕所……”

蕾蕾的目光死死地盯着他。

“行了，阿雷克斯。”蕾蕾的语气已经告诉他，他的话她一个字也不相信。“你来过这儿不下一百万次了吧？你来找什么？”

“没找什么。”他低声嘟囔，脸上堆出对付妈妈、护士，或者随便哪个有点权威的女人的那种带苦相的微笑。女警到底不也还是女人吗？“我其实就是想看看吉娜的房间，在这儿回忆她一会儿。”

“是啊，”蕾蕾暗想，“他既然已经在这儿了，不能让他白来一趟。”

“你最后一次见到她是什么时候？”

“就是你们见到我的那个下午。”

“你后来没跟她讲过话？”

“发过短信，好像是那天晚上发的。”

“你察觉到她有点伤心难过吗？”

“她当然伤心。可我哪想到她会这样啊……”

“没想到？”

“没有。”

“她是不是特别爱马克啊？”

他回头看了看，然后关上房门，坐到床上，眼睛不由看向存放毛绒玩具的箱子。

“可怜的吉娜。她还是把玩具都收起来了。”

蕾蕾没被阿雷克斯的微笑欺骗。可是她现在心里想：阿雷克斯这份感情应该不是装出来的。但事实恰好相反，这小子可以领奥斯卡表演奖。

“是啊，”他回答蕾蕾提出的问题，“她特别爱马克，一直都爱。”现在的微笑不是装出来的。

“可是马克呢？对她没表示，对吗？”

阿雷克斯摇头。蕾蕾接着问道：

“他在都柏林认识了一个女孩，对吗？”

“对，他认识了一个也在那儿上学的西班牙女孩，所以吉娜非常不高兴。”

“生气到把他推出窗户？”

他非常不耐烦地看了蕾蕾一眼。

“吉娜那天晚上喝高了，警官。她自己都摔跟头了。您这想法简直可笑。”

他的语气那么斩钉截铁，蕾蕾一下子没了词。而且，他的回答跟蕾蕾的想法吻合。

“那么，你觉得她留在电脑里的遗言是什么意思？”蕾蕾拿出打印件，大声朗读一遍。她一边念，一边瞟着阿雷克斯。她觉得阿雷克斯的脸上隐约有一丝愧疚。

“这我就不知道了，”他说着从床边站起来，向蕾蕾走过去，“我能看看吗？”

蕾蕾把打印纸拿给他。阿雷克斯的表情从惊愕变成疑惑，最后又变成恐惧。

“这是她写的？她真是这么写的？”他低声道。

“没错，我一字不差地照抄下来了。”

他好像要说什么，可又住口。这时，在楼下的罗维拉大夫喊他。

“我该走了，”他在门口停住脚步，“我礼拜一还要到警局去吗？”他的语气中带着挑衅。

“是的。”

“那咱们礼拜一见。”

他匆忙出去之后，蕾蕾若有所思地重新看着那份遗言。她敢肯定，遗言里肯定有什么东西被忽略了。她必须马上找到萨尔加多，跟他交换一下想法。

27

雨下了一天之后，太阳卷土重来，更加肆意，一大早就狠狠炙烤整座城市。就算把窗户全都打开或者到凉台上去，人也待不住。卡门一边用纸巾擦汗，一边琢磨：她从小就一直喜欢夏天，可现在也太热了。毒日头就这么直接挂在大街上，她整天出汗，心里非常烦闷。她从凉水罐里倒了一杯水，小口小口啜饮着，转过身来关了收音机——音乐都让她觉得热。她真应该听两周前上门推销空调的那个小伙子的话。卡门当时认真听完介绍，还和他约好下次见面的时间。可惜，她最后还是没拿定主意。新鲜玩意会让她觉得不踏实，可她现在真有点后悔没听那小伙子的话。

她喝完一杯凉水，觉得凉爽了一点。她至少能打起精神做个蔬菜凉汤了。她夏天里唯一能吃得下去的就是冰镇蔬菜汤。她做好汤，放进冰箱，开始收拾厨房。这又闷又热的一天还长着呢。她走到凉台上，毒日头令她根本不敢往街上探头。

这个社区的变化太大了。“越变越好了。”她对自己说道。她从来都不是装模作样地怀旧的人。以前的日子肯定没有现在好过，但是，那时候她的生活更有趣。人老了之后，最怕时间太多，没法打发，电视跟杂志都帮不上忙。她原来至少一上楼就能见到露丝跟吉耶尔莫。

那孩子可真是个阳光小子。她想念这个她当亲孙子一样看待的孩子。卡门想到他，又想起自己的孩子。多长时间没有他的消息了？四年？五年？不过，至少他再也没回来找她要钱。埃克托尔早都帮她处理好了。埃克托尔，可怜的埃克托尔……她不想说露丝的坏话，一点也不想，各家有各家的难处，这个丫头结婚这么多年还是决定离开，肯定有她的理由。可单身男人的日子不好过啊，不管在哪儿，不管是在二十世纪还是二十一世纪，这一条永远不会变。他们没了女人连饭都吃不好。

她想到这儿，觉得这么干有点不合适，但还是决定帮帮他。况且，埃克托尔本人也不会介意她私自去他家。于是她回到厨房，找了个干净的罐子，把做好的蔬菜汤倒出一半，拿上钥匙，去邻居家。她上楼之前，犹豫了一下。最后，善良的本性和想找点事干的想法推着老太太端着大罐子上了楼。她在楼梯拐角处闻到一股奇怪的气味，好像什么东西发霉或发臭了。她岁数大了，嗅觉不算灵敏，可还是能闻到不远的地方传来的这股怪味。她见过小动物被困死在空屋里的事。她不急不慌，继续往上走，终于爬到三楼。她觉得自己就像个好事的邻居，但最终还是开门走进去。

楼上的格局跟她在楼下的房子差不多。所以尽管窗帘全都遮严实了，她没开灯就走进厨房。冰箱空得就跟斋月里的妓院似的，带着心满意足的轰隆声庄重地接纳了这罐蔬菜汤。卡门关上冰箱门，离开厨房时听到主卧室里传出响动。好像房门被风一下子给吹得关上了。可现在没刮风啊，她想道，何况这层楼的窗子全关着，一丝风也进不来。她好奇地穿过饭厅，走到主卧室门前。门确实关着。她慢慢扭动门把手，然后轻轻一推。门打开了。

她被一个她不知道是什么的东西狠狠撞了一下。窗帘的缝隙里透出一丝亮光，她赶紧把手伸向电灯开关，想把灯打开。可她的手指碰到的不是那块塑料板，而是一只手，那只手紧紧按住她的手。她惊得往后一跳，马上明白屋里有人。可是她已经吓得不能动弹。她一动不动地站在原地，看着那个黑影从暗处走过来。她想叫喊，可是喊不出声。她的声带和她整个人一样，被吓得不能动了。

一秒钟之后，卡门闭上眼睛，抬起一只胳膊，天真地想挡住那个握在黑影手中、向下砸来的长棒子。第一棍打在她的肩膀上，疼得她立马放下胳膊；她受了第二棒之后，就掉进漆黑的无底洞里了。

28

埃克托尔和蕾蕾从马尔蒂家出来，走到巴塞罗那中午炎热的大街上。街上连一块荫凉也没有，到处都是太阳光，照得人喘不过气。整座城市好像都在泛着光，没有一点背景色，就像一个声光舞台，台上只有戴遮阳帽、穿短裤、挎数码相机、捏着导游手册的旅游者。埃克托尔走在兰布拉大道上，回想奥古斯塔大街上那所公寓里的事：罗维拉一家，包括阿雷克斯，比他们出来得早；卡斯特尔一家也没待多长时间就离开了。很明显，谁都觉得待在那儿不舒服。萨尔瓦多好像不明白这些人是来吊唁的。他听着每一句“我真难过”，机械地跟恩里克·卡斯特尔紧紧地握手，格洛丽亚和罗维拉太太斜觑着他的眼神里带着些猜疑。无论那两位太太怎么敲门，雷吉纳就是不从房间里出来，也不想在房间里接待任何人。

他们想在街道旁边的露天酒吧坐一会儿。他们知道在这种天气里，唯一能帮他们避开酷暑的东西是空调，可还是觉得在露天更有兴致好好聊聊这个案子里出现的最新细节。他们坐到一张桌子旁，叫了两杯冰咖啡。埃克托尔把刚刚跟菲利克斯和雷吉纳谈话的内容告诉了蕾蕾，但是为了保险，隐去萨瓦尔局长的名字。蕾蕾也把跟阿雷克斯的谈话叙述给萨尔加多，而且说出自己的看法：这小伙子跟吉娜一样，有什么重要的事情瞒着他们。

“你没觉得整个案件的线索都跟这两个人有联系吗？”她刚说完，埃克托尔就问道，“他们就像两根联动的轴，在调动我们。阿雷克斯，所有人的朋友，雷吉纳的相好，天生的操纵高手。另一个是艾瑞斯……虽然她死了。”

蕾蕾听罢点了点头，天气炎热，但她的大脑仍在飞快运转。

“有件事挺奇怪。马克在都柏林时把什么都记下来了。他为什么这么干？还有就是，谁给乔安娜写了那封邮件？”

埃克托尔听到这个问题，脑子里出现一个不着边际的疑问。

“艾瑞斯·阿隆索有个妹妹，好像叫伊内斯，”他马上不耐烦地嗤了一声，“明天咱们就能搞清楚了。我们今天还是重点关注另一根轴吧。”

“根据雷吉纳刚才对你说的话，”蕾蕾在说下去之前思考了几秒钟，“关于阿雷克斯，有一点非常明确：他们俩昨天下午在一起。那么阿雷克斯没有时间去吉娜家。”

督察点点头。

“你知道吗，糟糕的是，我现在想象不出来相关人员中谁能是杀人凶手。这是一群有教养、行为端正的人，一群要面子的人。他们中间如果有人杀了马克跟吉娜，那肯定是迫不得已。要么是因为不共戴天的大仇，要么就是有什么事让他非常害怕，不能自拔。”

“这么说来，咱们得回到艾瑞斯这儿来……艾瑞斯如果真是在水池里淹死的，那无非就是事故，调查没什么意义。”蕾蕾说到这儿，想起在咖啡店里看到的卡斯特尔神父的那张脸，“可关于这一点，我们现在只有那个神父的孤证。”

埃克托尔看着她的眼睛，说道：

“我明白你的意思，但是我们不能太冒进。”

“督察，您看过所有博客文章吗？最后那几天，马克不停重复正义这个词，还说只要目的正确，手段可以忽略，真相就要大白之类的话。”

“他在给妈妈的最后一封邮件里提到，他要回巴塞罗那办一件要紧事。他说他必须处理一件事。这件事，应该与艾瑞斯之死有关。”

“说到联动轴，我觉得您还忘了一根，督察。这根轴恰好贯穿在另外两根轴中间。这个人的名字在这两起案件里都出现过，”蕾蕾说到这儿，换了一副生硬、冷漠的口气说道，“菲利克斯·卡斯特尔神父。”

埃克托尔想：她说得有道理。在他脑子里，神父好像在掩盖什么的想法重新冒出来，而且更加强烈。

“如果真是这样，这件案子就太丑恶了。”

“您好好分析一下关于艾瑞斯的所有细节：厌食，性格突变。这些都跟性侵联得上。那个夏天，马克是那儿唯一的小孩。或许他到了都柏林之后，不知道什么原因想起这件事，得出跟咱们相同的结论。”

埃克托尔跟上她的思路：

“他回到巴塞罗那，就是为了揭示真相？但是，他打算怎么做？举报亲叔叔？”

“他可能已经这么做了，或许找过叔叔了。然后卡斯特尔害怕了，决定干掉侄子。”

这样的分析站得住脚。但是，逻辑往往会忽略人类的情感。

“你可别忘了，他们一直都特别亲密，”埃克托尔反驳道，“马克一直跟爸爸特别疏远，相信我，我知道这意味着什么。后来爸爸重组家庭，他的地位就更低了。叔叔就好比是妈妈的替身。他如果要背叛叔叔，必须有确凿的证据。另一方面，这个人也特别疼爱侄子，对他就像对亲儿子。这我敢肯定。他一直照看、抚养马克……不管怎么说，谁也不会杀自己的儿子。”

“就算为了保全自己？”

“不会。”

一时间，两人沉浸在各自的思绪中。他知道，他现在得甩开卡斯特罗警官，找萨瓦尔谈谈。而蕾蕾现在想的事情与案子毫不相干。一个生疏的父亲，儿子与叔叔的亲情……这些事开始触动她的内心。她忽然特别想见到托马斯。

“我现在得去办点私事。”埃克托尔说道。她听了这话立马轻松地长吁一口气：“好啊，我也是。”她的声音小得只有自己听得清。

“想让你今天下午办件事。”他把声音压低，说出计划。

安德鲁副警长一点也享受不到这个周末的夏季灯火。她在蜡烛光中辗转反侧半宿，一直琢磨那个战战兢兢的女人在中心公园对她说过的话，起床时心烦意乱。她心头的疑惑非但没有排除，反而更强烈了。最后，她实在太烦了，找茬跟老公吵了一架，骂出几句平常不怎么用的难听话。可是无论如何，她还是必须尽快把心里的疑团解开。她比其他同事更敬重埃克托尔·萨尔加多，但是她必须把这件事儿查个一清二楚。或许正是因为她更敬重埃克托尔，才更想这样做。

她现在如果不想马上针对朋友，直接问他是不是在奥马尔消失的当天下午，真的像那个所谓的罗莎说的那样跑去见过他，那么只能从一个线索查起。虽然看着像无的放矢，但值得试一下。那个猪头是从一家时不时给那个鬼里鬼气的大夫提供鲜货的肉店卖出来的。可能是奥马尔本人找他们订的货，也可能不是……

她推开这家离诊所不远的肉店的门时，真希望就是奥马尔本人到这儿来定了那么恶心的货。

肉店里一个顾客也没有。这倒不奇怪，今天是星期六，这么热的中午，没人出来购物。她妈妈从来不屑购买猪肉。柜台另一侧站着一个胖子，腰里随随便便扎着块再也洗不白的围裙。男人看见她之后，嘴角露出笑，可他听明白她到这儿来并不是为了把她家放肉的冰箱填满之后，马上把到了嘴边的客气话咽回去。

“你们都派人来调查过了，”他不耐烦地分辩道，“您还想让我说啥？有人找我买猪头，我就卖给他。他买回去干什么用，我管得着吗？”

“您这话没错。我没问您别的，对吗？我是说，一般肉铺里不常有猪头卖。”

“整个猪头当然不常见。不过猪的全身都是宝啊。”他不无得意地点评道。

“那个大夫是自己来找您订的猪头，还是打电话过来的呀？”她问道，这时一个十五六岁的小男孩从仓库出来。一眼看上去，这个孩子就是肉铺掌柜的缩小版。“这是我儿子，猪头就是他送到家里去的。对吧，乔尔第？我们是小本生意，得好好对待主顾太太。”

“还得好好擦擦玻璃。”马尔蒂娜暗想。

“电话是谁接的？您，还是您儿子？”

“我。”小男孩回答。

“你还记得电话是什么时候打过来的吗？”

“两天还是三天以前吧……记不清了。”这显然不是什么聪明孩子，对谈话也不太上心。不过，他猛然想起来一件事：

“这回电话不是他自己打过来的。”

“不是他？”副警长竭力掩饰语气中的兴奋，“那是谁打的？”

男孩耸了耸肩，嘴巴半张着，不说话了。马尔蒂娜真想上去好好摇晃摇晃他，把傻乎乎的表情从他脸上抹掉。但最后只是笑着问孩子：“是他的助手吗？”其实，她不知道奥马尔有没有助手，可她当时只想出这么个词来。

“我不清楚。”乔尔第拼命想了半天，最后只说了这么一句，嘴又张大了至少两毫米。

“他怎么跟你说的？你知道吗，这事非常要紧。”

“他就是那么说的。”

马尔蒂娜咬了咬嘴唇，无计可施。不过她的表情好像给了肉铺候补掌柜启发：

“是个男的，他说他替奥马尔大夫订货，让我那天下午下班之前送个猪头去。”

“你照办了？”

“当然，我亲自送的。”

“看见奥马尔了吗？”

男孩摇了摇头。

“没有，那个订货的家伙说大夫正忙着呢，有人看病。”

“你怎么知道就是他订的货啊？”

乔尔第觉得这个问题挺奇怪：

“那还能是别人？”他见这个回答没能让这位刨根问底的太太满意，就补充一个细节，“口音也一样。”

“哪儿的口音？”

“南美，不过我不确定。”

看来马尔蒂娜不拿出点超出人类极限的努力，恐怕没法从这孩子的嘴里得到明确的信息了。

“你好好想想，”她努力寻思怎么给这孩子一个他能明白的类比，然后柔声细气地问道，“他说话像小罗，还是梅西啊？”

这个类比立马让这个肉铺小徒弟茅塞顿开。他露出快乐儿童的笑脸：“对了，像梅西！”如果不是因为副警长用眼神逼他闭嘴，他肯定喊出“巴萨万岁”了。

29

路易斯·萨瓦尔住在火车北站附近的奥西亚斯·马尔赫街一套舒适的公寓里。星期六吃饭的钟点在家里招待部下可不是局长的习惯，所以他今天开门一看是埃克托尔来访，已经有点意外，再听到他说话的腔调，就不只是意外，而是有些惊诧了。他的几个女儿今天不在家，夫人跟着一群朋友去了海滩。局长一大早起来，本打算独自在家清清静静地做那个五千片一幅的拼图，他还差一千多片才能做完。拼图是他最喜欢的消遣，既不破财伤身，又能放松身心。所以他太太跟女儿就不停地给他买回拼图，撺掇他一幅接一幅地拼，越复杂的拼图对他而言越好。他正在拼的这幅是《神圣家族大教堂》，他拼的进度，跟那栋建筑的实际建造进度相仿。

“喝点什么？来杯啤酒？”萨瓦尔问道。

“不用了，谢谢。路易斯，真是不好意思，今天还来打扰你。”

“没事，反正我也没别的事可做。”他嘴上这么说，心里痒痒的，还想着那幅伤脑筋的拼图。“你别站着呀，坐。我自己去拿啤酒喝，你真的不要？”

“真的。”

埃克托尔坐在单人沙发上等着，心里盘算着，怎么跟他提这件事。

萨瓦尔不一会儿就拎着两瓶啤酒和两个酒杯回来了。埃克托尔经不住让，只好接了啤酒，看着对面的局长，心里暗想：做大官的人，千万不能再穿短裤。

“你今天来是为了什么事？”局长问道，“那个女孩子的案子有进展了？”

“吉娜·马尔蒂？”埃克托尔摇头，“没什么进展。我们还在等法医鉴定报告。”

“那还有什么事？”

“我今天想跟你私下谈谈，不在局里谈，”埃克托尔说到这儿，对他自己这么兜着圈子聊天有点恼火，于是直奔要点，“你怎么不告诉我你认识卡斯特尔一家人？”

这话问得有点控诉的意思，萨瓦尔一听就变脸了。

“我跟你说过，我以前跟那孩子的妈妈是朋友。”

“这个我知道。我指的是你以前办过一件跟他们家有关的案子，”他不知道局长是否明白他指的是哪件案子，他也许需要再提个人名，于是补充说道，“好多年以前，有个女孩在夏令营的水池里淹死了。那个夏令营的主任或者负责人是菲利克斯·卡斯特尔。”

萨瓦尔本来可以装糊涂，假装他已经忘了这件事，或者压根就没把这两件相隔十三年的死亡案件和死者的名字联系起来。埃克托尔可能会相信他。不过，眼神已经出卖了他。明显能够看得出来：虽然过了这么多年，艾瑞斯·阿隆索淹死在水池、身边全是玩具娃娃这案子，他仍然没忘。

“我不记得那个小女孩的名字了。”

“艾瑞斯。”

“对，这个名字当年不太常用。”局长把啤酒杯放到两人之间的小茶几上。“你有香烟吗？”

“有啊。我还以为你不抽烟呢。”

“偶尔抽一支。”

埃克托尔递过一支香烟，替他点上，又给自己点了一支，等着他说。两人喷出来的烟雾形成一小片白云。

“我们抽完得开窗户，”萨瓦尔说，“不然艾蕾娜又要和我吵了。”

“你还记得那件案子吗？”

“记得不算太清楚，埃克托尔，记不清多少了。”他的眼神仿佛在说：他能记得的东西不多，可说起这案子，绝对让人心里难受。“你怎么今天想起问这个来了？跟乔安娜儿子自杀有关系吗？”

“我还不知道，你也许能提供点信息。”

“我还记得马克那时候只是个六岁的孩子。这件事把他吓坏了，对他的冲击太大了。”

“是他先发现的，对吗？”

萨瓦尔点点头，没问他是怎么知道的。

“我是说，他们是这么说的，”他摇摇头说道，“小孩子不应该看这类事情。”

“没错，而且他们也不应该在池子里淹死。”

局长白了他一眼。他刚才已经有点厌烦，脸色难看。他听到这话，更加不耐烦。

“我不太喜欢听你这么说话。你到底想问什么。”

“我不知道该问什么。”埃克托尔在心里说。

“路易斯，咱们认识好多年了，你不光是我的上司，你拿我当朋友。我现在想知道的是，那个小女孩的案子里是否有疑点。那些疑点能不能在十三年后对有些人构成威胁。”

“我没听明白你在说什么。”

“你听明白了，”埃克托尔深吸一口气，接着说，“我说什么你一清二楚。我想弄清楚那个案子里的一些细节：比如艾瑞斯不愿意吃饭，死之前两天夜里出逃，死之前最后那一年里性格突变，不服妈妈管教。你难道不会联想到一些事么？”

“埃克托尔，你现在说的是好多年前的事。”

“可是，性侵未成年人不是现在才有的事吧？路易斯，这种情况一直就有，好多案例都是多年之后才曝光的。”

“我猜，你是在影射什么人吧？”

“我谁都没影射。我在质疑。”

“可是一点证据都没有啊。”

“呵，没有？你不觉得那个女孩的行为举止就足够引起怀疑吗？或者说，你们听了卡斯特尔神父的孤证就相信了？一个出身上等人家的教士？怎么能怀疑这样的人呢，是不是？”

“够啦！不要用这种口气说话。”

“那我换一种口气吧。艾瑞斯的死真是意外吗？”

“不管你信不信，就是意外。”萨瓦尔想给这个结论增加足够的权威，所以盯着对方的眼睛。

埃克托尔没别的办法，只好接受，但他不甘心就这么认输。

“那些玩具娃娃呢，它们怎么会到了水里？”

“我说过了，够啦！”这句话已经不再是对话，更像威胁。“你要想重新查这个案子，就去调卷宗。这个案子里没什么见不得人的东西。”

“但愿我能相信你。”

萨瓦尔严厉地看着他。

“我不想和你闲扯。那个女孩就是在池子里淹死的，那纯属意外。这种事情的确可怕，可每年夏天都有。”

“你真的没别的话可说？”

萨瓦尔摇了摇头。可是他看到埃克托尔站起身来准备道别，又说：

"埃克托尔，你说咱俩是朋友。那么，我说的话你能认同吗？我本可以命令你别查这件案子，可我情愿按朋友关系处理这件事。我已经够意思了，现在看你的表现了。或许现在就是你表现的时候。"

"你是让我帮忙吗？那你就明说，不然我不知道该怎么办。"

萨瓦尔的眼睛死盯着地板。

"你应该明白，所谓正义是双面镜，"他慢慢抬起头，一字一句地说道，"镜子这面是活人，那面是死人。你觉着哪一面更重要？"

埃克托尔摇头，看着上司。他从心里感谢上司在他最倒霉时帮他一把，而且一直对他信任有加。但他还是站得笔直，说道：

"所谓正义是个模糊的概念。路易斯，咱俩在这一点上没分歧。所以我宁愿谈真相。因为不论对死人还是活人而言，真相都只有一个。我今天是来寻找真相的。不过，我看我是找不出真相了。"

埃克托尔等电梯的时候，忽然心头一阵苦涩。他想回去重新敲门，把刚才的谈话重新来一遍。他的手已经放到门铃上时，手机响了。于是他决定先接电话。马尔蒂娜·安德鲁打过来的，告诉他他的房东卡门在他们家被人袭击。这时候，电梯已经走了。他不想等电梯，直接跑下楼，打个车，直奔海洋医院。

30

如果说征服一个男人必须首先征服他的胃，那蕾蕾肯定不能凭她从快餐店买回来的这四样菜就让托马斯臣服在她的脚下。蕾蕾看着他痛苦地嚼着重新加热的炸丸子，同情起他来。托马斯接听她电话时说话还不利索，看来跟同事们绝对不是喝了一杯，至少耗到后半夜。他在电话里不太情愿地答应来蕾蕾家吃饭。他到这儿以后，强打起精神，勉强地吃着，不敢想后边的甜点会多么难以下咽。

“你昨晚过得怎样？”托马斯一边问她，一边揣摩是不是应该再强塞一个汪着一层亮油的丸子到嘴里。最终他选择喝水。

“够麻烦的。死了一个姑娘。在自家的浴缸死的。”

“自杀？”

“现在还不能确定，”她用好像要把话岔开的语气说，“真不应该把你这么早叫醒……不过咱们有事要说。”

“呦。好像不太妙啊，”他冲她一笑，一脸厌恶地把盘子推开，“我一点儿也吃不下。”

她倒是有点饿，不过也不太想吃。她打算在把体重减到正常水平之前，不吃汉堡这类东西。她现在又想起玛莉亚的劝告：告诉他又能有什么好处？她可以跟他说她现在另有相好，跟他分手，让他安心继续过自己的生活，根本不知道自己还有个孩子快要降临。她找到另外一份艳遇，欲仙欲死地爽几把，很快把这个新人也忘了。或许托马斯还会打电话过来，她不接就是了。她想到这儿，长叹一口气：她非得这么真诚吗？她从来就没学会骗人，不管是为了自己还是为了别人。有时候，她已经把瞎话编好了，可瞎话到了嘴边，又变成实话。现在，她重新思考要不要说。不管怎么样，她不会跟他要求什么。既不要他的钱，也不会让他负什么责任。这孩子的确是他们两人的，可要不要留下，由她说了算。托马斯可以离开，她也不会去找他。可她想到这种假设可能即将变为现实，心里比自己预想得难过。这时候，她猛然意识到托马斯正跟她说话，赶忙回过神来，打住思绪。

“……咱们顺其自然吧。我知道相互承诺会让你有压力，你跟我说得非常清楚了。可我觉着认真对待可能挺有意思的。”

“你刚才说什么了？”

“我是说游艇的事儿，”他奇怪地看着蕾蕾，笑了，“我还以为是我心不在焉呢……”

“当然了，肯定挺有意思的。”

他无可奈何地举起双手，表示服了她。

“你们女人简直太难懂了。我还以为租个游艇，咱俩一块待上十天，可能会给你造成心理负担呢。或者让你有压力什么的……”

“我怀孕了。”

他听到这话愣了几秒钟，好像需要时间处理这条刚接收到的信息，然后又用了几秒钟判断：蕾蕾既然跟他说这件事，那么他跟这件事有关。

“你……怀孕了？”

“我礼拜一还得到医院去，不过我已经敢肯定，托马斯。”

“那这……”他深吸一口气，还想问下去，但蕾蕾已经回答了他。

“你的。我对这一点也敢肯定，”她用手势让托马斯他闭嘴，“别着急，托马斯。你想好了再说，现在不用说什么。”

他真的不知道该说什么，只是干咳。托马斯在椅子上动了动，蕾蕾不知道该怎么形容他脸上的表情：惊愕，迟疑，或许是疑虑。

“你听我说，”蕾蕾接着说道，“我告诉你，是因为你有权利知道。你如果现在抬屁股就走，我完全能理解。咱俩又不是未婚夫妻的关系，而且也压根没打算确立关系。你走了，我也不会觉得伤心、沮丧，也不会……”

“好家伙！”托马斯身子朝后一仰，靠在椅子背上，看着她，好像没法相信她说的话，“我现在就算想抬屁股走人也不行了。”

蕾蕾忍不住笑了。

“对不起，”她轻声说道，“我知道你没想到我会跟你说这件事。”

“当然没想到。不过我还是得谢谢你告诉我。”他好像开始做出应对了。他再次一板一眼地问：“你确定吗？”

“确定是不是你的？”

“确定你是不是真的怀上了！你还没见过大夫呢……”

“托马斯！”

“好了，好了。那你打算怎么办？”

“你是问我要不要？”这个问题问得合情合理。“要啊！”

“好吧，”他慢慢点着头说，“所以说你只不过是通知我一声，对吗？”

“没错。”

“那么你留给我的选项是……”

“你可以现在就走啊，出去买包烟，然后一去不回头，”她说，“或者留下来当孩子的爸爸。”

“买烟这个故事现在已经过时了吧？”

“经典永远不过时。”

他无可奈何地笑笑说：

“你真是令人难以置信啊！”

“托马斯。”蕾蕾一本正经地看着他，尽量挑选合适的词汇，精确地表达自己想要表达的意思。不能让他感受到威胁，语气里也不能带有强迫的意思，更不能显得自大。“说实话，你挺招我喜欢的。我的确喜欢你。可是咱俩没什么确定关系，不算未婚夫妻，也没有类似的关系。我不知道自己是不是爱上你了，而且也不觉得你真的爱上了我。说实话，我都没弄清楚爱上一个人到底是什么样。不过，我如果没怀孕，还会这样跟你定期约一下，然后，看情况再做打算。可现在，”她指着自己的肚子，“情况变了。”

他点点头，深吸一口气。各种各样的念头、问题和选择在他脑子里不停打转。

“你别生气，”他最终开口，“我需要时间好好想想才能拿主意。”

“不光你一个人需要时间。咱俩人都还有七个来月的时间考虑。”

托马斯站起身，她知道现在托马斯要走了。

“我给你打电话。”他说。

“好吧。”她眼睛盯着桌面，不愿意看他。

“听着……”托马斯走到她跟前，抚摸着她的脸蛋说，“我可不是开溜，我暂时离开，行吗？”

蕾蕾转过身来对着他，忍不住谐谑道：

“你香烟抽完了吧？”

托马斯从上衣口袋里掏出一包烟，说道：

“没有。”

蕾蕾没再说话，托马斯往后退了一步。蕾蕾能感到脸蛋上的手正慢慢离去。她闭上眼睛，听到大门的响动，再睁开双眼时，托马斯已经不在了。

31

现在是暑期的周末，海洋医院的候诊大厅里塞满病人。埃克托尔费了老大劲才找到安德鲁副警长。实际上是她首先看见埃克托尔，拍了他的肩膀一下。他吓了一跳，回过身来。

“马尔蒂娜，怎么回事？”

“我也不知道，好像有人闯进她家，打了她。挺严重的。埃克托尔，她已经进了重症室，还没恢复知觉。”

“他妈的。”他表情狰狞，副警长害怕他失控。“埃克托尔，咱们出去说话。我有话问你。”

她以为埃克托尔不会答应她出去，先要找大夫问伤情。可埃克托尔先问了一个她早就知道他非问不可的问题：

“怎么是你发现她挨打的？”

副警长盯着他，希望从他那张五官已经错位的脸上看出一丝他能跟她出去说话的意思，但是没找到。于是她低声对埃克托尔说：“我正要跟你谈这件事。咱们出去说。”

下午三点半，温度计上的读数是三十摄氏度，阳光把所有汽车的后视镜都照得发亮。浑身冒汗的埃克托尔点燃香烟，狠狠抽了一口。他的胃有点翻腾，所以尼古丁的味道显得很奇怪。他把半截香烟扔到地上踩灭。

“你镇定点，埃克托尔，求你了。”

他往后一仰头，深吸一口气。

“你是怎么发现她的？”

“你先别急，听我先跟你说两件事。我有奥马尔案的新线索了。”她等着看同事脸上的新表情，可这张脸只是告诉她，他现在就想知道她是怎么发现卡门被袭击的。“埃克托尔，我礼拜三吃饭时问过你，现在，咱们得实话实说了，你礼拜二那天是不是找过奥马尔了？”

“你这是什么意思？”

“妈的！你回答我！这事要真的无关紧要，我至于这么问你吗？”

埃克托尔既恼火又失望地看着她。

“我再跟你说一遍，我礼拜二没见过奥马尔。我自从那天揍了他之后就再也没见过他。”

“那你礼拜二下午干吗去了？”

“什么也没干，我回家了。”

“你没给前妻跟儿子打过电话？”

埃克托尔把视线转向别处。

“你他妈到底干吗去了？”

“我就在家里干坐着，等着有人能给我打个电话，那天是我的生日。”

马尔蒂娜听了忍不住大笑起来。

“妈的！埃克托尔，暴捶嫌疑人的当月猛男，居然因为没人想起给他打个电话就坐在家里哭？”

他也跟着苦笑。

“你不知道人岁数大了容易多愁善感吗？”

“真要命，我没法不相信你。可是现在有个目击者说，她礼拜二傍晚八点半在他家附近见过你。”

“你说什么？”他几乎是叫喊地说。

“埃克托尔，我只不过是告诉你我调查到的情况。其实，我本来没必要这么做，所以你也别嚷。”她把罗莎的证词，还有从肉铺探听到的情况对他详细叙述了一遍。“所以我才去你家。楼梯口的门当时开着，我就上楼了。我到了楼上，发现你家的门也没关，觉得奇怪。我推开门，发现可怜的老太太躺在地上，已经失去知觉。”

埃克托尔听着同事把这段完整地讲完，一句话也没插。他一边听，一边想着这件事跟其他那些零散的片段有什么联系：他狂揍奥马尔的那段令人心惊视频，露丝在海滩的视频……他没想出什么名堂，但觉得安德鲁应该知道这些事情。他不想再瞒着她什么了。于是她说完之后，埃克托尔把他知道的情况都说了。此后，两人沉浸在不同的疑虑之中，都不说话。过了一会，埃克托尔紧张地从手机通讯录里找出儿子的号码，拨了出去。谢天谢地，这次吉耶尔莫接听了。他跟儿子通了两分钟的话，尽量假装一切正常。然后，他又拨了露丝的电话。回答他的是一个冰冷的声音：电话关机或不在服务区。

他打电话时，察觉到安德鲁一直在专注地看着自己。但是他并不介意，她有资格听他通话。而且她也的确有根据怀疑他。他想到这儿，突然觉得命运好像跟他开了一个玩笑。不到一个小时之前，萨瓦尔跟他说了那一套，现在他可以把它在安德鲁这里派上用场：他现在靠的不就是交情、信任，和这么多年一起共事的面子吗？

“露丝没接电话？”埃克托尔把手机收起来时，她问。

他转身对同事说：“不是，她不在家，到她爸妈位于锡切斯的公寓去了。我过一会儿再给她打。你应该清楚，DVD 那事把她惹恼了。马尔蒂娜，我有点害怕。我觉得身边的人都有危险。我自己，我家，我的家人……现在卡门又这样。这绝不是巧合。有人正想毁了我的生活。”

“所谓的奥马尔的诅咒。你别想太多。”

他露出一丝苦笑。

“我现在什么事都相信，”他想起大学历史系教授说过的话，“但是我得尽量不让自己掉进这个圈套里。我去看看卡门怎么样了。你不用陪着了。”

她看了看表，已经四点十分。

“你真的不用陪着？”

“当然不用。马尔蒂娜，你相信我吗？我知道我这么说有点怪，但是现在我只能要求你无论如何相信我。这对我来说非常重要。我没去找奥马尔，也没打电话定猪头。我根本没到他那儿去过。我向你保证。”

她沉吟一会儿，比埃克托尔预料的时间长，可比她需要的时间短。最后，她开诚布公地跟他说：

“我相信你。不过你现在真的有大麻烦了。萨尔加多，我必须指出这一点。我这会儿真不知道谁还能帮上你。”

“谢谢，”埃克托尔放松双肩，转向医院大门，“我进去了。”

“有什么新情况，及时告诉我。”

“你也一样。”

马尔蒂娜静静地站了一会儿，目送埃克托尔消失在医院的大门里。然后，她慢步走向出租车站，上了排队等客人的第一辆车，跟司机说了萨尔加多的住址。

埃克托尔坐在重症室外边的一把塑料椅子上，看着医院工作人员和病人往来穿梭。一开始，他看他们的身体，可慢慢地，他把注意力集中在人们的脚步上：有快的，有慢的，有坚实有力的，有疲惫不堪的。他慢慢觉得眼前看到的东西消失了，他进入了这五天来发生的各种事件的回忆之中。飞行，行李箱丢失，跟萨瓦尔谈话，到奥马尔的诊所，这些跟马克、吉娜两案相关人的供述混杂在一起。他看见可怜的吉娜在浴缸里流干了血，那个小女孩淹死在水池中。这几天的经历，就像一部冲击力极强的超现实主义的电影。

他懒得费神整理这些情节的顺序，由着它们在他的脑子里自由流动，在他记忆的屏幕里争抢特写镜头的长度。

一阵噪音慢慢把他团团围住，他脑子里的影像陆续消失。然后乱糟糟的喧闹消失，他意识里只留下一幅模糊不清的图像。图像里的主角是他，一个粗鲁暴躁的埃克托尔·萨尔加多正狂怒地暴捶那个毫无防范的家伙。一个画外音插进来，声音是那个看着像他儿子的小心理医生发出来的："想想你还有什么时候因为愤怒失控。"他这几天不光没想过自己何时愤怒到失控，压根就没想到过要想想。但是现在，他等着医生跟他交代卡门这个一直都拿他当亲生儿子看待的老太太的伤情时，竟然冲破心理藩篱，回想他这辈子另外一次被暴怒冲昏头脑的时刻：那一次，他的整个世界好像一片漆黑，所有感受苦得像胆汁一样。那是他少年时代的最后记忆，也是他用暴力方式结束那个年代的一天。他十九岁之前每天都挨打。揍他的是他那个外表体面、可实际上就是个混蛋的所谓模范父亲。父亲每次教训他时下手从来不犹豫。埃克托尔在十九岁之前，不止一次地问：爸爸每次生气时为什么总是揍他，而不揍他哥哥呢？其实他哥哥挨的揍一点不比他少。他后来明白了一件对他来说非常残酷的事：爸爸那时候已经知道他打心眼儿里恨死他了。他在童年时代最苦涩的日子里，也一直觉得这家里除了他们兄弟俩，还有一个受难者在挨他爹的揍。只不过那件事总是背着人，恰好被安排在走廊另外一端的卧室里，门关了起来。他妈妈那么多年一直把身上的伤掩盖住，没让大家发现。这足以说明，在那个家里，保守秘密是金科玉律，在那个家里，最好闭嘴。

他最后因为巧合揭穿了这事。又一个周五下午，他在参加曲棍球训练时把脚崴了，提前回家。他以为家里没人，因为他哥哥那天也有训练。妈妈说要跟爸爸去探望生病的大姨。他以为家里没人，期待好好享受盼望已久的独自在家的那份惬意。他按照爸爸立的规矩，进家门时没出声，所以清清楚楚地听见一声又一声撕心裂肺的惨叫，一下又一下打人的声音。他的脑子一下子炸开，所有声音都是从那扇门后面传出来的。他径直闯进去。爸爸看见小儿子时，脸上露出惊愕和恐惧的表情。而他毫不犹豫地一球棍打在爸爸的胸口，然后一下接一下狠狠抡在他的背上，直到听到妈妈的呼喊才恢复理智。第二天，爸爸伤还没好就给这个学习成绩优异的小儿子办齐到巴塞罗那继续学业的全套手续。他们家在这儿有亲戚。埃克托尔明白这是最好的解决办法，他可以重新开始、告别过去。唯一让他难过的是，他得离开妈妈，不过妈妈宽慰他说她没事，那天的事并不经常有。他离开那个家，尽量不想过去的事。而现在，他坐在这张白色的塑料椅上，这段记忆在他的意识里越来越清晰，但他的苦恼越来越削弱，最后被一种怪异的安详取代。这是一种酸中带甜的安详，非常真实，他从来没体验过。最后，他坦然地对自己说道，如果憎恨倚强凌弱就是导致他年轻时，或者几个月前失控的唯一原因，那他不在乎最后的结果是什么，别人爱怎么说就怎么说。

他不知道等了多长时间，直到一只手拍了拍他的肩膀才回过神来。他抬眼一看，面前站着个穿白衣服的人，那张脸好像是专门为了向人们宣布坏消息设计的。他说卡门·雷耶斯·冈萨雷斯现在已经脱离危险，不过还要观察二十四小时，完全康复需要更长时间。不过他又例行公事地补了一句埃克托尔不大爱听的话：没查出来什么更严重的伤，但是鉴于患者的年龄，不排除几个小时之内还会出状况。他现在可以进去探视，但时间不能太长。他进去之前，那个长了一张抬棺者脸的大夫又用敬佩的口气说了一句毫无职业水准话，称赞那些生存愿望极强的老人："他们简直不是一般材料做出来的。"他一边说，一边摇晃着脑袋，好像瞧见了什么前所未见的事。

32

蕾蕾看着表，不由得做了个厌烦的表情：男人么都这样？你需要他们的时候，怎么也找不到他们。“我现在说话越来越像玛莉亚了。”她自言自语道。不过她现在并不是在褒贬托马斯，他走得已经算是难得体面了。督察跟她说下午晚些时候给她打电话，再细聊一下案子。现在可好，虽然下午晚些时候不是个准确的时间概念，可他怎么也得联系她一下，哪怕只是告诉她他还活着。她忍住了，没给他拨电话，因为无论如何，他算是她的上司。她最好别惹任何一个头儿不高兴。

不管怎么说，她今天一下午把该办的事都办了，她心满意足地想。如果要一一列举的话：她把餐桌收拾好了，把剩下的丸子扔进了垃圾桶，然后还好好哭了一场，她把这归结为自己正处于容易犯傻的妊娠敏感期。接着她洗了个淋浴，穿上休闲服，去警局办了督察交代给她的第一部分任务。她对第一项手到擒来：一个叫伊内斯·阿隆索·瓦尔斯的人将要乘坐都柏林到巴塞罗那的航班，当地时间明天九点二十五分到达。她还查了一下这个人的资料，没发现任何重要情况。这个姑娘今年二十一岁，在爱尔兰学习两年，是马蒂亚斯·阿隆索和伊萨贝尔·瓦尔斯的女儿。她父亲十八年前去世，那时候伊内斯还年幼。她母亲仍然健在。蕾蕾按照萨尔加多的吩咐，还查询了她们家的住址。第二项任务……蕾蕾又看了看表，好像她多看几眼，它就能走得更快似的。她真想给督察拨电话，可时间还早。警局里星期六特别清静，她找不到什么消遣，所以干脆想心思打发时间。她不由自主地又想起今天午后跟托马斯之间的谈话，同时也第一次想到，除了他之外，还有些人得知道她现在的情况：父母，另外，她早晚得告诉上司。“过了夏天再说吧。”她琢磨着怎么跟头儿们说这事，既不受责备，也不用听他们的指导。她听说过不下一千遍，最好等三个月之后再把这种事说出来。她今天还第一次想到这个最近几个礼拜除了让她干呕什么都没做的小生命，几个月后，就会趴在医院病床上她的身边，她得孤单地面对这个啼哭的孩子。这个画面一闪而过，她心里的酸楚多过欣慰。她不愿意再想下去。督察还没来电话，她拿起座机，拨了玛莉亚的号码。这个时候，桑迪和他那个非洲乡间诊所应该会是个让她振奋的话题。

巧合的是，在同一时刻，还有个人想到了非洲。这不是因为位于欧洲南部的巴塞罗那今天热得更像非洲，而不像欧洲的大部分地区。

太阳仍在肆意暴晒时，出租车把马尔蒂娜·安德鲁放在埃克托尔·萨尔加多居住的那栋小楼的大门口。那两个早就等得不耐烦的警官终于可以交差，如释重负地撤了。他们离开时，其中一个对她说那栋房子里的气味简直没法闻。她自己也觉得气味不对，但是不想为此把这两个警察留下来，他们也不愿留下来。副警长决定自己去查看一下，不让同事见证她的行为。她感觉卡门受袭击绝非偶然，埃克托尔讲得有道理，他身边最近确实出了不少事，而且没一件是好事。另一方面，罗莎、肉铺父子说见过埃克托尔。埃克托尔请求她绝对相信他，她答应了，可她毕竟是警察，必须在看到确凿无疑的证据后，才能推翻目击者的证词。

现在楼里只剩下她一个人。她先把卡门家的门打开，快速扫视一圈：门厅与厨房由一条很短的通道隔开。卡门是被从正面袭击的，所以从逻辑上分析，可怜的卡门很可能是给某个陌生人打开门，这个人进屋之后袭击了她。可是，袭击的目的是什么？房间没被翻腾过，看不出少了什么东西；抽屉、橱柜都没打开过。莫非那家伙打完人害怕，赶紧逃跑了？不，不是这样，她觉得这个推测不靠谱，因为他用金属钝器击打了卡门两次，没把凶器丢在现场。副警长暗骂一句，把视线转向装着电表的小柜子。她如果没猜错，这个小柜子里应该有埃克托尔·萨尔加多公寓的钥匙。换了是别人，肯定也会像卡门那样，因为私闯别人住宅而良心不安，可她不会，她这么干是迫不得已。

马尔蒂娜手里拎着一串钥匙，顺着楼梯往上走，一股恶臭扑面而来，再走几步，臭味又减弱了。她得赶紧在埃克托尔回来之前把他的家搜查一遍。她谨慎地把钥匙插进锁眼里，可她还没把钥匙拧到位，锁就打开了，该把这破烂扔进垃圾堆了。她进了门，窗帘紧闭着。她一边盘算从哪儿开始搜，要搜什么，一边把灯打开。首先，她扫视一眼地板，没发现异常。她又走到厨房，打开冰箱。里边只有几瓶啤酒跟一罐蔬菜汤。马尔蒂娜没法想象埃克托尔做蔬菜汁凉汤的样子，但那看上去的确是自己做的食物。她出了厨房，穿过餐厅，走进卧室。床没有收拾，一个行李箱打开，扔在房间的角落。典型的光棍汉卧室的景象。

她这时候心里才觉得有点对不住埃克托尔，退回餐厅，准备离开，突然发现电视的屏幕在闪动。埃克托尔没关电视就出门了？不对，不是电视，是 DVD 屏幕保护在一闪一闪。

埃克托尔如果没有跟她提到过视频的事，她可能根本不会想到按播放按钮。马尔蒂娜看到画面立即恶心得五脏六腑都快翻出来了，对埃克托尔的怀疑变成确定无疑。她为了把全部细节看得更仔细，忍着恶心又看了一遍，幸亏这段视频只有几分钟。这次，她清清楚楚地看见一个黑人老者的脸被打得鲜血淋漓，马上就快失去意识。他干裂的嘴唇几乎哼不出声来，眼睛也散了神，根本没法盯住拍摄整个过程的那个人。模糊的图像里，奥马尔大夫正拼命想最后一次睁开双眼，可他被打得实在太惨了，连睁开眼睛的力气都没了。马尔蒂娜·安德鲁清晰地听到一声叹息，见证了死亡逐渐笼罩这副面庞的全过程。视频随之结束，电视屏幕变成深灰色的一片雾。副警长凭借多年的办案经验，知道下一步该怎么做。目击者的证词，奥马尔失踪，再加上这段可怕的视频……原来支离破碎的信息现在全都联系起来，形成一个她不太情愿接受但又符合逻辑的结论。楼梯上还在散发出臭气，她循着这股臭气找过去。

然而，这所谓的下一步她走得并不轻松。马尔蒂娜本想直接给警局打电话叫支援，但是她犹豫很久之后，决定弄清楚情况再说。她离开埃克托尔的公寓，下楼来到第二层，步伐铿锵坚定得像个机器人。卡门的钥匙串上拴着的钥匙数不清，她对着锁孔试了几把才找对。她刚一打开门，一股恶臭就扑面而来。这层房子没通电，她只好摸索着前行。她靠着嗅觉走进一间小屋，进到屋里之后，摸到一扇窗户旁边。她拉开窗帘，屋外的光亮一下撒满这个小房间。她早就有心理准备，就是为了找尸首来的，但是，她真正看到奥马尔的尸体时，还是被吓了一大跳，转身往外跑。她径直跑到二楼的大门，一下把门关严，紧闭双眼，用后背死顶着门，好像门后有鬼追她，她生怕鬼魂冲出躯壳，附到她身上。她就这么呆了好几十秒，也可能是好几分钟，心里想着待在里面的那个家伙现在已经伤害不了她，然后才定下神来。她再睁开眼睛时，又被眼前的一张阴沉的脸吓得大声尖叫。她又惊又怕地看到，站在她面前的正是她现在最害怕见到的老朋友。

再也没有比百无聊赖地等别人的电话更难熬的事了。卡斯特罗警官身上的确有不少美好品德，可耐心从来跟她不沾边。她时不时看看手机上的通话计时，跟玛莉亚扯了四十多分钟之后，终于非常不满，决定主动打电话给埃克托尔督察。但是去电被自动转到语音信箱。她迟疑片刻，最后还是把下一步行动计划告诉给上司，免得以后落人口实。

“督察，我是卡斯特罗。现在已经七点钟了，我一直没等到您的电话。我现在请求执行对鲁本·拉莫斯的行动。您如果有什么指示，请打电话给我。”

她不确定萨尔加多是否希望她这么干，可是她压根也不是那种特别在乎同行意见的人，尤其是男同事的意见。所以，她尽管明知道这么做有点冒险，可还是从笔记里找出鲁本的电话号码，拨了出去。一个年轻的声音不太自信的答道：“喂——”她用同样的腔调，故作紧张地在电话里向对方解释，阿雷克斯给了她这个号码，她今天晚上要跟男友一起过生日，想好好“嗨”一把。她还说一份就够了，尽量装得像个有钱人家的孩子，是阿雷克斯的主顾。他们约好见面时间、地点之后，她匆忙说了句“再见”，立马断电话。

她挂上电话之后，想到这事可能会让督察不痛快，于是又给他拨了个电话。还是招人烦的语音信箱，她干脆挂上电话，一句话也没留。

33

马尔蒂娜靠在门上，纹丝不动，眼睛死死盯着萨尔加多，好像要从他的眼里看进他的内心。

可她没做到，埃克托尔从她的眼睛里看到了这几分钟里一直笼罩她全身的巨大恐惧。

“你别过来，埃克托尔，”她语气冰冷而又坚定地警告他，“这是犯罪现场，你不能进去。”

他往楼梯口退了一步，非常配合。现在，那股臭气已经没遮没挡地传遍走廊。

“你在屋里发现了什么？”

“你自己不知道？”

“我不知道啊。”

“奥马尔在里头，埃克托尔，他死啦。被人活活打死的。”

埃克托尔凭借多年经验，早就学会在这种情况下保持冷静，脸上不露出任何表情。两人就这么面对面站着，像即将决斗的两个对手，一言不发地对峙了好几秒钟。马尔蒂娜也在谋划接下来该怎么办。她面前站着的这个人有重大杀人嫌疑：有人目击这个嫌疑犯在遇害人失踪的当天下午找过遇害人；这个嫌疑犯跟遇害人之间有特别深的梁子没解开；这个嫌疑犯家里有这件案子相关证据；现在，就在这个嫌疑犯住所的楼下发现了遇害者的尸体。她现在别无选择，换成是萨尔加多自己，也知道该怎么处置。

“埃克托尔，我必须以涉嫌杀害奥马尔大夫的罪名逮捕你。劳驾配合点，别给我找麻烦。”埃克托尔把双手伸向她。“你打算把我铐起来？”

“但愿没这个必要。”

“我现在跟你说这事跟我一点关系都没有，还有用吗？”

“这会儿说这个没用。”

“那好吧。”他无奈地低下头，这个动作让副警长有点同情他。

“我保证情况总会搞清楚，可现在你最好跟我走一趟。这也是为你好。”

他缓慢地点了点头，然后抬起脸，出乎副警长的意料，笑了一下：“知道吗？卡门现在已经脱离危险，其他事都无所谓。这老太太比咱俩加在一起都坚强。”

“你真的这么在乎她？”

埃克托尔没回答，也不用回答。他现在满脸轻松，很明显欣慰要多于对自己境遇的担心。马尔蒂娜心里也踏实一些，不像刚才那么纠结。

“埃克托尔，到目前为止，只有我看过尸体。”对方话还没说出来就被她厉声喝住。“你能不能闭嘴，先听我说完！奥马尔现在已经完蛋了，没救了。所以我是今天还是明天发现他并不重要。”

“你想跟我说什么？”

“我是说，我还能不受任何干扰再调查几个小时，连你也别打扰我。”

埃克托尔立刻明白她的意思。

“把你家的钥匙都给我，然后走人！躲起来，等我电话。另外，你必须答应我两件事。头一件，你在这几个钟头里别到这儿来，也别去奥马尔那套公寓。”

“第二件呢？”

“第二件就是，只要我让你到警局投案，你别废话，立马赶到。”

埃克托尔非常缓慢地从兜里掏出钥匙，递过去，副警长用力一把抓在手里。

“赶紧走人！”

“你确定知道自己在干什么吗？”埃克托尔不禁问道。

“不确定。不过我敢肯定，我只要一汇报在这儿发现了尸体，你肯定就是调查的焦点。萨尔加多督察，那时候谁也无法阻止事态的发展。”

他转身下楼，走到楼梯一半时，回过头来说：

“马尔蒂娜……谢谢。”

“但愿我不会后悔。”

埃克托尔离开家，来到大街上，朝兰布拉大道走去。他步履迟缓，失魂落魄，仿佛对其他行人视而不见。他走了好一会儿，坐到灯光绚丽的阿哥巴尔塔楼对面，看着眼前这个流光溢彩、仿佛从东京闹市区搬过来的巨大建筑，恍然醒悟，他现在没地方可去，成了比尔·莫瑞①的阿根廷版模仿秀，可悲的是，他连“迷失东京”的理由都没有，没来由地就成了“意外旅客”，可他已经在这座城市里生活了二十多年。

他掏出手机，可马上不悦地咧了咧嘴：又没法给谁打电话，把这破玩意掏出来干吗？！还嫌这事不够操蛋吗？他露出一丝苦笑。他正在查未接电话时，手机响了，让他的孤独感稍微舒缓。打来电话的当然

---

① 比尔·莫瑞（1950— ）美国演员，《周六夜现场》创办人。

不会是斯嘉丽·约翰逊[1]而是正兴高采烈的蕾蕾·卡斯特罗。

在跟鲁本约好见面的时间前十分钟，蕾蕾把车停在 个临时停车区。她当然不会开着警车赴会，所以挑了警察执行秘密任务时用的车。她在车里紧张地等着那个她只见过其照片的小伙子出现。她已经不止一次想过：她附近如果还有个人，比如萨尔加多，能在情况不妙时出现帮她一把，那她现在心里肯定就更踏实了。她慢慢吐出一口气，又一转念：其实根本用不着，她只不过是抓一个小毒贩子，拿他给罗维拉这小子施加压力而已。妈的，有什么大不了的，她一个人完全能行。

那家伙出现了。他手揣在兜里，贼头贼脑地溜达过来，一看就是个小毛贼，这下蕾蕾更放心了。蕾蕾对自己看相识人的本事一直挺有自信，一看这个二十多岁的小子那张脸，就觉得这不是什么凶恶之徒，对付他，根本不需要武器，甚至都用不着拿枪吓唬他。

现在，这小子到了市议会大街与巴尔梅斯大街的交叉口，眼睛迅速往周围扫了一圈，然后站住。蕾蕾闪了一下车灯，给他信号，这小子往这边走过来，按照女司机的意思，打开车门，坐到副驾驶座上。

“我刚才不敢确定是你。”蕾蕾抱歉地嘟囔道。

“没事。你带着钱来的？”

她点点头，假装找包，把车门锁死。这小子看了蕾蕾冲他亮出来的证件之后，原本就要脱口而出的脏话忽然带上叹息：

“妈的！这回完蛋了！”

“还没完到家。这事不算太大。”她稍微停顿，眼睛盯着身边的新乘客，发动汽车。“别紧张，小子。系上安全带，咱们溜一圈，聊聊。”

他非常不情愿地照办了，含混不清地从牙缝里发出念叨声。

---

①《迷失东京》的女主演。

“你有什么话要说吗？”

“你不是说聊聊吗？总得两人都说话吧？”

她呵呵一笑，说道：

“那就干脆我一个人说，你只管听着吧。你什么时候想跟我说点什么，就告诉我。”

“那得看你想问什么。”

她倒车。

“你要是不想说，那还是听我说吧，希望你最后听劝。你也知道，我们女人爱唠叨，而且越有人听，唠叨得越过瘾。”

鲁本点点头，满不在乎地瞅向车窗外。蕾蕾已经把车调正。七月周末的大街上车流稀疏。

“我想聊聊你的一个同伙，他家里挺有钱，你知道我说的是谁吧？”

蕾蕾看到旁边的乘客没反应，就接着自言自语。她知道这小子现在是假装不在乎，她说的每一个字，他都仔细听到耳朵里去了。她说到“谋杀”这个词时，他猛地回头，看了她一眼，之后仍然强装镇定。然而，然后蕾蕾念叨起阿雷克斯家到底有多少钱，有什么样的人脉，认识多少大律师，可以帮这个败家儿子摆平很多事。可他呢，一个贫民区的穷小子，还有案底，哪儿来的钱，去哪儿找人脉和律师？蕾蕾不用再说其他话，鲁本凭着生存本能就知道应该怎么办。他把他自己知道的，在圣胡安节夜里看到的，和猜测的，都告诉了蕾蕾。

他俩约好，鲁本周一按时到警局。蕾蕾让他下车走了。她吃准这小子不会食言。现在，她第三次拿起手机，打电话给萨尔加多。

34

晚上九点，乔安娜奶奶留下的这套公寓里的大钟用室内四重奏的旋律奏响了报时的钟声。乔安娜一直专注地查阅马克留下来的博文和照片，这才发觉时间已经过去好几个小时。她把这些东西看了一遍又一遍，看见儿子仍然活着的样子，看见儿子喝醉酒的样子，看见他笑、发呆、愁眉苦脸、做鬼脸时被抓拍到的样子。真是奇怪，她在马克不经意间的表情里总能看到恩里克年轻时的样子。那时候的恩里克对什么事都不上心，更不拿他们家努力工作的门风当回事，就是一门心思寻欢作乐。那时候的恩里克赢得过她的芳心。她仿佛既沮丧却又欣慰地明白：照片上这个孩子年幼时可能会想念妈妈，但他想的那个妈妈绝对不会是她；不会是一个有着跟乔安娜一样品行、缺陷和怪癖的母亲。从这些照片里，她能看得出这是个幸福的孩子，可能他自己都没意识到他是幸福的。一个十九岁的青年，远离家人，预见到激动人心的时刻将要接踵而来才能体验到这种独特的幸福。或许，乔安娜对已经发生的事负有一定责任，导致这个孩子从窗台坠亡的各种因素中也有她的份，但她的过错并不比恩里克、菲利克斯或者任何一个她根本不认识的亲友该负的责任更大，也不比艾瑞斯的过错更大。所有的人都在这出剧中充分发挥了各自扮演的角色的作用。而她，只不过是个陌生人，她如果非要在马克之死这出戏里要求一个重要角色，那似乎有点太拿自己当回事了。

夜深了，她想打开桌上的那盏小台灯，可灯泡眨了两下眼就彻底熄灭。她郁闷地一撇嘴，站起身去开屋顶灯。屋顶的那盏灯半死不活地发出凄惨的黄光。她忽然意识到，现在她站在这套先人遗留下来的空旷孤寂的老房子里，正不知不觉地陷进她本来早已抛弃的生活。这些年来，她不止一次拒绝回到这样的生活中。她现在已经过上另外一种生活，就算没能做到预想的那样，可是至少自由自在，无牵无挂。可是这几个星期以来，她仿佛给自己添了许多牵挂和束缚，把自己重新变成一个平庸、失败、可笑的女人。她想到这儿，不再犹豫，慢慢收拾行李。她本来想见到艾瑞斯，听她说完想告诉她的话再回到巴黎，干她该干的事，重新打理生活。今后的生活或许比以前更加破碎，但那毕竟是她自己的生活，是她辛苦争取来的生活。

她一边叠衣服一边猜想恩里克是不是也正在看马克的博客。今天早晨，她本想打电话叫他看，可他没接听，她只好给他留了言。

恩里克听到办公室的房门响动，吓了一跳。

“我吓着你了？”

“没有，”恩里克此刻一点跟格洛丽亚说话的心思都没有，可还是问：“娜塔莉亚睡了？”

“睡了……”她走到桌边，说道，“她等了你好一会儿，最后还是睡着了。”

恩里克从她的口气里听出埋怨，这是她最典型的抱怨方式。她从来不直接说出来，恩里克也从来都假装听不出来。可是今晚，他在电脑上看了两个多小时死去儿子留下的照片。他毫不克制地说出想说的话：

“不好意思，我今天晚上真的没心思给她讲故事。你能理解吗？”

格洛丽亚把视线移向别处，没说话。这是她最典型的反应：不吵不闹，就这么平和宽容地对待他。

“你真的能理解吗？”他又问了一句。

“我就是来问一句你想不想吃晚饭。”

“吃晚饭？”这问题太不着边际，也太婆婆妈妈，他差点儿笑出来。“不想吃。你放心好了，我不饿。”

“那我就不打扰你了，晚安。”

格洛丽亚一声不出，轻飘飘地往门口走去。有时候，恩里克怀疑自己是跟一个鬼魂结了婚，怎么有人能做到走路脚不沾地？可就在他以为老婆已经出去时，一个比一般人低沉的夜半说话的声音传过来：

“马克死了的确让人难受，恩里克，可谁也没办法。娜塔莉亚是个孩子，也需要你啊。”

她并没打算恩里克能回答什么，轻轻把门关上，走了，留下恩里克无助地沉浸在他直到今天下午才听说的博客带给他的无尽不安和疑惑中。现在，格洛丽亚给他的不安加了码，让他的愧疚感更强了。如果说这个世界上有谁能一清二楚地看透他的心思，那么这个人毫无疑问就是格洛丽亚。其实，他无论怎样掩饰，无论娜塔莉亚多么亲热地搂着他的脖子叫“爸爸”，格洛丽亚心里非常清楚（但佯装不知），他对这个格洛丽亚真心疼爱的养女的感情最多只是喜欢。他这辈子只有一个孩子，而这个孩子现在死了。而且几乎可以断定，他是死在自己最好的女性朋友手里。

几秒钟之后，他咬了咬牙，攥了攥拳头，抄起电话，打给他的兄弟。但是，没人接听。

菲利克斯任由电话肆无忌惮、不厌其烦地响着，不去理会。他仿佛已经见到另一头那个从来都只顾自己的家伙。他一直对恩里克的自私保持着极大的耐心和迁就，但今天晚上，他不想接兄弟的电话。他知道兄弟会在电话里问他什么："谁是艾瑞斯？那篇含义不清的博文到底是怎么回事？"恩里克显然根本不记得这件事了。别的父亲肯定记得，可恩里克不会。他最多只能想起，多年前的某一次夏令营因为意外事故提前结束。而且，说良心话，他本人也没把详细情况告诉恩里克，他更在意马克在这件事之后的表现。但是，马克好像没有因此做过噩梦，回家之后表现得跟往常一样，似乎也把艾瑞斯给忘了。没错，大家好像都假装把这件事忘了，不提了。这样最好不过。

"这样最好不过。"他又自言自语地重复一遍，几乎是喊出来的，仿佛相信在那种情况下他的处置是最得体的。那个可怜的女孩已经没救了，她已经属于上帝。可是他，要对活着的人负责。他当时需要做出决断，也的确做了。今天一整天，他不停地对自己说这句话。可是，他看见那篇博客上那张模糊照片中的艾瑞斯时，一直保持的信念立刻被打个粉碎。因为他心里明白，那个夏天他所谓本着良好动机做出的正确抉择，可能是建立在脆弱得不堪一击的谎言之上。艾瑞斯那张小脸让他重新产生这样的怀疑。

这天晚上，菲利克斯在这个金发女孩的照片前低下头，祈求她宽恕他的罪孽、虚荣和偏见。他祷告的时候，不禁想起乔安娜曾经说过的话：罪孽永远没法赎清，只能永远背着。或许她说得有道理。或许，现在已经到了正义得到伸张、领受报应的时候。"够了，别再继续冒充上帝了，"他暗想，"就让有罪的人承担责罚吧，让真相昭然于光天化日之下吧。让上帝宽恕我的过失，令亡者的灵魂得到永恒的安息。"

"安息。"今天下午，阿雷克斯看见自行车座上放着一只僵硬了的死猫，也这样祷告了一句。他强忍着恶心，把它拿下来扔掉。几个小时之后，他觉得指头上还留着那只死猫的气味和触觉。时间就这么过去了，可他的麻烦呢？他的麻烦越来越不好解决了。傻子都猜得出来，这事是谁干的，是什么意思。现在离星期二还差四十八个小时多一点，他给鲁本打过好几个电话，对方都没接。在他看来，这又是一个预兆：大船即将沉没时，船上的耗子会提前逃生。现在，他要单独面对威胁了。

阿雷克斯把自己关在屋子里，琢磨着各种各样的解决办法。现在吸上一口肯定能让他思路更清楚，但是，没有那东西，他的脑子在关键时刻也挺管用。他眼望窗外的天空，想着主意，天色暗下来时，终于想明白了。这是他这辈子最不情愿想的事，一想到五脏六腑就会翻腾，可他没别的办法，只能去找爱德华。不管是好是歹，爱德华是他唯一能指望给他这笔钱的人。他不打算再犹豫，走出房间，迫切地快步奔向大哥的卧室。

35

蕾蕾在塔楼下见到督察，尽量不去留意他那副疲惫不堪的样子。他身上穿着上午的那件衬衫，说话很慢，说话时心不在焉。可是，他听了蕾蕾叙述从鲁本那里得到的情报之后，那双没精打采的眼睛突然放出一丝光。

“对不起，我不应该擅自行动。”她最后认了个错。

“反正你已经这么干了。”

“督察，您没发现吗？咱们现在有了个目击证人。咱们找到了一个觉得自己看见马克·卡斯特尔是被推下去的目击证人。这可能算不上今年的年度最重要证词，可我敢发誓，他说的都是实话。”

埃克托尔想集中注意力，思考这个案子，可是做不到。两人来到市中心之后，他有点腼腆地邀请蕾蕾一起吃晚饭。蕾蕾感觉有点奇怪，但是没说出来，因为她实在饿得够呛，而家里没有什么让她想吃的东西。她现在最想吃中餐馆的特色菜，鹅肝酱配鸭肉馅饺子。所以蕾蕾直接提议：

“您爱吃中餐吗？”

“爱吃，”他言不由衷地回答，“以后别再用尊称了。至少这会儿别用，可能以后也用不着了。”他笑着想到，说不定他明天就不是督察，而是谋杀案嫌疑犯。

她没能全听明白，可凭着直觉知道再问下去不太合适。所以话到嘴边，又被她咽回去。

“就听你的。不过今天晚饭咱们各付一半。”

“这绝对不行，我的信仰不允许。”

“但愿你的信仰不禁止吃鸭子。”

“这我得回去查一下。”

“那你就明天再查，别今天查到不让吃。”

埃克托尔不容争辩地抢着买了单，所以一贯主张男女平等的蕾蕾只好建议饭后再到餐厅附近“全巴塞罗那薄荷朗姆酒调得最好的酒吧”喝一杯。REC酒吧并不大，店面用白、灰、红三种色调装修，每到冬天，顾客们放弃街边的露天座，宁愿在室内享受舒适的氛围。今天晚上，这里只有两个顾客坐在吧台跟老板聊天。浑身腱子肉的酒吧老板见到蕾蕾，立刻在她脸上左右各亲一口，算作问候。

“看来你对这儿挺熟啊。”埃克托尔坐下之后说道。

“我经常到这儿来，”她回答说，“跟一个姐们。”

“蕾蕾，来两份薄荷朗姆酒？”老板过来搭话。

“不用，就来一份，给我调一杯旧金山鸡尾酒，不带酒精。”

老板挤了一下眼，没多问。蕾蕾今天晚上如果想在同伴面前假装不喝酒，那是她自己的事。他把两种酒端到桌上，然后回到吧台。

“这酒不错吧？”蕾蕾问道。其实，她特别想来一杯，可脑子里一下闪出一个三个脑袋的婴儿，喝酒的念头立刻被吓回去了。

“不错。你真的不想来一杯？”

“我得开车——”蕾蕾回答说，心里平生头一次暗自感谢这座城市每到周六晚上都会出现的那几百个酒驾检查点。

“真是个好姑娘。”

他摇动着杯子底部的糖，又来一口。

他俩刚才吃饭的时候，又把案子捋了一遍。这个案子目前的盲点仍然是那个艾瑞斯，准确地说是伊内斯·阿隆索。他们商量好由蕾蕾到机场接她，确保她能够顺利到达乔安娜的公寓或者她首先想去的地方。当然，蕾蕾可以顺便跟她聊聊马克的事。埃克托尔选择不参与整个过程，也告诉了蕾蕾他这么决定的理由：他不想让安德鲁惹上更多的麻烦。他坐在酒吧里时，不止一次看了摆在桌上的手机，可露丝到现在为止都没回电话。

“你是不是等谁的电话？”蕾蕾问道。她今天一口酒都没喝，可还是不知怎么冒失地问：“等女朋友电话？”

他微微一笑。

“就算是吧。你能告诉我，你这样的女孩周六晚上空闲时都干什么吗？”

蕾蕾一耸肩膀：

“都市秘密。”他听到这话，用经验老到的个中高手的目光嘲弄地看了蕾蕾一眼。刹那间，蕾蕾产生想跟他倾诉一切的强烈欲望，想告诉他怀孕的事，跟他说与托马斯之间的谈话，说她心里的担忧。

“我觉得你快守不住那么多都市秘密了。”他又喝了一大口之后，压低声音对蕾蕾说。

“这个秘密也没什么可保守的，真的。”除了玛莉亚和托马斯，他即将成为第三个知情人，比她父母知道得还早。她虽然觉得有些别扭，可实在忍不住了。“我提前跟你说件事吧。我是把这件事告诉给今天晚上的埃克托尔的，不是向明天的萨尔加多督察汇报。”

“我就爱听提前的透露消息。”

“我怀孕了。”她好像犯了什么大错似的，涨红着脸说道。

埃克托尔差点被喝到一半的酒呛到嗓子。他笑着把手里的酒杯端到她的杯子前，碰了一下。

“祝贺你啊！”他显得疲惫，但笑容灿烂。看得出，他真的替蕾蕾高兴。

“你目前不能跟任何人说这件事，知道吗？才几个星期，人家都说不能早早把这种事告诉别人，怕万一以后出什么问题……”

“好吧，我知道了，”他打断蕾蕾，“我的嘴肯定比埃及古墓还严实。我得再要一杯薄荷朗姆酒。你呢？再来一杯成人果汁？”

“不要了，太甜了，里面肯定放了好几斤糖。”

他到吧台拿酒时，蕾蕾有点后悔了。“笨蛋！”她暗自骂道，“你想什么呢？他不过是你的上司，算不上是你的朋友。而且只是你刚认识了四五天的上司。”接着埃克托尔已经端着酒杯回来，重新坐下。他放在桌上的手机还是没动静。

“我把我的秘密告诉你了。现在轮到你说了。”她冲埃克托尔说道。

“咱们没事先约定好一人说一个吧？”

“是没约定，不过理所应当啊。”

“啊？不会吧……我老婆这几个月来一直这么折腾我，直到我最后发现她纯粹在胡扯，”他把酒杯放到嘴唇边，补充说，“我前妻。”

“你有孩子吗？”

“有个儿子，呵呵，他永远不会变成‘前儿子’。”他说到这儿，又暗想，“除非他哪天觉得有个杀人犯爸爸太丢脸”。他不愿意再想下去了。“我劝你一句，你得告诉男朋友一声。”

他看到蕾蕾脸上的表情，意识到自己说错话了。“已经跟他说了？好吧。”他赶紧靠喝酒遮掩，可是这杯酒太酸了。“妈的！你的哥们给我加了多少酒啊？！”他玩命地搅动杯子里的酒，接着说道：“你知道吗？其实没必要非得有个爹。我倒真想自小就没爹呢。”

蕾蕾看着他，喝了一口鸡尾酒。埃克托尔把酒杯放回桌面，蕾蕾看到他深色眼睛的深处流露出既柔弱又令人心动的目光。她似乎突然明白好朋友玛莉亚所说的“苦涩童年带来的魅力”。她赶快把目光转移到别处，生怕埃克托尔看出来，暗自咒骂荷尔蒙好像不再受她的控制。幸好，这个时候，酒吧里又来了几个夜间顾客，就坐在他们的桌子旁边，距离近得让他俩再怎么轻言细语都会被听得一清二楚。蕾蕾想再跟埃克托尔聊些工作以外的家常话，可有这几个人坐在他们旁边，他们实在聊不下去。蕾蕾看到他匆忙喝完杯中酒，问她是不是已经累了，心里一块石头落了地。

“是有点累了。你现在要去哪儿？我开车送你去吧。”

他摇了摇头。

“明天见吧。”他心里想的是：但愿明天还能见到。“开车注意点。”

“我又没喝酒，萨尔加多督察。”

“我现在就已经不是埃克托尔啦？”

蕾蕾没搭腔，不管埃克托尔怎么争执，她还是走到吧台把钱付了。埃克托尔坐在桌边，看着她在吧台跟老板聊一会儿，听到她开心的笑。他想到，这就是他这段时间里最怀念的那种生活：他并不太在乎有没有人跟他上床，陪他散步，或者跟他一起过日子，他在意的是有个人能跟他共同笑着面对着操蛋的生活。

他独自一个人一直待到酒吧关门，和那些不到关门不回家的酒鬼一样。今天晚上，他喝了那么多薄荷朗姆酒，却一点事也没有。他想起电影里各种各样的角色喝玉米酒或者威士忌的场景，不无自嘲地想道：“埃克托尔，你连喝醉的本事都没有啊。”酒吧老板已经小心翼翼地告诉他要关门了。他起身走上大街，漫无目的地溜达着，什么也不愿意想，就让脑子里一片空白，可又做不到。正当他打算找个地方再来点儿酒精时，手机终于冲破今天那么长时间的沉寂，响起来了。他立马掏出手机接电话。

“马尔蒂娜！”

“埃克托尔！我查清楚了。没事了。妈的！督察，你欠我一个人情，这回你欠我一个大人情！”

36

埃克托尔离开之后，安德鲁副警长回到放着奥马尔饱经摧残尸体的房间。这次她早有精神准备，所以镇定自若地仔细查看现场。她蹲下身观察尸体时想：这家伙活着时干过许多坏事，慢慢被人整死，然后像死狗一样被扔掉的下场也算报应不爽。她不是什么高明的法医专家，但能判断出死亡时间大约在二十四到四十八小时之间，但死者后颈部一处很重的内伤是比死亡时间早很多发生的。这说明奥马尔大夫在死亡前几天，也就是他失踪那天，遭受了致命的击打。然后有人把他捆起来，把他的嘴堵住，扔到一边等死。“这是虐待狂的表现。”她想起 DVD 里的情景，杀人犯恰好在他死时拍下视频。

她慢慢站起身来。她无论多么想替埃克托尔开脱，但现在所有证据都对他不利：有人目击他在被害人失踪的那天下午出现；有一个阿根廷口音的人打电话预订一个猪头，后来付钱的也是他。当然，那个电话在随便哪个地方都能打，而且那个肉铺小男孩的叙述不是太可信，因为除了口音，他说的其他证词都没什么实质意义。但是，毕竟那些证词仍然对埃克托尔·萨尔加多不利。现在，恰好又在埃克托尔住所的楼下发现了尸体；在他自己家里还发现了视频光盘。马尔蒂娜闭上眼睛，试图形象化地虚拟犯罪过程，但她没法想象出全部情节，因为她根本不相信埃克托尔能如此变态地带着快感拍摄任何人死去的过程，更不愿意相信他会袭击可怜的女房东。可是，万一袭击卡门跟这个案子纯属巧合呢，刚好在她发现奥马尔尸体这件事同一天发生呢？

“够啦。”她给自己下了命令。这儿已经没什么值得调查了。她恢复屋子原来的状态，把卡门的钥匙串挂回原处。完事之后，她心里忽然冒出一种非常奇怪的别扭感，一种她刚才一直试图逃避的难以名状的感觉：很可能就是害怕，她害怕今天故意放走一个杀人嫌疑犯好几个钟头的行为早晚会被人发现。“我在他这件事上赌得太大了，”她想，“而且一点把握都没有。”

她本想再去奥马尔的房子看看，但马上打消这个念头，决定回警局。她要再研究现有资料，看看会不会有意外收获，发现一点蛛丝马迹也好。她看了一眼时间，心里明白，这一夜还很长，而且会很难熬，最终恐怕是白费力气。但是，她不甘心就此罢休。现在还没到认输的时候。

可是，她在办公室待了两个小时之后，头晕眼花脖子疼，失败和沮丧的感觉让她有些灰心。她仔细重温了所有的报告和证词，包括奥马尔失踪之前，他们正在调查组织卖淫时候的，还有最近这几天的。她还根据这些资料绘制了一张详细的证人关系图：

证明周一晚上见过奥马尔的蹩脚律师，肉铺掌柜，罗莎。罗莎很重要，她称周二在奥马尔的诊所见过埃克托尔。由这些证词产生了不同的疑点，可她没法解释其中任何一个。但是所有疑点都指向同一个人：埃克托尔·萨尔加多。

她再次审视所有信息，发现了一些小破绽，比如：埃克托尔是怎么把奥马尔的尸体转移到他家小楼的那层空房子里去的？然后她又想，他能借用朋友或者前妻的汽车，也许动用了警察局的车办这事。不太方便，可他能办到。这个破绽可以忽略，还是对督察不利。

她已经精疲力竭，后背、脑袋跟胃都疼得要命，肉体上的一切都在跟她作对。可她越累，越是自虐狂一般地硬撑着。她闭了一会儿眼，回到原点，重新开始找灵感。突然，她想到检查奥马尔的住所和银行账户时的情况，一个问题浮现出来。她敢肯定，这个江湖郎中跟贩卖妇女的犯罪组织有密切联系。那么，他从这里边挣到的赃款都到哪儿去了？没在银行里，也没在家里。但是，就算把这个问题弄清楚，也不能替埃克托尔排除嫌疑。他的杀人动机不是夺人钱财，而是报复。埃克托尔扭曲的正义感足以让他干出这事来，他已经基于此暴揍了被害人一顿。

“就到这儿吧。”她筋疲力尽，实在扛不住，冲自己高喊一句。或许现在应该通报发现尸首了，埃克托尔该怎么被调查就怎么调查吧，她已经仁至义尽。她在打电话通知启动调查程序之前，拖了几分钟，琢磨怎么才能把渎职行为遮掩过去。正当她把奥马尔的材料挪到一边，想着该怎么给自己解套时，无意间打开那个家暴受害妇女登记簿。她暗自想：她如果破不了这个案子，今年秋天不是被调去查酒驾，就得重新给这些女人办培训班。她一篇一篇地翻弄这些女人的资料和照片。非常可惜，这么多女人登记了，可她不管多努力，培训班接收不了这么多人。有些女人会被拒之门外；有些女人宁愿逆来顺受，继续忍受混蛋丈夫的欺凌；还会有女人中途退出培训班。“倒霉的女人啊！”她暗自叹息道。没跟她们一起待过一段时间的人，想象不出她们过的是什么样的日子。这些女人年龄不同，来自不同阶层和国家，但是她们的恐惧、耻辱和对人生的失望是一样的。她翻着翻着，突然停住。罗莎！她一眼就认出照片上的女人。没错，就是她。登记卡上的名字是玛莉亚·德尔·罗萨里奥·阿尔瓦雷斯。她丝毫不奇怪能在这堆卡片里见到她，因为她亲口说过她害怕丈夫。马尔蒂娜记起，她在公园里时一直无助地央求副警长不要透露其姓名。罗莎可能现在已经原谅丈夫了，因为她最后一次举报被施暴是今年二月份。但是，这个卡片上另外一个名字引起副警长的注意。这个名字让马尔蒂娜惊得目瞪口呆，同时又兴奋紧张。罗莎的代理律师是达米安·费尔南德斯，奥马尔的辩护人。

她努力保持平静，希望能够冷静地判断这几个小时以来一直想尽办法而没能找到，现在却得来全不费工夫的意外线索。她重新看了一遍奥马尔的卷宗。不过这次的视角已经彻底不同：谁星期二那天见到了奥马尔？罗莎；谁确凿无误地证明那天看到了埃克托尔？只有罗莎一个人，因为肉铺小男孩所说的阿根廷口音很容易模仿。除了这个女人的证词，没有其他证据能够证明奥马尔直到星期二下午都平安无事。如果排除她的证词，还剩下什么呢？只有达米安·费尔南德斯的证词说，他周一跟奥马尔见过面。那么，就存在一种可能：律师周一很可能的确去见了当事人，但没跟他谈萨瓦尔局长的建议，反而袭击他。没错，是为了抢他的钱。那些钱肯定藏在那所房子的哪个犄角旮旯。然后……埃克托尔到第二天才能回到巴塞罗那，他有足够的时间趁黑夜把那个被打成一摊烂泥的奥马尔运到他家楼下的空房子里。她现在回想起她把卡门几乎从来不用的那一大串钥匙放回原处时产生的奇怪感觉。她不明白达米安·费尔南德斯是怎么拿到钥匙的，但他肯定能办到。他应该有意复制了一套钥匙，然后趁埃克托尔不在时溜进他家。而且他控制了奥马尔，录下了他死去时的视频。现在，卡门遇袭这件事也能够找到原因了。他在往埃克托尔家塞最后一个证据时被卡门撞见，所以重击卡门的头部，然后把她搬到一楼。也正是在那个时间段，罗莎给她打了电话，完美地扮演了她的角色，告诉马尔蒂娜，埃克托尔跟这个案子有牵连。

马尔蒂娜·安德鲁肾上腺素猛增，情绪亢奋。她现在已经彻底破解这个迷局。现在，只剩下几个疑问，她要好好审审罗莎和达米安·费尔南德斯。她不想拖到第二天。

凌晨四点，惊愕的埃克托尔屏息凝神，听完精力充沛得好像浑身有使不完力气的副警长的叙述。

“现在我们已经抓到这两个人，埃克托尔！在那个男的家里，在被窝里一起抓到的。不然，可能还得费点事呢。我刚开始审他们时，费尔南德斯还挺硬，挺难啃。不过我们没费什么事，那个女的就服软了了。她除了咬死说她跟杀人没关系，什么都招了。我们亮出罗莎的口供之后，那男的再也没法装无辜。”

“这么说，作案动机是抢劫？”埃克托尔有点失望。他原本以为是什么魔咒或者巫术什么的。

“怎么说呢，对于罗莎跟费尔南德斯这两个不知羞耻的东西来说，抢劫很可能就是动机。在律师家里搜出不下十万欧元现金，肯定都是从奥马尔的诊所抢来的。”

“他怎么他妈的弄到了我家的钥匙？”

“他刚开始不招，后来我们又给罗莎施加点压力，罗莎交代了：他跟罗莎显摆过，他假装卖空调的，拜访可怜的卡门，进了她家看房间，他们还聊了好长时间。他趁卡门不防备，偷走钥匙串，然后跟卡门约好第二天再见面，把原来那套钥匙偷偷放回原处。”

副警长压低声音说道：

“这小子一直暗中监视你，埃克托尔。他趁你不在时，溜进你家，把光盘放进 DVD 播放机。”

“这事也是他干的？”

安德鲁皱紧眉头说道：

“不过还是有点奇怪。你打奥马尔的视频是奥马尔诊所的隐藏摄像头拍下来的，本来应该是指控你的证据。他用了，给他自己拍的奥马尔临死前的那段视频加点料。可你前妻那段……我不知道该怎么想。

费尔南德斯说他是从奥马尔所拍的视频里边找到的，”安德鲁停顿一下，接着说，“他还说，奥马尔死之前准备用法术对付你呢。”

“对付我？”

“现在无所谓了，埃克托尔，他死了。别想那么多。你现在只要想着有足够证据控告这两个人，你已经洗脱罪名。”

两人在电话上都不说话，短暂的沉默中包含着默契、感激和友情。

“真不知道该怎么谢你。真的。”他发自肺腑地说。

她手扶前额，这一晚的辛劳现在开始反映出来。

“别着急，我早晚能想出让你怎么谢我，”她笑着说，“你现在干吗去？回家吗？”

他摇了摇头。

“我看得明天回了。我现在想在办公室里睡一觉。你知道吗，我不是头一次这么干。”

星期天

37

机场里人流如潮，像开了锅，到处是推着行李车、拖着拉杆箱的游客。即将离开的，进入机场之前都恋恋不舍地回头再欣赏一下这片陪伴他们整整一个假期、把他们的皮肤晒成古铜色、在海滩上给他们带来炎热的阳光；再看一眼他们一回到北方就难觅其踪迹、只会偶尔怯生生地在浓云缝隙间露个小脸的巨大恒星。刚刚到达的，脸上写满期待和憧憬，迫不及待地把刚刚安装了空调、黑色地面平整光滑得像巨大镜子的新航站抛在身后，拥向机场出口，迎接扑面袭来的热浪。

蕾蕾依照埃克托尔的吩咐，把他从家里接到机场。他们本来说好，由蕾蕾独自来接伊内斯，所以蕾蕾接到他的电话时，觉得有些奇怪。他一大早回到家，刚刚洗完澡换好衣服，蕾蕾就到了。埃克托尔今天气色不错，蕾蕾见到他时暗自夸赞。他虽然眼圈发黑，但精神特别足。蕾蕾没睡多长时间，一大早起来就干呕，比平常周末狂饮的后劲更令她难受。

航班没延误多长时间，他俩也没费什么事就认出正往出口走来的女孩。这个女孩个子不太高，鬈发，只是比黑白照片里略显丰满。

“伊内斯·阿隆索？”

“是我，”女孩有点恐惧地看着督察，“什么事？”

埃克托尔冲她微微一笑。

“我是萨尔加多督察，这是卡斯特罗警官。我们来接你去乔安娜·比达尔家，她是马克的妈妈。”

“可是……”

“别担心，我们就是想跟你谈谈。”

她慢慢低下头，同意了，一句话不说，跟着他俩走到汽车跟前。她坐在汽车后座上。一路上，她除了礼貌地回答几个平平淡淡的普通问题，一句话没多说，想着心事。一个硬质材料的双肩背包和箱子都放在她身旁，她的双手紧紧地攥着包和箱子。

他们到了乔安娜的住所，上楼梯时仍然都沉默。埃克托尔想到，他俩一起吃完早餐后他就没再关心过她，心里有点过意不去。然而，乔安娜开门迎接他们时，他发现在过去的这几个钟头里，这个女人好像换了个人。她的步伐和声音都沉稳坚定，当然，只有他能察觉到这些变化。

乔安娜把他们带到饭厅。窗户全都打开着，光线充足。

“我跟警察说了你要来。”乔安娜对陌生女孩说。女孩已经跟两个警察一起落座，但后背仍然挺得笔直，好像即将开始面试。

“这样可能更好。”女孩轻声回答。

“伊内斯，”督察插话问道，“你跟马克是在都柏林相识的，对吗？”

她自打见到警察之后头一次露出微笑。

“他如果没有从学生宿舍的名单里看到我的名字，我们肯定不会相识。有一天，他来问我是不是那个伊内斯·阿隆索。”

埃克托尔点头，示意她说下去。

“他对我介绍了自己，然后我们一起去喝了一杯，”她的话语中带着一丝甜蜜、天真，“我觉得他爱上了我……最初，我们回避艾瑞斯这个话题，可最后还是不得不提到她。永远的艾瑞斯。”

“伊内斯，那个夏天到底发生了什么事？我知道你那会儿还是个小姑娘，而且现在让你想起她来，你肯定还会难过。”

“不，现在已经不难过了，”她的脸有些发红，眼眶湿润，说道，“我有好多年一直想忘了那个夏天，忘了出事的那一天。可现在不这样想了。马克虽然不了解有些事的真相，可他在这一点上做得对。其实，我本来也不了解全部真相。直到去年圣诞节期间，我妈妈搬家、收拾老房子里的旧物件时，我才全弄清楚。我在老房子里的一个箱子里发现了艾瑞斯的那个小熊。那个小熊是破的，肚子上有个口子，里边的瓤都漏出来了。我把它拿起来时，发现里边有东西。”

她说着打开背包，拿出一个文件夹。

“你看一下，”她冲督察说，“或者你想让我朗读一遍？这是我姐姐艾瑞斯那个夏天写的。我已经看了几百遍。我最开始不忍心看下去，现在可以了。这篇东西有点长。”

伊内斯说罢定了定神，语气变得平静，开始念：

我叫艾瑞斯，今年十二岁。我肯定活不到十三岁，因为我在这个夏天结束之前就会死。

我知道死是怎么回事，或者说，我大概能想象出死是怎么回事。我猜死等于是睡着了，再也不醒来，也不做梦。我小的时候，爸爸病了好几个月。他以前特别壮，能用斧子砍倒一棵大树。我喜欢看他砍树的样子，可他不让我凑近了看，害怕木头碎片会飞起来伤着我。他生病后还没有永远睡过去之前，胳膊越来越细，好像有什么东西在他的身体里吃他的肉。最后，他只剩下胳膊和腿上的骨头、肋骨和肩膀上的骨头，浑身只有一点点肉。然后他就睡过去了，没力气再醒过来。现在，我也没有多少力气了。妈妈说这是因为我不吃饭。她说得对，可是她觉得我是想让自己瘦，就像杂志社的女孩子那么瘦，这一点她没说对。我并不想让自己瘦下来，变得漂亮。以前是，可我现在觉得那时候的自己挺傻的。

我想瘦是因为我想像爸爸那样去死。另外，我真的不饿，所以不吃饭也挺容易的。至少，以前挺容易。后来妈妈就一直看着我吃饭，我得假装吃完盘子里的所有东西，好不让她再烦我。接着，我把饭在嘴里嚼半天，再偷偷吐到餐巾里，或者像最近这样，先吃下去，再吐出来。我把乱七八糟的饭菜从身体里清除，然后又能好好地呼吸了。

伊内斯念到这儿停住，埃克托尔本想让她别再念下去。可他的话还没出口，这个姑娘就深吸一口气，继续念：

我跟妈妈和妹妹住在比利牛斯山山脚下的一个村子里。伊内斯今年八岁，我有时候跟她说到爸爸，她说她记得。可我不相信，爸爸死的时候我才八岁，她四岁。她可能光记得爸爸特别瘦，就像耶稣基督那么瘦。她不记得爸爸能砍大树的时候，也不记得爸爸能把我们像布娃娃那样不费力气就举到空中，高声大笑。那时候，妈妈也经常笑。爸爸睡过去以后，妈妈就每天经常祷告。我也喜欢祷告。后来妈妈还想方设法给我们办了领圣餐礼，我跟伊内斯一起领的。办得挺好的，教士给我们讲了《圣经》里的故事，我没费什么劲就学会了祷告的经文。不过我觉得圣餐的小饼恶心，小饼沾到我的上牙膛上，咽不下去。

我还不能嚼，因为那样做是罪过。伊内斯倒是挺喜欢吃的，她说小饼就像圣诞节糖果上的那层硬壳。我现在还有领圣餐礼的照片。我跟伊内斯穿着白裙子，头发上扎着一条带子。学校里的女孩子都还没领过圣餐呢。我喜欢领圣餐礼。妈妈也特别高兴。她在教堂里哭了。我觉得她是因为高兴，而不是难过。

我说过我住在小村子里，所以我们上学都坐校车。每天都要早起，而天气冷得不行。有时候下大雪，校车来不了，我们就没法上学。但是，现在是夏天，很热。一到夏天，我们就搬家，因为妈妈在一个夏令营的大房子里做饭。我特别高兴，因为那座房子好大，还有个游泳池，那里总有好多孩子。他们每一次来二十个，从巴塞罗那坐车来，每次住两个星期。这有点不太方便，因为你跟他们交朋友时就知道他们要走了，有些第二年还回来，有些就不回来了。只有一个男孩每个夏天都回来，跟我们一样。妈妈说这个孩子没有妈妈，爸爸特别忙，所以整个夏天有一半要在夏令营里过。他叔叔是那儿的主管，还有一些保安帮助他。我有时候也帮妈妈做事，但是做得不多，也就在厨房帮她一小会儿。然后我就游泳，做游戏。我以前一直这样，但现在已经不想游泳，不想玩了。妈妈总是说，我是因为不吃东西才变成这样的。她什么也不明白，总待在厨房里，根本不知道外边的事儿。她就知道做饭，吃饭，我有时候恨她。

这是我们来这儿的第三个夏天，我知道我不会再有第四个了。我看见他偷瞄伊内斯，别人都没注意到。只有我看到了。我得想办法做点什么事。她在水池游泳时，他总看她，还跟她说：你跟你姐姐真像。这应该是实话，因为大家都这么说。有时候，我们俩站到镜子前看自己，觉得不算太像，不过这没关系。我不想让她变成他的新玩偶。至少不想亲眼看到。

乔安娜站起身，走向姑娘，坐到她身边。姑娘冲她微笑致谢，接着读：

事情是从两年前的那个夏天开始的。那时候已经是七月底，只剩下最后一批孩子要过来。两批孩子到来中间，房子总有几天会只剩下我们几个人：我，伊内斯，妈妈，教士，还有几个保安。这时候，大游泳池就归我跟伊内斯用。我们美国电视剧里的有钱人，住在大房子里。可是，伊内斯不太喜欢玩水，所以只有我一个人在池子里游泳。我爱游泳，游得还不错，爬泳、仰泳、蛙泳，什么姿势都会，就是蝶泳老也学不好。有一天他来教我。他坐在池子边，教我腿和胳膊的动作。他特别漂亮，而且挺有耐心的。他也从来不跟那些不听话的淘气孩子发脾气。我们在一起待了好长时间，我游泳，他就坐在池子边，直到我累了。他把我拉上去，其实我不用他帮忙。那会儿天已经晚了，太阳已经落山，所以我得赶紧把身子擦干，以防感冒。他来到我身后，用浴巾把我裹起来，然后用力替我擦。我被他弄得直痒痒，就笑了。他刚开始也笑，后来就不笑了：他慢慢地擦我，使劲喘气，好像很累。我不敢动，觉得有点怪怪的。我裹在浴巾里，他隔着浴巾摸我。然后他就把手伸到下边。我那时候想跑开，但是跑不了。他什么话也不说，还“嘘”了我一声，其实我当时没说话。后来他又说：我不会弄疼你。我觉得好奇怪，不知道他要对我干什么。他的手指顺着我的腿往上，从脚边往上，越来越往上，就好像一个大蜥蜴在爬。他的手到了腿的最上边后停住了，他喘了一口气。过了一小会儿，他把手指头放在我游泳衣最下面的里面。我扭了扭身子。他又喘了一大口气，放开我。

“上帝啊！”乔安娜喊道。埃克托尔用眼色止住她。蕾蕾仍然沉默地看着沉浸在震撼、残忍、可怕故事里的伊内斯。

我没跟妈妈说，也没跟其他人说。我不知道为什么，但觉得自己干了什么错事。他当时除了“去穿衣服吧”之外，也什么都没说。他好像不高兴了，我好像让他心烦了。他好像忽然不想再见我了。第二天他没到水池这边来。我在水里见到他路过，就喊他，我想让他知道我正在练习蝶泳，而且比原来有进步。他绷着脸看了我一眼就走了，没说一句话。我一下就没兴趣再游泳了，离开了水池。那会儿时间比前一天早，天气还热。我就躺在浴巾上，让太阳把我身上的水晒干。我想等他走过来，可他没来。他肯定生我的气了。我想：他如果再来帮我擦身子，我不能像上次那样犯傻。又过了一天，下一批孩子们来了，其他的保安也回来了。他没时间教我学游泳。我每天下午等到别的孩子做其他活动时还在练习游泳，有一天还跟他说我游得比原来好多了。他冲我笑了，说：“我有时间就来看看你是不是真的进步了。”

后来他真的来了：夏令营最后一天，孩子们都走了以后。他给我鼓掌。我特别得意。妈妈不在乎我游泳好不好，她一点儿也不懂体育。所以他让我特别高兴。我出了水池以后，就站着不动，等他替我擦身子。可是他只从远处递给我一条浴巾。然后跟我说，我这么努力练习，他得给我奖励。我问他，什么奖励？他笑了，说你到时候就知道了。一个惊喜。明天你吃完午饭到树林的山洞里，我给你奖励，行吗？不过你别跟伊内斯或者其他人说。确实，我每次拿到生日礼物伊内斯都吵闹。我妈妈或者爷爷最后只好也给她买礼物。可她没过生日，是我在过生日啊。所以我这次没告诉她，第二天自己偷偷去了。我也没告诉妈妈，免得她让我带上伊内斯。

“你没必要非得念下去。”乔安娜低声说道。伊内斯看了她一眼，反驳道：

“我知道，可我想念下去。我欠她的。”

这是两年前夏天的事。现在我从来都不下水游泳。我不想游泳，只想睡觉，想真正睡过去，不再做梦。我问过好多人怎么才能不做梦，可谁也不知道。没人明白真正重要的事。也没人懂得真正有用的事。妈妈只知道做饭，然后盯着我吃下去。我受不了她。我不想吃她做的东西。我每次吃完又吐出来时都特高兴。我想看看她会不会不再管我。

从房子步行二十分钟可以到那个山洞。有一大段上坡，还要穿过树林，不过我对这条路很熟。每年，夏令营的孩子都要到这儿来野营。所以我第一年就已经来过四趟。有时候，保安们会提前来，藏起来吓唬那些小孩子。那天，大家午睡时，我按照约定去了那儿。我到那儿时，没看见附近有人。我倒不害怕山洞，但是也不想自己进去，就坐在树荫下一块石头上等着。我喜欢树林的样子，阳光能透过树枝照在地上，画出各种各样的图画。树林里还有一种不是没有声音的安静，就像是一种音乐。还有凉风，走完一大段上坡路，吹着凉风很舒服。我看了看表，不知道他什么时候能来。他没耽误多长时间，我等了差不多十分钟他就到了。

他背着一个背包，说里边有我的礼物。他有点紧张，总往后看。他出了汗，我猜他是跑来的。他坐在我身边，忍着笑。我问他：你给我带了什么礼物？他这时候就笑出来了。他打开背包，拿出一个小袋子，说：希望你喜欢。礼物没包装，所以我就往口袋里边看。他说：拿出来吧。是一件草莓图案的粉红色比基尼。

我喜欢极了。然后他又说：穿上，让我看看合适不合适。我有点犹豫，他就说，你如果害羞，就到洞里换上吧。他说话的声音有点粗。我那时候不知道他用这种声音说话，是想开玩笑还是真的生气。他说话时拉长语调，眼睛看着别处，好像不是在跟我说话，好像他也很害羞。

我换上比基尼后出来。我来来回回走了好几趟，就像模特表演似的。他看着我的样子让我觉得自己特别美。后来他跟我说：坐我身边来。我想坐下，可是地上的石头扎我的腿。他拿出一条浴巾铺在地上，我们两人一起躺下了。我们就在那儿看着照进树林的阳光。我跟他说了我的好多事，他特别认真地听着。然后他轻声说：你真的特别好看。然后他摸了我的头发。我那时候觉得自己是世界上最漂亮的女孩。

我按照他说的，把比基尼藏起来，不让伊内斯看见。妈妈看见了，可她以为是别的女孩忘在那儿的。我听了之后偷着乐：就像他说的，比基尼是我们两人之间的秘密。直到第二年夏天，保安们来到的那一天我才重新穿上它。可是他好像没看见一样。我还像头一年那样游泳，但是他忙着别的事情，没空理我。不过，后来我们在通道遇见时他绷着脸说：你游泳时应该穿泳装。然后他挤着眼睛说：咱们在山洞见面时你穿比基尼，因为那是我送你的。我不太明白他说的话，可还是点头答应了。他低声跟我说，你明天四点左右到山洞来，跟我说说你这一年过得怎么样。我太高兴了，因为我有好多事要跟他说：我在学校的事，我和朋友们的事什么的。可是，我们在那儿好像什么也没说。我到那儿时，他已经在等着了，坐在去年用过的那条浴巾上。他假装生气地说：你来晚了。我告诉他我在衣服里边穿着比基尼，但他特别生气。然后他又笑了，我这才明白他逗我。不过他还是用假装生气的声音说：真的吗？我不相信。你除了迟到还撒谎……他笑着抓住我的肩膀，把我按到浴巾上，挠我痒痒，说：我看看你是不是真的穿了。他不断重复这句话，把手伸到我的衣服下边去摸那件比基尼。哦。真的穿了呀。他的手热得发烫，但我还是笑了。他趴到我身上，摸着我的脸，不停地说：你真好看，比去年还好看。我有点害羞了，觉得脸红。你热吗？他问我，我帮你把衣服脱了吧，就像给玩偶脱衣服那样。他笑着，声音怪怪的。我就让他脱了我的衬衫、裤子。他不停地重复：你就是我的小玩偶。他还用一只手摸我的头发、胳膊，咯吱我的脖子。他说话的声音小得我都听不清。我闭上眼，什么也看不到。过了一阵，我觉得自己的肚皮上湿乎乎的。我睁开眼睛一看，吓了一大跳。黏糊糊的一片白。我觉着恶心，想挪动一下身子。他不让我动：嘘……嘘。玩偶是不说话的。

蕾蕾听到这里差点要把那几张纸扯过来，幸好她身边的埃克托尔拉住她的手。她闭上眼睛，强逼自己听下去。

那个夏天，我学会当一个玩偶。玩偶总是闭着眼睛让人摸。还让人拿着它们的手放到主人想放的地方。还要张开嘴巴，用舌头舔，不管是不是觉得恶心。最主要的是，玩偶不能跟别人说这些事。必须听话，不能不愿意。要像真的玩偶那样，等着主人来玩，然后等着主人玩累了，把它们放在一边。真奇怪，你虽然不喜欢有些游戏，可还是愿意主人跟你玩。就怕主人把你忘了，或者不再跟你玩，去玩新的玩偶。那年夏季最后一天，他玩过之后看着我说：你长得真快。他说这话时跟别人不一样。别人都笑着说。可我觉得他说这话时不太高兴。后来我照了镜子，他说得对。我的身体变了，我的胸部长大了，虽然长得不多，可粉红色的比基尼已经有点小。从那之后，我就不吃饭了。

“王八蛋！”乔安娜实在忍不住，脏话脱口而出。
伊内斯看了她一眼，点点头，说道：
“快念完了。”

今年一开始就全都一样了。他看我时就像不认识我。我当初还挺得意：我因为好长时间没怎么吃饭，几乎没长肉，可是个子高了。这我没办法。我知道他虽然不说，但是也看出来了。我想穿上比基尼，可穿不下了。我伤心极了，大哭。可他没再提这件事一句。他对我视而不见，好像我们从来没一起玩过。有一天，我跟他说，我们可以去山洞，可他奇怪地看着我，好像不明白我在说什么。这时候，我妈妈出来跟保安们说我现在成了个坏学生，她多为我担心。我觉得她就是成心想让我害臊，可她反而帮了我一个忙。因为，这时候他说：放心吧，我们能帮她。我有空的时候，下午可以单独给她补课。我特别高兴：我们两人能单独待在房间里。我又觉得自己跟别人不同。

第一天，我在我跟伊内斯共用的房间里等他。我的傻妹妹把她所有的玩偶都拿出来了。我一边温习课本和练习题，一边跟她说：是我要跟他玩。可他没跟我玩：他就给我讲了几道数学题，然后就让我做练习。他站到窗户前不动。他回来时，我觉得他好像要走向我了。他的目光有点恍惚。我对自己说，他要过来了，他要过来了。我等着他跟我用那种粗声说话，用那两只以前还让我恶心的热手碰我。可他坐下来之后，只对我说了一句话：你妹妹今年几岁了？

我恨他，我恨死他了。以前我恨他让我做恶心的事，现在我恨他不让我做那些事。后来，我发现他慢慢接近伊内斯。谁也没发现，当然，她自己也不知道。伊内斯每天能跟玩具玩好几个钟头，什么都不顾。她不喜欢到屋子外面去，也不喜欢运动，还不跟其他孩子玩。妈妈总说她太孤僻。她在学校只有一个朋友，不搭理别人。可是，他总看伊内斯，我看出来了。我假装看书时偷看出来的。我们吃饭的时候，妈妈的眼睛盯着我，我盯着伊内斯。然后，我觉得我必须干点什么。我知道自己能办到这件事，我也知道前两个夏天的事不对。我在学校里听说过这些事，而且和其他人一样觉得恶心。我想结束这件事，但是还没想好怎么做。有一天下午，保安带着孩子们野营去了。我要找教士。我虽然很害羞，但还是想把所有的事情都告诉他：那件比基尼，山洞里的游戏，他那双出汗的手。

“菲利克斯！”乔安娜喊出声来。

“对，”伊内斯说道，“菲利克斯神父。”

我敲了他办公室的门。然后我不由自主地哭了出来。我哭得很伤心，用尽了全身的力气。我哭得那么厉害，他都听不懂我说话了。他关上门，对我说：冷静点，冷静点，哭完了再跟我说，好吗？哭一下也好，等你的眼泪流完了咱们再谈。我那时候觉得我的眼泪永远也流不完：我的肚子里好像有一大团乌云，眼泪就像下雨一样从那儿流出来。过了好长时间，我才觉得那团乌云消褪，眼泪也慢慢止住，才能说话。我坐在一把一动就吱吱响的旧椅子上，把所有的事都告诉了他。他一直听我说，不插话，只在我说得含糊时才问几句。最后，他问我除了那些，他有没有干其他事，有没有把他的什么东西插到我的身体里，我说没有。他听了之后好像放心了。这时候，我好像忽然不害羞，也不想再哭，只想把所有的事情都告诉他。我就是想让所有的人都知道，我已经是那个人的玩偶。我说完之后，觉得心里好像空了，忽然有点害怕，不知道接下来会怎么样。

但是，好像什么事没有。教士叫我安静下来，所有的事都交给他办，还让我把这些事情都忘掉。他不让我再跟别人提这些事，因为别人听了会说我是瞎编的。所有事交给他办就行了。

三天之后，没人再给我补课。我俩在走廊上碰见时，他都不看我一眼。我知道他生我的气了。我没遵守玩偶的规矩。现在，倒数第二批孩子已经走了，他也离开了，几天之后才会回来。我已经不想待在这儿再见到他。我得逃走，逃到一个没人能找得到我的地方。然后我要永远睡过去。

这时候，突然响起一阵门铃声，在场的人都吓了一跳。乔安娜起身过去开门，蕾蕾一把搂住已经把文稿放到桌上、泣不成声的伊内斯。

乔安娜怎么也没想到来人正是菲利克斯·卡斯特尔神父。

38

蕾蕾仍然搂着伊内斯。这个姑娘还在无声地抽泣，好像这个时候哭出声来会令她害臊。菲利克斯进来之后，所有人的视线都盯在他的身上。乔安娜高声问道：

“你听说没有东西插进那孩子的身体里就放心了，是吗，菲利克斯？”

神父看着她，没回答。

“你根本没管这事？”乔安娜接着愤怒地控诉道，“你什么都没做？那个小女孩儿跟你说了那王八蛋做的事之后，你觉得他反正没强奸她，没事了，对吗？你也没报案，在小姑娘淹死之后还在隐瞒？”

埃克托尔拿起伊内斯放在桌上的那几张纸，说道：

“神父，你应该好好读读这个。如果真有上帝，但愿你能得到他的饶恕。”

菲利克斯听罢低下头。他好像无意替自己辩护，也找不出一句能替自己辩护的话来。他一直站着，没敢坐下。好像站在一个临时组建的法庭上。

“你们也别全怪他一个人，”伊内斯看着神父，轻声细语地对蕾蕾说，“他不光是为自己，也是为了保护我。”

“伊内斯！”

“让我说完！这么多年来，这件事一直压着我，让我有负罪感，觉得对不起艾瑞斯。在我心里，艾瑞斯还像个负担一样活着……直到去年圣诞节，我发现她写的这份东西，知道真相以后才解脱。我在都柏林已经把这份东西给马克看过了。他当时的反应跟你们现在一样，怒不可遏，就想知道全部真相。可我有两件事情隐瞒了他。是我让他恨他的叔叔，设计针对他叔叔的计划，逼着他把全部真相都说出来，”她喘了口气，接着说道，“其实，那天一大清早，我在妈妈的床上也没睡着。我听见房间外边有脚步声不停地响。我悄悄溜到走廊，但是没看见人。我当时确信有人已经下楼，因为我的一个玩偶掉在走廊地板上。我捡起玩偶，来到院子中。”

艾瑞斯穿着睡衣坐在水池边，眼睛死死盯着那些玩偶。她整晚都没睡，一直盯着玩偶。玩偶都是伊内斯的，她恨死它们了。有的玩偶被她揪掉脑袋跟胳膊，扔到水里；有的被她按进水下，她好像要淹死它们。现在，她手里只剩伊内斯最喜欢的玩偶。她把手里这只扔下去之前，要心满意足地好好欣赏一下自己的成果。现在，水池已经变成满是塑料尸首的大坑，她在听到喊声之前，根本没留意到伊内斯已经来了。

“你干吗？”

艾瑞斯着魔似的笑了。伊内斯赶紧俯下身去，从水里捞近处的玩偶。池水冰冷，可她顾不得，她喜欢玩偶。

“不许动它们！”

艾瑞斯使出全身的劲，掐住伊内斯的脖子，想要制止她。可是，伊内斯尽管年纪小，但力气远比已经非常虚弱的艾瑞斯大。她奋力挣脱姐姐的胳膊，两个人就这么撕扯着，滚来滚去，落入水中。伊内斯突然觉得对方松开了手。池水冰冷彻骨，她用力扑腾着浮出水面，像小狗一样刨到池边的梯子旁。她回头看时，艾瑞斯已经慢慢沉到水底，就像一个大号的玩偶。

"真相就是这样，"伊内斯说，"我上来之后就跑了，藏了起来。妈妈找到我时，我的头发还湿着。她搂着我，叫我别害怕，刚才的事是个意外。菲利克斯神父会帮忙办好的。"

房间里一片沉寂。菲利克斯已经坐下，但脑袋还耷拉着。

"上帝啊，"乔安娜叹道，"那马克呢？"

"乔安娜，马克一点也不知道，"菲利克斯答道，"我处理了这件事，从头到尾都是我在处理。你们可以说我做得不好，但是我一直想把这事处理得更恰当。"

"哦？是吗？"埃克托尔质问道，"我怎么不知道隐瞒性侵儿童算是'恰当'啊，神父。你当时知道艾瑞斯已经私自出走过，而且知道她为什么那么干。"

"现在说这些还有什么用？"菲利克斯高声叫道。他已经站起身来，脸色涨红，内心正忍受着痛苦的折磨。"艾瑞斯已经死了，可这个女孩没有什么过错啊。"他咽了口吐沫，接着用更加低沉但仍然非常紧张的语调说道："没错，艾瑞斯跟我说完之后，我确实犹豫，而且也没太在意。可是她死了之后，我就想，我如果把那些恶心事曝光，现在在这儿的这个女孩就得承担一大堆麻烦。她妈妈求我保护她。所以我只能先照顾活着的。督察，我当时跟负责办案的那个警长把实情都说了。"他隐去那个警长的姓名。"是我让他为了现在这个可怜的姑娘别再调查下去了。他也答应了。"

"可你跟他说了有个恋童癖还在逍遥法外吗？说了吗？你光说了姐妹俩打架，然后出了意外，对吗？你提过那个保安的事吗？"

“这事我也说了，”他明知再怎么跟这些人辩白也没用，但仍然接着说道，“我可以保证那是他头一次犯错，他今后肯定不敢了，他会改好的，因为……”

“因为是艾瑞斯勾引了他？”蕾蕾忍不住插话。

菲利克斯摇了摇头。

“因为他是个家庭出身良好的好小伙子，是个教徒。他跟我保证永不再犯。宗教的宗旨是宽恕。”

“神父，正义的宗旨可不是你说的那样，”埃克托尔抢过话来，“可是你们觉得自己凌驾于正义之上，对吗？”

“没有，我……我不知道。”菲利克斯再次垂下目光。“马克从都柏林回来后也是这么问我的。他想知道那个保安的名字，因为他那时候才六岁，根本记不得夏令营里的那些保安。我没告诉他，我让他把这事彻底忘掉。”

“可是马克并没忘了这事，”埃克托尔接过话来，“他在博客里写了，而且提到了目的和手段，正义和真相。”

“我不清楚他想要干什么。我们后来再也没提过这个话题。”他看着伊内斯说道，好像向她寻求答案。

“他也没跟我详细说，但是他肯定准备对付您了。但是他不想告诉我他怎么安排的。”

埃克托尔走到卡斯特尔神父面前，说：

“那么，现在是告诉我们那个保安名字的时候了。你说呢？那个保安性侵了小女孩，对她的死负有部分责任。马克也一直想弄清楚他到底是谁。”

神父点了点头。

“我有好多年没见到他了。不过我昨天在马尔蒂家碰到他了。他叫爱德华德，爱德华德·罗维拉。”

39

“一群臭猪！”蕾蕾开着车往罗维拉家去，愤愤地咒骂，“全都是臭猪！我敢保证，这群家伙更看重跟罗维拉一家的交情，而不是一个厨娘的女儿。什么体面人家的儿子偶尔犯了个小错……”

埃克托尔看着她，觉得没法辩驳。

“有这方面原因，我敢肯定。还有就是怕伤了体面，要么就是不相信。如果不是亲眼看见，谁也不敢想象他们这样人家的孩子会干出这种事来，所以艾瑞斯死了以后，最好把这事捂住。”

蕾蕾狠踩着油门说道：

“我真想立马就逮住这婊子养的。”

他们在他家找到了他。罗维拉夫妇出门去了，阿雷克斯开门之后吃了一惊，以为他俩是奔着他来的。

“不是说明天吗？”

埃克托尔揪住他的脖领子说：

“我等会儿再找你，现在我们得先找你哥哥谈谈。他在房间吗？”

“在楼上呢，不过你们没权利……”

一个大嘴巴扇过去，这小子的脸上立马出现大红手掌印。

“哎！警察滥用暴力！”他求助似的看着蕾蕾，嚷道。

“什么？”蕾蕾问道，“你是说你脸上的红印子吗？不会是蚊子叮的吧？夏天蚊子多，你们高档社区里也有。”

爱德华听到外边的吵闹声，出了房间。埃克托尔松开阿雷克斯，大步走向爱德华。他拼命克制，不去想伊内斯半个小时前念的那份遗书，尽量不让心里再像上次那样燃烧起他没法控制的怒火，不让乌云蒙住他的眼睛，夺去他的理智。他就那么僵硬地站在那儿，紧握双拳，停了一两秒钟。他的脸色肯定特别吓人，因为爱德华不由自主地往后退。

“你知道我们为什么找你，对吗？”

蕾蕾赶紧用身体把警长跟爱德华德·罗维拉隔开，说道：“都跟我们到警局去，咱们得在那儿好好谈谈。”

蕾蕾审视着坐在审讯台对面的阿雷克斯，现在他连眼睛都不敢抬。他脸上差不多已经消肿，只剩下轻微的红印子。

“阿雷克斯，咱们得聊聊爱德华的事，”蕾蕾冷冰冰地对他说，“你应该知道你哥哥有毛病。”

他听罢一耸肩膀。

“说吧。你是从什么时候知道的，他是不是也性侵过你啊？”

“没有！他不……”

“他不喜欢小男孩，这是个重要细节！你的意思是他只喜欢女孩。你从什么时候知道这事的？”

“我什么也不会说。”

“你会的，你肯定会说的。因为你哥哥可能为了掩盖此事杀了马克跟吉娜。你或许不在乎马克，可是你喜欢吉娜……”

“爱德华没杀人！他昨天才知道这些事。”

蕾蕾马上警觉起来。她必须小心翼翼，一步走错，全盘皆输。

“就算你说的是实话，你也得让我相信才行。先跟我说说，爱德华是从什么时候开始喜欢小女孩的？”

他看着蕾蕾的眼睛。蕾蕾知道他心里正琢磨说出来会有什么后果。她双手交叉，等着他。最后，他说道：

“我什么也不知道。”

“你知道……他特别爱打听小女孩的事，阿雷克斯，而你是个很聪明的人。”

阿雷克斯听罢一笑：

“那好吧。大概两年前的夏天，他回到家，我看见他的电脑里有些东西。我擅长破解密码。不过现在你们找不到证据了，”他笑着说，“什么都没有了。”

蕾蕾看着阿雷克斯自鸣得意的样子，暗道：“谢谢你了，王八蛋！你不是总以为比别人聪明吗？我早晚要把你当成蠢货办了。”

“马克从都柏林回来以后一直找那个性侵艾瑞斯的人，你后来察觉到这个人可能就是爱德华，对吧？你应该知道爱德华在菲利克斯的夏令营当过保安，而且你们家跟卡斯特尔一家关系密切。马克不记得爱德华，而且出事时，他还不认识你。另外，爱德华有好多年一直在国外。他一边做人道主义援助工作，一边找小女孩玩。”

蕾蕾说话时，阿雷克斯桀骜不驯地看着她。

“我没这么说，这都是你说的。”

蕾蕾住口。现在到了关键时刻。她还有些事情不知道，必须要问，还必须问得聪明，赢过眼前这个自负的小子。所以，她发问之前仔细想了几秒钟。

在隔壁房间里，爱德华被吓傻了，不敢说话。粗声粗气的埃克托尔督察已经逐字逐句地给他复述了艾瑞斯日记的内容。

“你运气不好啊，”他复述完后说，“我也不知道为什么，现在法律把性侵儿童的标准提到受侵害儿童的年纪在十五岁以下。艾瑞斯在那个夏天出事时是十三岁。你听说过监狱里头的犯人是怎么对待恋童癖的吗？”

爱德华听罢脸色发白，坐在椅子里的身子好像缩小了。他当然听说过。所有人都听说过关于监狱的传闻。

“你的情况好像更糟糕。我肯定会让狱警把你的事交代给囚犯中的老大。另外还会告诉他们，你是有钱人家的孩子，靠着爸爸的路子逍遥法外好多年了。”他看着对面这条恶心的烂蛆被吓得变形的脸。“囚犯最恨两种人，恋童癖，有钱人。说实在话，我真想看看你被三四个囚犯围起来时是什么样子。狱警会假装看不见。”

对面这小子快晕过去了。“这就对了。”萨尔加多暗想。

“当然，你如果配合，我可以不这么办。我还能叫狱警保护你，跟他们说你是个不错的孩子，一时糊涂，犯了错。”

“您想知道什么？”

“你弟弟跟你说过什么？”

蕾蕾盘算怎么继续审问时，神色严峻的埃克托尔推门进来，慢慢走向阿雷克斯，用低沉的声音说道：

“小子，爱德华跟我说了不少话。看来对监狱生活的担心让他变得挺好沟通。现在我对你已经有了自己的看法，你想知道是什么看法吗？”萨尔加多贴着阿雷克斯，坐在桌沿上。

那小子耸了耸肩。

“我问你话时，你必须回答。”

“我想不想知道，您不是都会告诉我吗？”阿雷克斯答道。

“没错。你确实挺聪明，至少在学校里是个聪明学生。全校第一，孩子头，长得帅，家里有钱。可是你们家藏着多少见不得人的恶心事啊。你可能不在乎其他人，可是爱德华不一样，他为你干了好多事……”

阿雷克斯抬眼说道：“爱德华好多年以前帮过我大忙。”

“哦。就因为这个，你绝对不能让马克的计划实现。这个计划确实有点不靠谱，但也有可能办成。那样的话，爱德华就不好过了。你因为这个杀了马克？不让他继续下去。”

“没有！我已经说过好几百遍了。我没杀马克。我跟爱德华都没杀他。”

“好。你现在有的是理由替自己开脱。”

阿雷克斯看了看埃克托尔，又看了看蕾蕾。但他没看出一点对自己有利的苗头。最后，他把头往后一仰，闭上眼睛，长叹一口气。他再把姿势摆正时，改用一种似乎放松的口气说话了：

“马克知道他叔叔不会告诉他那个保安的名字之后特别生气，所以有了个荒唐的想法……”他顿了一下，“你们不是都知道了吗？对吧？我猜你们已经从吉娜家拿到那个优盘了。”

蕾蕾根本不知道他说的是什么，不过马上答道：

“是啊，我运气不错，你走了以后我就找到了。”

“那您应该已经都看到了。娜塔莉亚的照片已经被准备好了，就等着装进马克叔叔的电脑里。这事要是干成了，还挺有趣的：想想看，阴险的卡斯特尔神父打开电脑，看见一个小女孩的裸照，还有马克从网上下载的照片。他的脸会变成什么样啊。马克弄了好多照片，有一天夜里还趁着娜塔莉亚睡着了，给她拍了一大堆照片。你们知道吗？恋童癖最喜欢中国小女孩。”

蕾蕾听到这里，忍住心里的恶心，不动声色地盘算怎么问下去才会不犯错误。但埃克托尔插话了：

"如果有人发现这些照片，教士就说不清楚了。"

"当然，教士的道袍挡不住流言蜚语，有时会让流言蜚语传得更快。"

"就像你们给学校女老师散布谣言那样。"埃克托尔提醒对方。

阿雷克斯听罢微微一笑。

"没错。可她真是个狐狸精。我在网上发现她的一个主页，特正常的那种，我发誓。我下载了一张她的照片，然后用photoshop拼了几张特抢眼的图片，配了文字，然后给她邮箱通讯录里的每个人都发了一份。不光是个人邮箱，我给校长都发了一份。太棒了。"

"马克也想拿神父的邮箱干这事，用娜塔莉亚的照片。"埃克托尔替他说。

"差不多吧。马克想用这招要挟神父。还是我教了他破解邮箱密码的方法呢。他的计划挺简单，先用卡斯特尔神父的邮箱下载照片，在圣胡安节之后就威胁他：要么告诉他那个人的名字，要么他把那些能把神父吓死的恶心照片发给所有认识神父的人。马克已经知道邮箱密码，还有那个优盘，马克在自己家里就能办到这件事。你们能想象恩里克和格洛丽亚，还有神父们、亲友们看到从菲利克斯邮箱发来的他侄女的裸照会是什么反应吗？"

"这也太歹毒了吧？"蕾蕾评论道，"他怎么能对把他带大的叔叔干这种事？他就像他亲生父亲一样啊。"

阿雷克斯听罢一耸肩膀。

"马克的理由是，菲利克斯应该告诉他那个人是谁。他那时候不惜一切想知道那个人的名字。而且，他威胁归威胁，不见得真会那么做。再说，神父是包庇犯，吓唬他一下，估计会让马克感觉很不错。"

"你觉得他能达到目的吗？"

阿雷克斯点点头。

“计划也许会失败，但影响肯定小不了。他也许威胁不了菲利克斯神父……可是，教士们本来就因为这类事情日子不太好过，他也不见得会为了保护爱德华就把自己的名誉搭进去。我一直想说服马克，跟他讲明风险有多大，跟他说这件事跟在我们在学校做的事不一样，后果可能非常严重。最后，我让他同意推迟行动。我跟他说不能出现任何失误，把自己牵扯进去，让他高考结束之后再做。他后来没再跟我提这事，可我从吉娜那儿听说，他在背着我继续干呢。”

“你肯定不能让他干成这件事，所以让吉娜把那个优盘拿走了？”埃克托尔问道。

“这不难。吉娜非常嫉妒那个都柏林女孩。而且，吉娜很敏感，”他微微一笑，说道，“太敏感了。那些照片把她吓坏了。马克把照片存到优盘里，然后把电脑里的那份删除。吉娜听了我的话，跟马克说把优盘放在她那儿，等有机会传到菲利克斯的邮箱时再给他。”

“到圣胡安节时，机会来了。”蕾蕾想起菲利克斯那时候跟亲友们到科尔巴托别墅去了。“但是吉娜没把优盘带过去，所以马克生气了。”后边的一段，她已经从鲁本那儿打听清楚了，所以继续说下去。“马克跟你们俩生气了，然后把你本来打算拿去卖的毒品给扔了，而且，你还没替那些毒品付钱。你想制止他，所以打了他。他的衬衫上溅了血，所以他换了一件。”

“差不多吧。”

“你说你先回家了，你哥哥能证明。可是你们是好兄弟，他的证言不能被采信。你说呢？”

他趴到桌子上。

“可确实就是这样啊。我回家了，爱德华在家。我没告诉他这件事。上帝啊。我昨天晚上才告诉他，因为我要拿钱还给那帮人，要不然我还不会跟他提这事。他是我哥哥啊！”

蕾蕾看了埃克托尔一眼，这小子现在说的像实话。埃克托尔假装没看见蕾蕾的表情，坐到桌子一角：

“阿雷克斯，我怎么也不明白，你这么聪明的小子，怎么会犯这么蠢的错误呢？你不是说吉娜存着那个优盘吗？你想控制一切，怎么就不知道这孩子靠不住呢？”

“我没犯错，”阿雷克斯争辩道，“你们到她家跟她谈话那天，我就找她要那个优盘了。可她给我拿错了。您知道吗？我比你们所有人都聪明，你们不是把吉娜自杀之前的遗书抄下来了吗？这东西根本不是她写的。她从来不会不标重音，也从来不用简写。她爸爸是作家，最恨这些。”

埃克托尔看着阿雷克斯，一言不发。但是卡斯特罗用镇定的语气说出的信息引起了他的注意。

“阿雷克斯，吉娜给你的优盘里有什么东西？”

“她的艺术史笔记。这有什么用吗？”

蕾蕾把身子靠在椅背上，听着埃克托尔继续盘问，明白再问下去没什么意义。阿雷克斯没杀马克，也没杀害吉娜。这蠢货应该被毒贩子劈成两半。可他不是杀人犯。他那个假充圣徒的恋童癖哥哥也没杀人。

她一句话没说就走出房间。她要打个电话给吉娜的妈妈，确认几个细节。

40

埃克托尔坐在卡斯特尔家客厅的白色沙发上，等候格洛丽亚给女儿洗完澡下楼，暗自觉得他在这儿还能感觉到跟上次造访时的安详。但是与上次不同的是，现在他看着这里的装潢，听着轻柔的音乐，觉得这一切只不过就是“装潢”。

他跟蕾蕾仔细研究了这个案子，确定下一步应该盯住谁。萨尔加多全神贯注地听着蕾蕾一步一步推理，最终得出结论。可是，等到两人一致认定了杀害马克，而且有可能还杀了吉娜的那个凶手时，埃克托尔忽然想起自己几天前对乔安娜说过的话：“这个案子可能永远破不了。”现在，他们推断出真相，但是证据太不充分。现在他们唯一能指望的就是，凶手这些天来的压力跟恐惧超出极限，让他不再冷血、镇定。因此，他坚持这次由他独自前来，因为两个人来处理这事都嫌太多。

恩里克明显非常疲倦，埃克托尔看出他脸上不悦的表情。

“恕我无礼，督察，我想知道您星期天这么晚了到我家来有什么理由。您没发觉我们这个周末过得非常不轻松吗？昨天我们到一个好朋友家去吊唁，他们家自杀的女儿很可能……”他停了一会儿才继续说，“从那会儿起，这个念头就一直在我脑子里转来转去。”

他双手搓着脸，长叹一口气。

“我现在只希望这事赶快过去，”他说，“格洛丽亚还下不下来了？您不能现在就开始吗？别等她了。”

埃克托尔原本打算把刚进门时候说的话，案子有了新进展，发现一些牵涉他儿子死因的重要线索，需要他们配合之类的话重复一遍。可就在这时候，格洛丽亚下楼来了。

“您总算下来了，”恩里克不满道，“给那么个女孩洗个澡需要这么长时间吗？”

警长惊异地察觉出恩里克口气中的敌视态度。他没说“孩子”，也没说“女儿”，甚至没说“娜塔莉亚”。他说的是“那么个女孩”。

格洛丽亚没答话，坐到丈夫身旁。

“现在能开始了吧？督察，您干吗这时候还跑到我家来？”

埃克托尔盯着这两口子看了一会儿。他们虽然还住在一起，但显然已经处于冷战状态。

“我得从好多年以前说起，马克六岁那年夏天，有个叫艾瑞斯的女孩儿死了。”

埃克托尔从恩里克的表情中看出，他也读了马克的那篇博文。他猜不出恩里克是从哪儿得知这篇文章的，但是很明显，他对艾瑞斯这个名字并不陌生。萨尔加多接着把性侵和艾瑞斯死亡的情节简明扼要地说了一遍，没提许多细节。然后他又讲到伊内斯跟马克在都柏林想把这件事情的真相揭开，而且为了达此目的，准备逼迫不愿意向侄子透露性侵者姓名的菲利克斯就范。他们想的招数可谓邪门歪道：给娜塔莉亚拍一些恶劣照片（埃克托尔还没看过那些照片）。埃克托尔说到这里，特意观察卡斯特尔夫妇的反应。不出他所料，恩里克是一副专注又将信将疑的表情，而格洛丽亚的表情既厌恶又憎恨，还有些惊愕。最后，他说到阿雷克斯介入这件事，目的是替哥哥掩盖丑事。他把整个过程描述得简洁明了。

“督察，”恩里克仔细听完萨尔加多的叙述之后开腔道，“你是说我儿子想讹诈我兄弟？他不会这么做，我敢肯定他最后一定后悔了。”

埃克托尔不确定地摇了摇头：

“这可不好说。马克和吉娜都死了。”他从口袋里掏出一个多小时之前拿到的优盘。“这个优盘是吉娜从这儿拿走，然后交给阿雷克斯的。不过这里面一张照片都没有。实际上，这个优盘既不是吉娜的，也不是马克的。这是您的，对吗，格洛丽亚？”

她的手紧紧扣住沙发扶手，一句话也不说。

“这是您大学课程的笔记。您这几天没看见它吧？”

恩里克疑惑地慢慢抬起眼睛。

“我这几天没工夫学习，督察。”格洛丽亚回答道。

“这话我相信，您这几天忙别的事去了。”

“您这话是什么意思？”恩里克的口气强硬起来，拿出在他家里他是谁也不能冒犯的上等人物的气势。

埃克托尔语速平缓，语气里带着些许友善，继续说道：“我的意思是，命运跟大家开了个玩笑。吉娜拿走之前，那个优盘确实在这儿放了几天。活泼好动的娜塔莉亚，不知道那是什么东西，拿着它玩了几天。这是我们上次来时您亲口跟卡斯特罗警官说的。然后娜塔莉亚把那个存着照片的优盘放到妈妈的电脑旁边，把您存笔记的优盘拿到马克的房间里。马克不愿意再往电脑里存那些照片，就把优盘给了吉娜。两人都没发现拿错了优盘。可是您呢……打开那个不应该由您打开的优盘，看见了那些可怕的照片。您女儿的裸照。您知道马克曾承认拍了同学的那种视频，还挂到网上去。您不相信他，也不喜欢他，他也不是您的亲儿子……”

格洛丽亚脸色发红，一句话不说，拼命让自己保持镇定，两手像利爪一样，狠狠抓着沙发扶手。

“你见过那些照片?”恩里克问道，“你怎么从来没跟我说过这事?”

“她没说，”埃克托尔插话道，“她决定用自己的法子惩罚马克。对吗?”

卡斯特尔一听这话，腾身站了起来，好像被从弹簧上弹了起来。

“督察，我不允许您再说一个字。”可他说话时目光里充满猜疑，然后慢慢转过头去，看着好像被汽车大灯照住、一动不动的野兔一样的妻子。“你那天夜里没跟我睡……你是跟娜塔莉亚睡的，你说女儿害怕鞭炮声。”

房间里的气氛极度紧张，格洛丽亚沉默一会儿，稳住声音才开始说：

“没错。我是跟娜塔莉亚一起睡的。谁也没法否认这一点。”

“您知道吗?”埃克托尔插话道，“我特别理解您看到那些可怕的照片时的感受，尤其是您还得担心后边可能会有更糟的事。所有当妈的都会产生同样的想法。母爱的力量有时候特别强大，而且毫无保留。最温顺的动物为了保护幼崽也会拼命。”

埃克托尔说到这儿，看出格洛丽亚的眼睛里流露出动摇。但这个女人并不容易对付。

“督察，我现在不想再跟你说这个话题。我丈夫如果不赶你走，我现在赶你走。”

可是，恩里克这时候好像没听见妻子的话。

“第二天，在回来的路上，咱们停下来加过油。我以前没想起这事来。那天是菲利克斯开着车，因为我当时根本握不住方向盘。可是，上山的时候，油箱还挺满的……我当时怎么没注意到这事儿呢……”他冲着妻子的脸低声喝道，“格洛丽亚，是你干的吗?你杀了我唯一的孩子？”

“你唯一的孩子？！”格洛丽亚心里的酸楚终于爆发成一声呐喊，“娜塔莉亚呢？！她算什么？你要是看见那些照片会怎么办？我替你说吧：你不会管！你肯定护着他，替他说好话……反正那个女孩也没事儿，不就是开个玩笑嘛，叛逆期的孩子都这样……他上次在网上发视频时你是怎么说的？！‘他挺不容易的，他妈妈从小就不要他了。’”她的声音里透出怨恨。“可娜塔莉亚呢？这些年不也跟没爹的孩子一样吗？你根本就不想要这个女儿！你从来就不在乎她！”

格洛丽亚盯着督察，既像是希望他理解，又像替自己辩护似的说道：

“我不能原谅他，督察，我这回绝不原谅他。谁知道他以后还会对我女儿干什么事？”她已经一发而不可收拾。“没错，我那天晚上是说要跟娜塔莉亚一起睡，可是我等你睡着了就开车回到巴塞罗那。而且，我还想了办法，让你睡得死死的。我一开始不确定自己想干什么。我当时只想质问他，逼他自己离开我们，什么都不告诉你。我想让他离娜塔莉亚跟我都远远的。我到家时正好看见阿雷克斯离开，还看见马克房间里的灯亮了一会儿又灭了。又过了一会儿，我看见他坐在窗台上，就悄悄走过大街，上了阁楼。他还在窗台上坐着，我那时候再也克制不住，就冲过去推了他一把……这是一时冲动。”

“然后您下意识地把窗台上的烟灰缸放回原处。”埃克托尔暗自想道。

“可是，你杀害吉娜不是一时冲动，格洛丽亚，”埃克托尔说道，“这可是一桩冷血命案。你杀了一个那么年轻的无辜女孩。”

“无辜？督察，你没看过那些照片。他们俩一起干的。她趁着一天晚上来这儿跟娜塔莉亚睡时拍的。有的照片里有她，他们可能想删除，但还没来得及。”

“他们并没伤害孩子，”埃克托尔轻声说道，“他们的做法错了，可他们是想抓住一个恋童罪犯。”

“可我又不知道他们要干吗。上帝啊，我不知道啊。我当时就想，马克如果死了，那吉娜也得死，况且……

“况且你事先不知道她留在这儿睡觉，你察觉之后吓坏了。幸亏那天晚上吉娜醉得不省人事，很早就睡着了，什么都没察觉到。可是，您看到我们又回来调查，知道这个案子还没了结。所以您害怕了，伪造吉娜自杀的情节。你那天下午到了她们家，跟她聊天，趁她不备给她下了药，就像圣胡安节那天晚上给丈夫下药那样。然后你把她搬到浴缸里，残忍地割开她的静脉，还伪造那个女孩的遗书。”

“她跟马克一样坏。”格洛丽亚恶狠狠地说道。

“您错了，格洛丽亚。他们不是坏孩子。他们太年轻，可能有错，但可以被原谅。他们不是坏人。这里唯一的坏人就是您。您得到的最大惩罚可能不是牢狱之灾，而是您要跟娜塔莉亚分开了。不过您相信我一句话：娜塔莉亚应该有个更好的母亲。”

恩里克·卡斯特尔张着嘴，傻呆呆地看着一切。他看着埃克托尔逮捕他妻子，跟她宣告她的权利，带她走出大门，一句话也说不出来。心脏如果能够被意念支配，他肯定早就让它停止跳动了。

41

埃克托尔十点半前后走出警局大门，满心不情愿，但是知道应该回他那个家。他已经三十六个小时没好好睡上一觉，肺里全是尼古丁，胃里是空的，脑子是晕的。他得稍微清理一下自己。先好好冲个淋浴，然后减压，恢复体力。

这个炎热的周末之夜，整座城市显得非常迟缓。路上稀稀落落的汽车开得缓慢，仿佛车主还恋恋不舍地想拖住周末的尾巴。埃克托尔原本快步走在街上，这时仿佛明白过来，放慢脚步，跟随整个城市的节奏。他在街上看到随便什么东西，都能让大脑放松下来，止住在头脑中各种流动的景象。他凭着经验知道，这些记忆片段或早或晚会逐渐被他忘记，但现在，他不想把有些影像马上忘掉，比如，爱德华德·罗维拉那张惊恐而卑微的脸。埃克托尔用监狱吓唬他，但心里明白，爱德华的所作所为不会受到法律太严厉的惩罚。但是，他至少要蒙受耻辱，被周围的人唾弃。埃克托尔确信这一点。而爱德华这种人不配得到一丝怜悯。

他深吸一口气，想着接下来需要办的事情：他要跟乔安娜见面，向她告别。然后去医院探望卡门。还得找萨瓦尔道歉。他多年前处理艾瑞斯案的方式虽然不值得称道，可的确不是为了一己私利。他不是个自私的人。恰好相反，他是为了别人。埃克托尔觉得，不管怎样，自己没有资格充当审判者。把这事留给卡斯特尔那种身份的人去干吧。“明天，”他暗想，“明天一切就恢复正常了。”明天晚上，他再也没什么事可做。他在警局里时只给卡斯特罗警官打了电话，告诉她她的推断都被证实了。他必须这么做。因为如果没有她，这个案子可能永远也没法了结。她这人不错，非常不错，埃克托尔想道。但是他们俩的电话没通多长时间，因为他感觉到蕾蕾不是独自一个人。他在电话里听出有个男人在问蕾蕾什么。“我不打扰你了，咱们明天再见。”他向蕾蕾道别。“好吧，可是咱们必须庆祝一下，嗯？而且，我买单。”随后是片刻意味深长的沉默。接着两人同时快速地说了句“再见”，挂断电话。

他走到一个路口，等红灯变绿，又拿出手机，看看有没有露丝发来的信息。现在已经是夜里十一点，她或许正在路上吧。他已经一个多月没见到儿子了。他横穿大街时，不断对自己重复，他不能当个恩里克·卡斯特尔那样的父亲。父亲的责任可以有别人替代，但是父爱是没人能够替代的。命运弄人，他暗自嘲弄地想道，恩里克现在又孤身一人了，还得照顾一个女儿。而他从来没把那孩子当成是女儿。

他离家越来越近，忽然再次犹豫，不知道该不该走进去。他在这栋房子里住了好多年，现在竟然觉得这个家有点恐怖。因为这里现在成了跟奥马尔杀人案有牵连的凶宅。“拉倒吧！”他又一次提醒自己，奥马尔已经死了，杀人凶手也被关在监狱里，没有比这更好的结果了。他一边让自己宽心，一边把钥匙捅进锁孔。他正要推门进屋，手机响了，吉耶尔莫打来的。

“吉耶！太好了，你回来了？”

“没有，爸爸。听着，你知道妈妈在哪儿吗？”

“我不知道，我们是……礼拜五通的电话。”他觉得这几天比一个世纪还漫长。“她跟我说她要去接你。”

“是啊，她跟我也是这么说的。我们约好，她九点到九点半会到。”

“她现在还没到？”他不安地看了一下时间。

“没有，我给她打了电话，她不接。卡洛尔也不知道她在哪儿，”他停了一会，用成人的担忧口气说，“爸爸，妈妈从周五上午之后，就没跟任何人联系过。”

埃克托尔拿着电话，站在通往他家门口的楼梯上，突然想起马尔蒂娜跟他说过，奥马尔打算对付他。埃克托尔又想到露丝收到的DVD。“忘了这事吧，他死了，没事了……”副警长是这么对他说的。

他想到这儿，额头上冒出冷汗。

今　天

露丝失踪已经整整六个月。从她那个星期决定去父母的公寓算起，就再也没人知道她的消息。准确地说，都没人能够确定她是不是真的到了那里，因为她的汽车在巴塞罗那市区离她住所非常近的地方被找到。我们在报纸上发布了带照片的寻人启事，也搜查了她家，还审讯了杀害奥尔马的凶手，但我确信他已经将自己知道的事全部招供。那个万恶的江湖郎中曾经邪恶地笑着对律师说，我会受到最可怕的惩罚。那个律师当时以为这只不过是随便说说，我也没拿这话当真。可我现在明白了，这是真的。世界上没有什么事比失去一个人的音讯，生活在迷惘与焦虑中更折磨人。我就像个幽灵一样在这座城市游荡，辨认每个行人的面孔，觉得露丝随时会出现在大街上最意想不到的角落。我知道，我在生前或死后总有一天能找到她。我得跟儿子解释他妈妈到底出了什么事。我欠他一个说法。我现在还能保持理智，应该感谢他，还得感谢所有的朋友。他们也都没有放弃，他们都知道我要解开这个迷局，不达到目的决不罢休。